Textorstr. 11, D-60594 Frankfurt/Main
Internet: www.simon-schweitzer.de
e-Mail: demant@simon-schweitzer.de

Umschlagillustration: Shirin Franzmann
Lektorat: Martina Rosenberger
Druck: Heyne-Druck
2. Auflage

Geiseldrama in Dribbdebach

Eine Sachsenhäuser Kriminalepisode

von F. Demant

Röschen-Verlag

Der Autor

Frank Demant, geboren 1959 in Frankfurt/Main,
wohnhaft im Stadtteil Sachsenhausen.
Taxifahrer seit 1984.

Früher war Herr Schweitzer jünger. Heutzutage wurde er von Einkaufswägelchen ziehenden Greisen aus den diversen Sachsenhäuser Altersheimen links und rechts überholt. Strenggenommen war er mit seinem schlurfenden Gang ein Verkehrshindernis. Dabei war er erst siebenundvierzig. Irgendwie mußte der Prozeß zur Langsamkeit hin schleichend gewesen sein, der, und daran glaubte Simon Schweitzer ganz feste, etwas mit dem Fehlen jedweden Stresses in seinem Leben zu tun haben mußte. Vor drei Jahren hatte er seinen Job als Straßenbahnfahrer geschmissen und lebte nun ganz prima von Mieteinnahmen, Erbschaft und nicht unerheblichem Börsengewinn. Nicht daß sein Leben vollkommen sorgenfrei gewesen wäre, aber so doch annähernd. Bis auf die nun schon seit Anfang Februar andauernde regnerische Gräue und die kleine Mißstimmung mit seiner Liebsten Maria von der Heide war eigentlich alles im Lot. Es gab einfach keinen Grund zur Eile. Er würde seine Bank schon noch früh genug erreichen, um diesen Arschlöchern mal ordentlich die Meinung zu geigen. Hatten die doch einen Überweisungsauftrag wegen einer Unterdeckung von läppischen zwölf Euro zurückgewiesen und ihm dafür sechs Euro an Gebühren abgeknöpft. Und das, obwohl er bei einer Tochterfirma der Teutonischen Staatsbank ein immenses Aktienpaket deponiert hatte. Ja, wenn einer Geld leihen möchte, bedarf es eines Anrufs bei der Schufa, um dessen Bonität zu überprüfen, aber andererseits stellen sie sich blöd, wenn es gilt, mal kurz in der eigenen Firma nachzuforschen, nur um wieder einmal ein paar Euro an Gebühren kassieren zu können. Die Masse macht's halt, überlegte Herr Schweitzer, und das Kreditinstitut wechseln machte auch keinen Sinn, da in dieser Hinsicht eh alle gleich waren.

Als er mit der Brötchentüte in der Hand aus der Bäckerei herauskam, wäre Simon Schweitzer um ein Haar mit dem Nackten Jörg zusammengestoßen. „Entschuldigung."

Der Nackte Jörg nickte freundlich und ging seines Weges, wie immer lediglich mit Walkman und Badelatschen, Firma Adidas, bekleidet. In Sachsenhausen war er eine Berühmtheit und schon seit geraumer Zeit nicht mehr wegen Erregung öffentlichen Ärgernisses verhaftet worden. Das hätte auch nichts gebracht, zu geringfügig ist das Ding einer möglichen Erregung. Lediglich Touristen und Menschen von Hibbdebach ergötzten sich noch an dem Schauspiel.

So kam es, daß Herr Schweitzer trotz des nackten Mannes mit seinen Gedanken schon längst wieder woanders war. Bei Maria nämlich. Und bei dem, was sie ihm gestern abend am Telefon gesagt hatte. Daß er klammern würde, ihr die Luft zum Atmen nähme. Das war natürlich kolossaler Schwachsinn. Er, der Bilderbuchliebhaber, und klammern? Lächerlich so was. Simon Schweitzer war in der Form seines Lebens, da hatte er es nicht nötig zu klammern. Pah. Vielleicht meinte Maria aber auch bloß, daß seine Liebe zu ihr zu intensiv, zu tiefgreifend sei. Wer weiß das schon, welchem Mann war es denn gegeben, in die Seele einer Frau zu blicken? Am Telefon jedenfalls hatte es so geklungen, als wolle Maria ihn am Wochenende nicht sehen. Und heute in einer Woche, Mittwoch also, würde sie wegen der ach so verdammt wichtigen Ausstellung nach Brasilien fliegen. Und ihn wollte sie da auch nicht dabei haben. Gut, okay, er wäre sowieso nicht mitgekommen. Zu heiß und zu fern der Heimat, dieses Brasilien. Aber fragen hätte man ja mal können. Andere Paare klebten auch permanent aneinander. Herr Schweitzer patschte in eine Pfütze. Und pinkeln mußte er auch.

In Höhe der Textorstraße spannte er den Regenschirm auf, der anfangs leichte Nieselregen hatte an Stärke zugelegt. Regenmacher in Frankfurt dürfte ein ähnlich lukrativer Beruf sein wie Kühlschrankverkäufer am Nordpol, überlegte Herr Schweitzer. Auch war es noch ebenso dunkel wie in der Morgendämmerung, obwohl es schon die elfte Stunde geschlagen hatte. Die könnten ruhig die Straßenbeleuchtung wieder anmachen, maulte er, wofür zahle ich schließlich meine Steuern.

Er betrat die Metzgerei seines Vertrauens auf der Schweizer Straße. Etliche Leute waren noch vor ihm dran. Ein grauhaariges Muttchen schimpfte über den amerikanischen Präsidenten, weil der mal wieder den Irak überfallen hatte. Muttchen meinte, der kleine Bush täte das auch deswegen, weil er ansonsten so bedeutungslos wäre und keiner ihm Beachtung schenken würde. Herr Schweitzer stimmte dem innerlich bei, fand jedoch, daß, angesichts von Tausenden Hungertoten täglich, ebenjener Krieg in einer wechselvollen Welt wie unserer allenfalls eine Randnotiz verdiente. Die Verkäuferin, die sie bediente, gab ihr recht, aber das hätte sie wahrscheinlich auch getan, wenn Muttchen einen gegenteiligen Standpunkt vertreten hätte. Verkaufen ist eben eine Dienstleistung.

Die Reihe kam endlich an Simon Schweitzer, der wegen eines sich just in dem Augenblick bemerkbar machenden Heißhungers auf Knackwürste, Knackwürste bestellte. Ein Dutzend gleich. Und dann noch von der ambrosischen Hausmachersalami. Nachdem er für Freitag noch einen eingelegten Sauerbraten in Auftrag gegeben hatte, wünschte er allerseits einen schönen Tag noch und ging.

Inzwischen goß es wie aus Kübeln und ein kräftiger Wind fegte durch die Gassen. Die blätterlosen Bäume ragten gespenstisch empor. Fast alle Autos hatten die Scheinwerfer eingeschaltet. Eine Frau kämpfte mit dem Plastikverdeck eines Kinderwagens, während sie gleichzeitig ihren abgehalfterten, kläffenden Dackel zu beruhigen versuchte.

Die Teutonische Staatsbank hatte ihre Filiale direkt am Schweizer Platz, Ecke Oppenheimer Landstraße, dort wo früher eine Reinigung war. Plakate in den Schaufenstern warben mit niedrigen Zinsen, wie stets in solchen Zeiten, wenn die Wirtschaft ausgezählt am Boden lag.

Herr Schweitzer ging direkt zum Automaten, um sich einen Kontoauszug drucken zu lassen. Während das Gerät vor sich hinratterte, brachte er seine vom Winde zersausten Haare in Ordnung.

„Ach, schau mal einer an, der Schweitzer."

Der Angesprochene drehte sich um, um zu sehen, wer ihn denn da angesprochen hatte und erkannte Jonathan, den Fensterputzer. Das war nicht weiter schwer, denn dieser sah jahrein, jahraus gleich aus. Hose und Jacke aus schwarzem Cord, schwarzes Hemd, und aus den Taschen lugten diverse Fensterputzutensilien wie Fensterleder, Schwamm et cetera. Und der bei dieser Arbeit allgegenwärtige schwarze Plastikeimer fehlte ebensowenig.

„Ja wie geht's denn, mein Bester?" gab sich Simon Schweitzer kordial, denn Jonathan, der Fensterputzer, erfreute sich in Sachsenhausen großer Beliebtheit. Der überwiegende Teil der mittelständischen Betriebe gehörte zu seinen Kunden, und außerdem war er ein sehr geselliger Zeitgenosse, der, so er nicht gerade Fenster putzte, dem ein oder anderen Glas Apfelwein nicht abgeneigt war. Oder Bier und Schnaps am Wasserhäuschen, das ging auch in Ordnung.

„Kann nicht klagen. Den meisten Ladeninhabern geht's zwar ziemlich mies, aber die Leute wissen ja, was sie an mir haben. Ich hab zwar auch Einbußen, aber so lang's für'n täglichen Bedarf reicht ..." Er ließ den Satz unvollendet und blinzelte statt dessen schelmisch.

Daraufhin tauschte man noch Neuigkeiten aus respektive erkundigte sich nach solchen. Neues gab es allerdings wenig, doch auch dies zu eruieren brauchte seine Zeit. Der Stadtteil quälte sich mühsam durch den Winter, und gemeinsame Bekannte, die im Spätherbst noch dies oder jenes Gebrechen vorzuweisen gehabt hatten, waren bislang am Leben geblieben. Allerdings bemerkte Jonathan, daß die Oma Schroth vom Gemüse-Schroth dahingeschieden sei. Das zählte aber nicht, da sie dem Herrn Schweitzer nicht bekannt war. Trotzdem hätte er der toten Oma Schroth gerne etwas Gleichwertiges entgegenzusetzen gehabt, aber so sehr er auch nachdachte, mehr als eine plattgefahrene Katze vor seiner Haustür hatte er nicht zu bieten.

Als die Wasserlache unter seinem Regenschirm Spiegeleigröße erreicht hatte, verabschiedete er sich von Jonathan und stellte sich an eine der zwei langen Reihen der am Schalter wartenden Bankkunden. Der Personalabbau der letzten beiden Jahre hatte deutliche Spuren hinterlassen. Nicht nur, daß gerade mal zwei von ehedem vier Schaltern geöffnet waren, nein, auch die Ausbildung des Personals ließ mehr und mehr zu wünschen übrig und war oft genug eine Prüfung Gottes. Doch Hoffnung ist im grauesten Tag, sagte sich Herr Schweitzer in einem Anflug philosophischen Stoizismus' und blieb geduldig stehen. Bei schönem Wetter wäre er später noch mal wiedergekommen.

Fuck. Er nahm dies nicht persönlich, auch wenn Simon Schweitzer im Augenblick der einzige war, der dies lesen konnte. Fuck prangte in weißen Großbuchstaben auf der zerschlissenen, schwarzen Lederjacke der vor ihm stehenden Punkerin. Ihr Irokesenschnitt, im Jargon auch kurz Iro genannt, leuchtete in hippen Orange-Tönen, und die braunen Springerstiefel dürften das Frühjahr nicht überleben. Vorsichtig schnüffelte er in der Luft, doch wider Erwarten roch die Punkerin nicht. Herr Schweitzer glaubte sogar, ein Parfüm mit Vanilleodeur ausgemacht zu haben.

Nach fünf Minuten war es immer noch keinen Meter vorangegangen. In der anderen Reihe allerdings auch nicht, doch hatte er in jener Schlange nun eine Nachbarin bekommen. Eine Dame jenseits der Sechzig, schätzte er, auch wenn eine jugendliche Bluejeans für Verwirrung sorgte. Ihr Einkaufswägelchen verriet sie als der Spezies zugehörig, die Herrn Schweitzer in letzter Zeit in atemberaubenden Manövern überholten und ihn wie angewurzelt aussehen ließen.

Weitere zehn Minuten später war das Warten erträglicher geworden, denn er war in der Reihe nun so weit vorangeschritten, daß er neben einer Stellwand weilte, die das geschichtsträchtige Sachsenhausen anhand von Schwarzweißfotografien zeigte und der Kunden Groll ob der stumpfsinnigen Warterei abmildern sollte. Immerhin etwas. Insgesamt waren es vier weiße Stellwände, zwei an jeder Seite, von denen diejenige, vor der Simon Schweitzer stand, Sachsenhausen in einer Zeit präsentierte, in der die Dreikönigskirche am Mainufer noch alles überragte. Eine Luftaufnahme des Hippodroms, das im Jahre 1943 für immer vom Antlitz der Erde verschwunden war, fesselte Herrn Schweitzer gar sehr und ließ ihn in Erinnerungen an seine eigene Kindheit schwelgen, auch wenn diese lange Zeit nach dem Ende der damals größten deutschen Reitbahn stattgefunden hatte. Er fand es höchst seltsam, daß man an früher immerfort in schwarz-weißen Bildern dachte, obwohl der Himmel doch schon damals blau, die Blätter grün gewesen sein dürften. Davon ging er einfach aus.

Eine andere Aufnahme zeigte die 1802 erbaute klassizistische Villa Metzler, in der heute das Museum für Kunsthandwerk untergebracht ist. Das Foto mußte im Herbst entstanden sein, schlußfolgerte Simon Schweitzer, denn Laub hatte den Rasen übersät. Diese detektivische Glanzleistung führte ihn zu seinem Schwager Hagedorn, für dessen kleine Detektei er heute abend noch ein paar vermeintliche Überstunden eines Finanzbuchhalters im Auftrag von dessen frustrierter Ehefrau als Seitensprung entlarven sollte. Diese gelegentlichen Aushilfsarbeiten sicherten ihm einen Lebensstandard, der es ihm erlaubte, allabendlich in die Kneipenwelt Sachsenhausens einzutauchen, in der er sich in harter Kleinarbeit seinen Platz als Stammkunde und ernstzunehmender Teilzeitphilosoph hier und dort erobert hatte.

Simon Schweitzer unterdrückte ein Gähnen. Wenn das hier so weiterging, würde der Druck auf seine Blase zu einem echten Problem ausarten. Zwischen den Stellwänden entdeckte er einen Schirmständer und stellte seinen sogleich hinein. Der heftige Regenguß draußen würde ihn schon am Vergessen des Schirms hindern, denn Regenschirmvergessen war in letzter Zeit quasi zu seiner zweiten Natur geworden. Wenn er ihn nicht schon vorher zu Hause vergessen hatte, aber das widersprach dem ja nicht.

Dann wurde seine Aufmerksamkeit von einem zu kurz geratenen Mann in blauer Arbeitsmontur abgelenkt, der einen silberfarbenen Container auf Rädern unter lautem Geschepper hereinrollte. Hektisch suchte er nach einer Abstellmöglichkeit und fand sie vor dem Kasten mit dem Schlitz für die Überweisungsaufträge. Zur Einleitung einer Verschnaufpause kratzte sich das Männeken am Sack und blickte sich im Schalterraum um. Obwohl Herr Schweitzer ein eher fortschrittlicher Typ war, hieß er das Befummeln der eigenen und auch fremder Genitalien in der Öffentlichkeit nicht gut. Das Männeken öffnete den Container, wobei er sich mangels Größe auf die Zehen stellen mußte, und kramte darin herum.

Unterdessen hatte Simon Schweitzer eine Frau am Schalter entdeckt, die er zu kennen glaubte. Das Haar war blondiert, aber wirklich auffällig war ihr raumgreifendes Hinterteil, das ein Balancieren auf ihren roten Stöckelschuhen zu einer veritablen Aufgabe werden ließ, der nur wenige Frauen gewachsen waren. Doch Herrn Schweitzers Gedächtnis half auch dieses herausragende Merkmal nicht auf die Sprünge, woher er die Dame nun kannte, geschweige denn, wie ihr Name lautete. Vage ordnete er ihr ein Bildungsniveau zu, das unter aller Sau war. Auch brachte er sie irgendwie mit der Sachsenhäuser Hautevolee in Verbindung, ohne recht zu wissen warum. Bestimmt eine ehemalige Gespielin von so einem reichen Knacker, die mit den Jahren reichlich aus dem Leim gegangen war und nun möglicherweise als Boutiqueinhaberin ihr Gnadenbrot fristete, mutmaßte Simon Schweitzer nicht ganz zu Unrecht.

„Hände hoch." Es klang wie im Film. Nur lauter. Er war versucht, den Knopf auf Leise zu drehen. Auch war die Situation insofern irreal, als niemand hysterisch loskreischte. Allerdings zeugte die daraufhin eingetretene Ruhe davon, daß sich unser Weltenlenker hier etwas ganz Besonderes, vom Normalen Abweichendes hatte einfallen lassen.

„Hände hoch", hallte es nun schon zum zweiten Mal im Raume, diesmal jedoch mit dem Zusatz: „Aber dalli."

„Huch, ein Schuft", entfuhr es der Dame mit dem Einkaufswägelchen.

Das ist ja irre, dachte Herr Schweitzer, und blickte sich nach dem Verursacher dieses Affentheaters um. Aha, das Männeken in blauer Montur also. Und noch dazu mit Pistole. Aber die gehört ja wohl dazu, wenn es darum geht, sich erstens Gehör zu verschaffen, und zweitens Leute einzuschüchtern, zumal man ja von zwergenhaftem Wuchs war. Und auch sonst sah der Herr Bankräuber nicht unbedingt wie ein natural born killer aus, sondern eher wie der freundliche Kleinkriminelle von nebenan.

Alle Hände waren oben. Die meisten Gesichter waren aschfahl, und Herr Schweitzers Instinkt sagte ihm, daß nach Lage der Dinge nun bald die Aufforderung kommen mußte, sich auf den Boden zu legen und keine Dummheiten zu machen. Aber vorerst passierte nichts dergleichen. Gemächlich schritt der Bankräuber die Reihe der Wartenden ab und sah dabei sehr finster drein, wohl auch um die schon angesprochenen körperlichen Unzulänglichkeiten zumindest ansatzweise zu kaschieren. Am Schalter angekommen, fuchtelte er mit der Pistole, einer Beretta 92, vor den Nasen der Kassierer herum und schrie: „Wenn einer von euch beiden Alarm auslöst, gibt's hier ein Massaker. Verstanden?“

Das klang jetzt schon eher wie eine kriminelle Handlung, und dem Herrn Schweitzer wurde auch sogleich blümerant zumute. Er konnte sich nicht erinnern, einstens Ähnliches erlebt zu haben. Doch für Nostalgie war keine Zeit, denn der Bankräuber fuhr fort in seinem Tun. „Und ihr da ...“, er zielte mit der Pistole an die Decke als wollte er sie abfeuern, „... geht jetzt schön brav rüber in die Ecke.“

Die ältere Dame nahm eine Hand herunter, um nach ihrem Wägelchen zu greifen, als diese Bewegung auch stante pede den Unmut des Bankräubers auf sich zog. „Hey, Sie da, Flossen hoch, hab ich gesagt.“ Erschrocken gehorchte die Dame und ließ ihr Wägelchen zurück.

Des Herrn Schweitzers messerscharfer Verstand riet ihm eindringlich, den Forderungen des Bankräubers umgehend nachzukommen, da einjeder Mensch immer nur so viele Rechte besaß wie er Macht innehatte, und im Moment verlangte die Situation eindeutig unbedingten Gehorsam, abseits einer etwaigen philosophischen Frage nach Recht und Ordnung. Er war einer der ersten in der Ecke. Außerdem hatte er vergessen, daß er pinkeln mußte.

Nachdem der Herr Bankräuber auch die beiden Schalterbeamten in die Ecke dirigiert hatte und in Simon Schweitzer die stupende Erkenntnis gereift war, ganz schön in der Tinte zu sitzen, ging die Schiebetür auf. Damit hatte offenbar niemand gerechnet, am allerwenigsten der Bankräuber selbst. Den Geiseln war da kein Vorwurf zu machen, denn sie kannten ja den Plan nicht. Das Männeken jedoch schaute ganz schön verdutzt aus der Wäsche. Ein junges Pärchen, eventuell Chinesen, auf alle Fälle Asiaten, wegen der Schlitzaugen, ging händchenhaltend und miteinander plaudernd ein paar Schritte in den Raum hinein, bis ihnen deuchte, man sah es am Gesichtsausdruck, daß hier etwas nicht stimmte. Der Mann mit der Pistole fiel ihnen als erster auf, wohl weil er als einziger nicht in der Gruppe stand. Und Chinesen, vornehmlich Asiaten stehen im Ausland nun mal gerne in Gruppen. Sei es, weil man sich vor den Langnasen und/oder Barbaren fürchtete, oder sei es, damit sich eine speziell Gruppen eigene Gruppendynamik vorteilhafter entwickeln konnte. Auf alle Fälle blieben sie stehen, lächelten höflich und warteten auf eine Begrüßungsformel seitens des schurkisch dreinblickenden Herrn mit der Pistole, der sie mit offenem Mund anstarrte.

Der Bankräuber, das sah selbst ein Laie, war mit der Situation überfordert. „Äh, guten Tag." Seine Stimme war bar jedweder Modulation. Doch schon kurz darauf hatte er sich wieder gefangen und trug besonders dick auf: „Hier hinstellen, alle beide, sonst knallt's." Dabei war ihm Zornesröte ins verzerrte Gesicht gestiegen.

Die asiatische Frau sah den asiatischen Mann an, und beide gesellten sich zu der Gruppe, wobei unklar blieb, ob sie nun der deutschen Sprache mächtig waren, die Gepflogenheiten eines Banküberfalls weltweit die gleichen waren oder sie bereits über einen Erfahrungsschatz in dieser Richtung verfügten. Sie stellten sich an den Rand der Gruppe und hielten einen kleinen Sicherheitsabstand, da es sich ja um keine heimatliche Gruppe handelte.

„Abschließen. Die scheiß Tür. Abschließen", schrie nun der Bankräuber die beiden Kassierer an und nickte in Richtung Tür. Damit sollte sichergestellt werden, daß nicht Krethi und Plethi hereinspazieren konnten, denn so ein Banküberfall ist eine ernste Sache.

„Ja, ja", sagte der ältere der beiden, der wie eine lebende Leiche aussah, und hielt bereits einen Schlüsselbund in der Hand. Dann ging er zur Tür und steckte ihn in einen dafür vorgesehenen Zylinder in einem grünen metallenen Kästchen in Schulterhöhe neben der Tür. Die Beretta 92 erstickte die diversen Fluchtgedanken im Keim.

Das surrende Geräusch des Schließmechanismus' brachte Herrn Schweitzer in Aufruhr. Blitzartig wurde ihm klar, daß dies ab sofort kein herkömmlicher Bankraub mehr sein konnte. Zwar hatte er zu Hause mangels Fernsehapparat keinen Anschauungsunterricht in den einschlägigen Krimiserien genießen können, doch auch so war ersichtlich, daß dies keine Standardvorgehensweise war. Die Frage des Geldes zum Beispiel war noch gar nicht erörtert worden, und ein halbwegs gewiefter Bankräuber sorgte auch nicht für eine Schließung des Fluchtwegs. Es sei denn, und an dieser Stelle produzierte Simon Schweitzer körpereigenes Adrenalin, es sei denn, es handelte sich um eine Geiselnahme, eine unangenehme Nebenform des traditionellen Bankraubs. Hierfür sprach auch die enervierend langsame Herausgabe der Geldscheine aus den komplizierten Automaten, die verwaist hinter dem Tresen standen und noch nicht zum Einsatz gekommen waren. Reich konnte man da als Bankräuber nicht werden. Blieb noch der Tresor, wo immer dieser auch stehen mochte.

Vorsichtig schaute sich Herr Schweitzer nach seinen Mitgefangenen in der Hoffnung um, aus deren Gesichtern eine ähnliche Erleuchtung lesen zu können wie sie ihm gerade widerfahren war. Aber das war schwierig, stellte er ernüchtert fest, denn alle hielten die Hände hoch und hatten wegen der anhaltenden Anspannung einen etwas verhärmten, auf keinen Fall natürlichen Gesichtsausdruck, aus dem man Gedanken hätte herauslesen können. Allen gemein war eine leichte Blässe, wobei einzig die Punkerin und die ältere Dame, nun ohne Einkaufswagen, eine gewisse Würde zur Schau trugen. Nur der Blondine stand eine unmittelbare Todesangst ins Gesicht geschrieben. Ihre Lippen bebten und sie sabberte.

Insgesamt waren vielleicht fünf Minuten vergangen, seit der Bankräuber sich als solcher zu erkennen gegeben hatte. Auch wenn Herr Schweitzer das Gefühl hatte, nun schon seit Stunden in der Bredouille zu sitzen, so handelte es sich hierbei lediglich um einen subjektiven Eindruck, beeinflußt von allerlei, zugegebenermaßen nicht ganz alltäglichen Martyrien. Zumal er jetzt doch wieder pinkeln mußte.

Und dann ging's los. Mit einem spitzen Schrei ließ sich die Blondine auf den Boden fallen, rollte sich embryonal auf die Seite und aus ihrem Mund drang ein wenig Schaum als untrügliches Zeichen dafür, nun vollends mit den Nerven herunter zu sein. Nebenbei strampelte sie mit den Beinen.

Dem Herrn Bankräuber riß nun der Geduldsfaden: „Aufstehen." Als dies ohne Wirkung blieb, hielt er der Blondine die Pistole unter die Nase und flüsterte bedrohlich leise, so daß nicht alle Umstehenden es hören konnten: „Wenn du nicht sofort aufstehst, pust ich dir das Hirn aus'm Schädel."

Die Worte fanden Gehör. Zumindest schlug Blondchen die Augen auf und hielt mit dem Strampeln inne.

„Sehr gut. Und jetzt aufstehen."

Doch die Blondine glotzte nur blöd auf den Mündungslauf der Beretta.

Hier nun platzte der geruchsneutralen Punkerin der Kragen: „Du dumme Planschkuh, du sollst aufstehen, geht das irgendwie in deinen Kopf?"

Verblüfft über die unerwartete Unterstützung blickte der Bankräuber das Mädchen mit den ausgefallenen Klamotten und der orangenen Frisur an.

Als sei ihr plötzlich die eigene Courage bewußt geworden, fügte sie etwas leiser hinzu: „Ist doch wahr. Die ist doch zu doof, ein Loch in den Schnee zu pinkeln."

Das fand Herr Schweitzer lustig, und er grinste. Inzwischen ähnelte die ganze Aktion mehr einer Groteske als einem räuberischen Überfall. Auch waren die Hände der Geiseln nicht mehr ganz so hoch erhoben, denn so ein Händehochhalten war auf Dauer doch recht anstrengend. Nicht so jedoch die Asiaten, deren Hände waren nach wie vor beispielhaft nach oben gereckt. Aber sie waren ja auch später gekommen und verfügten folglich noch über Kraftreserven.

Ein letztes „Schnüff" und Blondchen stand auf den Beinen und schaute dumm wie ein Schoppen Rotz in der Gegend umher. Der Bankräuber schubste sie in die Gruppe zurück, wo sie von Simon Schweitzer aufgefangen wurde, der dazu regelwidrig seine Hände zur Hilfe nehmen mußte, was aber toleriert wurde.

„So. Jetzt alle mal herhören. Wir sind hier nicht zum Vergnügen."

Das hatte Herr Schweitzer sich schon gedacht.

„Sie, Sie, Sie und du." Der Geiselnehmer deutete mit der Pistole nacheinander auf eine Türkin, einen alten Herrn mit feschem

Jägerhut, eine offenbar schwangere Enddreißigerin – eine Schwangerschaft auf den letzten Drücker, sozusagen – und einen kleinen Jungen mit rosa Sparschwein, auf dessen Bauch jemand in ungelenker Schrift den Namen Hansi gepinselt hatte. Auf den Bauch des Sparschweins wohlgemerkt.

„Hier rüberkommen." Die Pistole zeigte auf eine schwarze Marmorplatte zwischen all den hellgrauen. Die Angesprochenen gehorchten.

„Und Sie, Sie und Sie", damit waren die beiden Kassierer und die Blondine gemeint, „Auch hier rüberkommen. Ihr könnt gleich nach Hause gehen."

Die Banker gingen zu den anderen. Blondchen blieb stehen. Alle Blicke waren auf sie gerichtet. Doch das Frauenzimmer rührte sich noch immer nicht.

Herr Schweitzer, des Schwachsinns überdrüssig, mischte sich erstmals ein: „Sie sollten zu denen da rüber gehen. Der nette Herr schickt Sie dann heim. Ist das nicht toll?"

Stille. Langsam drehte sie sich um und schrie in einer Tonlage, die, wie in dem Blechtrommel-Film, Gläser hätte zerspringen lassen können: „Neiiin, neiiin. Ich will nicht sterben." Aber es standen keine Gläser herum, die hätten zerspringen können.

Simon Schweitzer fand die Idee des Bankräubers, die Blondine vor die Tür zu setzen, sehr vernünftig, denn als Frau war sie keine Augenweide und als Geisel ohnehin eine Fehlbesetzung. Aber soweit war man noch nicht.

Klatsch, klatsch. Der Geiselnehmer hatte ihr zwei Backpfeifen verpaßt und damit erstmals unmittelbar Gewalt angewendet, die jedoch, wie nicht anders zu erwarten, erfolglos war.

„Nicht sterben", jammerte Blondchen bloß, „nicht sterben."

Da packte der Bankräuber sie an der Jacke und schleuderte sie herum, so daß sie auf dem Hosenboden vor der zur Freilassung bereitstehenden Gruppe zum Sitzen kam. Niemand hätte dem Männeken so viel Kraft zugetraut und, eh man sich's versah, waren die Hände aller ob dieser überzeugenden Machtdemonstration wieder ein wenig mehr in die Höhe geschnellt.

„Und jetzt bilden wir eine hübsche Reihe. Du da, mit dem Schlüssel", sprach der Geiselnehmer, „die Tür wieder aufschliessen, aber hopp."

Dabei begleitete er den Kassierer, der nun doch reichlich nervös wirkte.

Für einige Sekunden war dem Bankräuber der Blick auf die restlichen Geiseln genommen, da durch die Reihe der zur Freilassung Vorgesehenen ein toter Winkel entstanden war.

Herr Schweitzer bemerkte diesen Umstand und beschloß spornstreichs, den Versuch zu starten, seine Haut zu retten. Ihm blieb keine Zeit, die Chancen dafür auszuloten, vielmehr war es eine ganz und gar intrinsische Entscheidung aus dem Bauch heraus. Zu oft hatte er sich in der Vergangenheit schon gefragt, warum sich Menschen in Gefahr einfach abschlachten ließen. Ohne Gegenwehr. Wie paralysiert.

Und nun, da er sich in einer ebensolchen Lage befand, war er bereit Wagnisse einzugehen, um sich nicht später, wenn er erst tot und erschossen war, vorwerfen zu müssen, nichts unternommen zu haben, um dem Schlamassel zu entrinnen. Er würde sich nicht einfach so abknallen lassen. Nein, das erwartete er einfach von sich. Er war bereit, dem Tod ins Antlitz zu schauen, auf daß spätere Generationen am Kaminfeuer Heldenepen über ihn, Herrn Schweitzer, erzählen mochten. Er gesellte sich auf leisen Sohlen als letzter in die Reihe.

Und tatsächlich hatte der Bankräuber davon nichts mitbekommen. Lautlos ging die Schiebetür auf.

„Auf geht's. Abmarsch."

Die Reihe setzte sich in Bewegung. Simon Schweitzer murmelte ein paar fromme Sprüche zur eigenen Erbauung, dann bewegte sich auch Blondchen, das vor ihm stand. Er folgte ihr. Da der Bankräuber rechts an der Tür stand, blickte Herr Schweitzer mit gesenktem Kopf nach halblinks.

Fast wäre der Geniestreich gelungen. Aber nur fast. Der Regen prasselte schon verhement das Lied der Freiheit gegen die Scheiben des Vorraums, Herr Schweitzer stand kurz vor einem Frohlocken, und doch wurde die Befreiungsaktion im letzten Moment ein Schlag ins Kontor.

Mit einem Fuß war er schon draußen, als der Geiselnehmer den Braten roch: „Hey, Sie da."

„Wer? Ich?" Es war ein letzter, wenn auch kindischer Rettungsanker, den der Herr Schweitzer da auswarf.

„Wer sonst?"

Er hatte es vermasselt und eingedenk der philosophischen Betrachtungsweise, daß Leben Sterben bedeutet, blieb er in Erwartung des finalen Schusses stehen, ohne ausdrücklich dazu aufgefordert worden zu sein. Simon Schweitzer hatte Angst wie nur einmal zuvor in seinem Leben. Das lag schon einige Zeit zurück und betraf den ersten Sex. Und damals war auch alles in die Hose gegangen. Sprichwörtlich.

Folglich legte er behutsam seine vielleicht letzten Worte auf die Waagschale: „Ich wollte nur mal ..."

Was hätte er sagen sollen? Was hätte einen Sinn ergeben? Ich wollte nur mal Bier holen gehen, vielleicht? Nein, es war eindeutig besser, den Satz unvollendet zu lassen. Nichts war's mit Heldenepen am Kaminfeuer.

„Hiergeblieben. Hab ich gesagt, daß Sie gehen können?"

„Nicht so direkt ..."

„Umdrehen."

Herr Schweitzer tat wie geheißen.

„Und jetzt wieder zu den anderen."

Er merkte, wie ihm der Schweiß an den Schläfen herunterrann und seine Knie zitterten. Er fühlte sich beschissen. Da zwinkerte ihm die ältere Dame in Jeans zu. Zuerst war er ein wenig überrascht, weil so eine Geste der Situation nicht angemessen war, doch als er noch das verschämte Grinsen der Punkerin bemerkte, fühlte er sich wieder aufgenommen in den Kreis der Schicksalsgenossen. Herr Schweitzer beruhigte sich wieder ein bißchen.

Die anderen waren in Freiheit. Der Bankräuber setzte den Schließmechanismus in Gang. Dann zog er den Schlüssel ab und steckte ihn sich in die rechte Hosentasche. Dies hatte Simon Schweitzer trotz aller Aufgeregtheit beobachtet und beschlossen, es sich zu merken. Man konnte nie wissen, wozu das später noch gut sein konnte.

Durch die Scheibe sah er den schwarzen Eimer, der von Jonathan dort in Panik zurückgelassen worden sein mußte. Also dürfte die Polizei schon verständigt sein. Herr Schweitzer blickte sich vorsichtig um und stellte mit Schrecken fest, daß sich kein Bankangestellter mehr im Raum befand, der den Tresor aufschließen oder die Geräte mit der verzögerten Geldausgabe hätte bedienen können. Dies war partout nicht lustig, aber gewisslich so geplant, wie er dem zufriedenen Gesichtsausdruck des Geiselnehmers entnehmen konnte.

„Könnten wir bitte die Hände runternehmen, es tut so weh", bat die ältere Dame mit gebotener Unterwürfigkeit.

„Äh, ach so, natürlich." Das Männeken wirkte zerstreut. „Und setzen Sie sich auf den Boden. Das Ganze könnte länger dauern."

Man setzte sich. Einige zogen ihre Jacken oder Mäntel aus, um sie als Unterlage zu benutzen, da der Boden mit kleinen Regenwasserpfützen, die von der nassen Kleidung stammten, verdreckt war.

„Und geben Sie bitte Ihre Handys ab. Alle." Eine unwirsche Bewegung mit der Beretta 92 unterstrich das Gesagte.

Die Punkerin war die erste, die ihres nach vorne schob. Dann gab noch ein Mann mit langen braunen Haaren, die zu einem Pferdeschwanz zusammengebunden waren, und in Wanderklamotten, wie Herr Schweitzer zu erkennen glaubte, sein Handy ab.

Die asiatische Frau hatte das Treiben beobachtet, griff nun in ihre Handtasche und sagte leise etwas in Landessprache zu ihrem Begleiter, woraufhin der Bankräuber mit puterrotem Gesicht schrie: „Hier wird nicht geflüstert."

Dabei spritzten ein paar Speicheltropfen in der Asiaten Gesichter, die dies jedoch mit der diesem Menschenschlag eigenen Höflichkeit ignorierten.

Herr Schweitzer war drauf und dran zu erklären, daß die ausländisch aussehenden Geiseln möglicherweise aus dem Ausland und infolgedessen der deutschen Sprache nicht mächtig waren. Doch der alarmierende Stimmungsumschwung des Bankräubers hielt ihn davon ab.

Offenkundig hatten jedoch die Asiaten das Begehr des unfreundlichen Herrn mit der Pistole erahnt, denn auch sie gaben ihre Handys ab.

Der Bankräuber sammelte die Telefone ein. Als von draußen lauter werdendes Sirenengeräusch zu vernehmen war, sagte er nur lapidar: „Na also, geht doch."

Durch die Sichtblenden war das matt rotierende Blauweiß eines Einsatzwagens zu erkennen. Autotüren wurden zugeschlagen. Herr Schweitzer fragte sich, warum keine Reifen quietschten, das gehörte doch dazu, wurde sich dann aber des unsäglichen Schmuddelwetters bewußt, unter dem nicht nur er seit Wochen zu leiden hatte, und in diesem Zusammenhang gelangte er zu der wissenschaftlich fundierten Erkenntnis, daß Gummireifen auf nassem Asphalt gar nicht quietschen, sondern nur rutschen konnten. Dies waren fürwahr absonderliche Gedanken, die er da hegte, aber, mit Verlaub, dafür konnte man ihn nun wirklich nicht verantwortlich machen.

Nun, da die ersten Vorboten der Staatsgewalt vor Ort waren, schauten die Geiseln ängstlich gespannt auf den Bankräuber und fragten sich, was dieser denn jetzt zu tun gedenke, hatte man sich in den wenigen Minuten ganz allgemein doch des Eindrucks nicht erwehren können, einen recht eigenbrötlerischen Delinquenten vor sich zu haben.

Sie wurden nicht enttäuscht, Aki Kaurismäki führte weiterhin Regie.

Ein maliziöses Lächeln umspielte seine Mundwinkel, als er aus einer der vielen Taschen seiner Arbeitsmontur einen Damenstrumpf herausholte und ihn sich über das Gesicht zog. Dann setzte er noch eine schwarze Baskenmütze aus weichem Strick auf, eilte zwischen den Asiaten und Herrn Schweitzer hindurch und bewegte mittels Knarre den Herrn mit dem Pferdeschwanz, der sich ganz nah an die Wand gedrückt hatte, zum Aufstehen.

Als ihm dies zu lange dauerte, zerrte er ihn hoch und kreischte markerschütternd: „Los, mitkommen."

Dem Herrn war jedwede Farbe aus dem Gesicht gewichen. Durch die Strumpfmaske drang des Übeltäters gedämpfte Stimme: „Wir gehen jetzt nach vorne und zeigen den Bullen mal, was hier abgeht. Und Ihr ...", er drehte sich halb um und unterstrich seine Worte mit der Beretta, „bleibt brav hier sitzen, sonst knallt es."

Was hätten sie auch statt dessen tun sollen? Polka tanzen?

Er schob die Geisel vor sich her bis zur Schiebetür, setzte ihr die Pistole an die Schläfe und machte mit der linken Hand Zeichen, die den vor der Eingangstür wartenden Polizisten unmißverständlich klarmachen sollten, sie mögen tunlichst verschwinden, andernfalls sich eine Kugel lösen könnte. Dies tat er mit so reicher Gestik, daß kein Vertun möglich war. Zudem hielt er noch die Faust ans Ohr, um anzudeuten, daß die Kommunikation fürderhin per Telefon abzuwickeln sei.

So hatte es Herr Schweitzer verstanden, der es nun mit dem Pinkeln kaum noch aushielt. Schon waren seine Augen glasig. Dann redete er Klartext: „Ich muß mal."

Das Männeken stieß die Geisel zurück auf den Boden zu den anderen und zog die Maske aus. „Wie bitte?"

„Ich muß mal."

„Ach, will der Herr mal wieder stiften gehen. Hofft wohl, durch ein Toilettenfenster zu verduften, hä?"

„Nein wirklich. Ich muß ...“ Simon Schweitzer kam sich ziemlich dämlich vor.

Völlig überraschend fing der Geiselnehmer daraufhin zu grinsen an und sagte zu Herrn Schweitzer: „Ja dann gehen Sie mal nach oben auf die Toilette und sagen Frau Theresa Trinklein-Sparwasser bei der Gelegenheit, sie möge ihren Arsch doch bitte nach unten bewegen. Wir wären dann nämlich komplett.“

Gerade so, als könne das Spiel beginnen, nun da auch der Außenverteidiger endlich gekommen war.

Herrn Schweitzers Bedürfnis war viel zu dringend, als daß er sich über die Äußerungen des Bankräubers großartig Gedanken machte. Alsogleich bedankte er sich und stürzte zwei Stufen auf einmal nehmend die Treppe hinauf. Mit einem Blick sondierte er das Terrain und ortete das WC-Zeichen, ein Keramikschild, Bub mit heruntergezogener Krachlederner auf Schüssel hockend, an einer der beiden Türen, die er hektisch aufriß, mit der freien Hand schon seinen Hosenlatz öffnend.

Ach, du heiliger Bimbam. Er war ganz schön erschrocken, als er die Frau auf dem Deckel sitzen sah, lamentierte aber nicht, auch aus Zeitmangel, sondern schickte sie wie befohlen nach unten: „Sie werden erwartet.“

Schließlich hatte er die Scharte des mißlungenen Fluchtversuchs auszuwetzen, und Insubordination war nahezu das letzte, was er sich momentan vorwerfen lassen wollte.

Tür schließen, Toilettendeckel heben und die üblichen Uriniervorbereitungen treffen waren ein einstudierter Bewegungsablauf. Als es zu plätschern anfing, entspannten sich seine Gesichtszüge merklich. Er pinkelte stundenlang. Der Blasenschmerz nahm ab. Nun hatte er Zeit, über die Worte des Bankräubers nachzudenken. Woher kannte er wohl den Namen der Frau, die sich hier oben versteckt hatte? Nein, tadelte sich Simon Schweitzer, du gehst die Sache falsch an. Als erstes stellte sich nämlich die Frage, woher er das Versteck dieser Theresa Dingsbums überhaupt kannte. Aber schon bald sah er ein, daß es müßig war, darüber zu spekulieren. Folglich ließ er es bleiben, schüttelte die restlichen Tropfen ab und wusch sich die Hände. Das kleine Fenster war vergittert, ja es ließ sich nicht einmal kippen, stellte er traurig fest.

Draußen stand noch die Dame, die er schon unten bei den anderen gewähnt hatte.

„Was machen Sie noch hier oben?“ flüsterte er.

„Wieso ist der noch nicht weg?“

Trotz seiner leicht überreizten Nerven erklärte er der Dame ausführlich den Sachverhalt und bat sie dringend, mit ihm hinunter zu gehen, um einen weiteren Tobsuchtsanfall seitens des Geiselnehmers zu verhindern. Er könne die Lage nicht präzise einschätzen und wolle daher einen Schußwaffengebrauch, der die Sache nur noch verschlimmerte, nicht ausschließen.

Sie war nicht restlos überzeugt, doch sie folgte Herrn Schweitzer die hübsch strukturierten Stufen herunter. Es war doch mehr als seltsam, daß der Bankräuber ihren Namen kannte, und selbst wenn, dann verheimlicht man dies doch wegen der eigenen Anonymität.

Unpassend gravitätisch nahm sie die letzte Stufe, als der Geiselnehmer hinter einer ihn halb verdeckenden Stellwand hervortrat.

„Ludger? Du? Hier?“

„Darf ich vorstellen: Frau Theresa Trinklein-Sparwasser, hochgeschätzte Filialleiterin der altehrwürdigen Teutonischen Staatsbank.“

Herr Schweitzer nahm wieder seinen Platz ein und hoffte auf ein wenig Aufklärung in dieser verworrenen Angelegenheit. Er war zwar nicht der dümmsten einer, doch dies hier schlug in puncto Kuriosität dem Faß den Boden aus.

„Und obendrein noch Ex-Ehefrau Herrn Ludger Trinkleins“, ergänzte die Filialleiterin und fügte spöttisch hinzu: „Was soll denn der Mist? Glaubst du vielleicht, das macht die Sache besser?“

Er wußte nicht, was welche Sache wie hätte besser machen können, doch hielt Simon Schweitzer den Ton der Frau Trinklein-Sparwasser bei aller Wertschätzung für entschieden zu arrogant.

Ludger sah es offenbar ähnlich, denn blitzschnell zog er ihr die Beretta 92 übers Gesicht, woraufhin das Frauenzimmer unrühmlich zu Boden ging.

Ohne einen Pieps von sich zu geben, rappelte sie sich wieder auf, zog ihren silbergrau melierten Nadelstreifenrock zurecht und blickte ihren Ex an, als wäre er ein anderer.

Das hast du jetzt davon, du blöde Schnepfe, dachte Herr Schweitzer, wunderte sich aber zugleich, warum er in einer solch brenzligen Lage anfing, Sympathien zu verteilen. Das ist doch nicht normal. Oder?

Kaum hatte er dies gedacht, wurde das Sympathiepunktekonto auch schon wieder ausgeglichen, als der Bankräuber abermals tobte: „Und wenn du glaubst, hier auch eine Show abziehen zu können, dann mach ich dich platt."

Dabei rammte er der am Boden sitzenden Exgattin den Lauf der Pistole in das linke Nasenloch, bis es zu bluten anfing.

Erschrocken nickte Frau Theresa Trinklein-Sparwasser, soweit es der Stahl in ihrer Nase zuließ.

„Besser du machst, was ich dir sage."

Sie nickte erneut. Überraschung spiegelte sich in ihren großen, dunklen Augen.

Rückwärts näherte sich der Bankräuber dem Container und förderte je eine Rolle Packpapier und Klebestreifen zutage, die er vor die Geiseln warf. Dann deutete er auf Herrn Schweitzer und einem Mann mit Allerweltsgesicht und befahl ihnen, damit die zwei großen Scheiben der Schiebetür bis Augenhöhe abzudichten.

Man begab sich ans Werk. Wehmütig blickte Simon Schweitzer durch die Graupelschauer auf die immer zahlreicher werdenden Polizeiwagen. Ein Krankenwagen war auch schon darunter. Rotweißes Absperrband hielt die Fußgänger davon ab, den unmittelbaren Bereich vor der Bank zu betreten. Einige Menschen hatten sich auf der gegenüberliegenden Seite des Schweizer Platzes versammelt und wurden von zwei Polizisten höflich aber bestimmt nach hinten gedrängt. Herr Schweitzer konnte sie förmlich hören, wie sie sich beschwerten, denn nie ist in Sachsenhausen was los, und wenn, dann wird man gleich fortgeschickt wie Kinder, wenn Erwachsene sich über Erwachsenenthemen unterhalten.

Eine Straßenbahn der Linie 16 des Typs R-Tw 016, wie der ehemalige Straßenbahnfahrer Simon Schweitzer konstatierte, versperrte kurz die Sicht. In einem Anflug von Niedergeschlagenheit, was sonst überhaupt nicht seine Art ist, fand er, heute sei ein guter Tag zum Sterben. Seine Liebste, Maria von der Heide würde dann schon sehen, was sie davon hatte, ihn so schändlich behandelt zu haben. Kaskaden von Tränen würde sie an seinem Grab, oder besser, an seinem Urnengrab, so hatte er es nämlich verfügt, vergießen und sich wünschen, er, Herr Schweitzer höchstselbst, würde sich täglich, nein, stündlich wieder um sie bemühen. Ach natürlich, um Vergebung würde sie winseln. Und kein Wort mehr von wegen Klammern.

Aber andererseits war Sterben als Preis dafür sicherlich eine

Idee zu hoch. Bestimmt wäre es ausreichend, sie wüßte um die Gefahr, in der er schwebte. Dazu müßte Maria von der Heide aber erst mal Wind von der Sache bekommen. Er seufzte innerlich und riß Packpapier entzwei.

Nachdem diese Arbeit erledigt war, durften sie sich wieder setzen. Niemand sagte etwas, es war mucksmäuschenstill. Der Bankräuber hatte sich einen modernen schwarzen, ergonomisch gestylten Bürostuhl geholt, saß nun vor ihnen und ließ seinen Blick über die Geiseln schweifen. Denn Geiseln, das hatte nun auch der Letzte begriffen, waren sie allesamt.

Verstohlen blickte sich Herr Schweitzer unter den Mitgefangenen um, schaute in jedes Gesicht, und was er sah, gefiel ihm. Natürlich konnte man die Angst nicht verleugnen, die als Grundstimmung den Raum beherrschte, jedoch glaubte er, keiner der hier Anwesenden würde in absehbarer Zeit die Nerven verlieren. Lediglich der Bankräuber und die Filialleiterin, in seltsamer und vielleicht sogar fataler Weise miteinander verknüpft, paßten nicht in dieses Schema. Der zu Gewaltausbrüchen neigende Herr Trinklein und seine hochnäsige, piekfeine Exfrau könnten das Pulverfaß, auf dem sie alle saßen, zur Explosion bringen. Doch im Moment herrschte Ruhe, der Bankräuber machte einen ausgeglichenen Eindruck, der Peacemaker lag friedlich auf seinem Knie. Er schien auf etwas zu warten.

Prompt klingelte das Telefon. Fünfmal, erst dann stand er in aller Ruhe auf und schlenderte aufreizend langsam hinter die Schalter. Die Spannung war zum Greifen. Er nahm den Hörer ab.

„Ja? ... Der bin ich ... Mein Name tut nichts zur Sache. Sie sind doch sicherlich der Einsatzleiter? ... Gut ... Nein, Aufgeben kommt nicht in die Tüte ... Natürlich, weiß ich ... Na, Geld natürlich. Wenn Sie vielleicht etwas zum Schreiben hätten ... Gut. Sie notieren? ... Prima ... Erste Frage: Wieviel Zeit brauchen Sie für eine Million in kleinen Scheinen, sagen wir Fünfziger und Hunderter? Zweite Frage: Wie lange würden 10 Millionen dauern? Und dritte Frage: Wie lange für 35 Millionen? ... Haben Sie? ... Gut ... Nein, Geiseln werden auf keinen Fall mehr freigelassen. Wie Sie sicherlich bemerkt haben dürften, habe ich im Glauben an eine gute Zusammenarbeit schon einige gehen lassen. Enttäuschen Sie mich also nicht ... Nein, keine Kinder mehr ... Kann ich Ihnen leider nicht sagen, wir wollen doch nicht, daß die Bank gestürmt wird ... Ich weiß, daß das dauert. Ich lege jetzt auf und lege den Hörer zur Seite. Ich bin dann um, sagen wir, vierzehn Uhr wieder zu erreichen. Bis dahin sollten Sie die Fragen beantworten können. Ach, noch was, ich bin bewaffnet."

Der Schuß wirkte um so lauter, als die Ruhe vorher geradezu kontemplativ gewesen war. Die Geiseln zuckten zusammen, als wäre ein Blitz in sie geschlagen. Verputz rieselte von der kassettierten Decke. Allerdings vermißte Herr Schweitzer den Rauch, der sich hernach doch immer aus abgefeuerten Pistolen himmelwärts schlängelte. Dessen ungeachtet war man allgemein doch sehr beeindruckt von dieser Demonstration männlicher Entschlossenheit, und falls es noch jemanden gegeben haben sollte, der an der Intention des Herrn Trinklein zweifelte, so dürften diese Kritiker jetzt eines Besseren belehrt worden sein. Damit hatte sich auch so nebenbei des Herrn Schweitzers Frage erledigt, ob die Knarre denn überhaupt echt sei.

Der Bankräuber drückte auf die Taste des Telefons, legte den Hörer daneben und grinste über beide Backen.

Die Filialleiterin konnte es nicht lassen: „Spinnst du jetzt total?"

„Du, meine Liebe, hältst jetzt mal die Luft an. Dein Auftritt kommt noch. Später."

Unsicher blickte sich Frau Theresa Trinklein-Sparwasser um, ob vielleicht von irgendwoher Hilfe zu erwarten war. War aber nicht.

Selbst Herr Schweitzer konnte mit den doch eher kryptischen Worten ihres Mannes wenig anfangen, doch war er bei den Worten der Filialleiterin wieder zusammengezuckt. Er kannte diesen Typus Weib nur zu gut aus der Kneipenwelt Sachsenhausens. Es waren gewöhnlich frustrierte Gattinnen mittelständischer Gewerbetreibender, die es gerne zu Gattinnen von Großunternehmern gebracht hätten, oder frustrierte Ehefrauen von unbedeutenden Lokalpolitikern, deren Politik sich in der Tat mehrheitlich in Lokalen abspielte, und die um alles in der Welt gerne Ehefrauen von bedeutenden Politikern geworden wären, denn dann gehörten sie zu den vermeintlich Honorablen, um die sich Presse, Funk und Fernsehen bemühte, und ein wenig Glanz fiele auch auf sie.

Doch beschränkten sich diese Berührungspunkte zwischen deren und Simon Schweitzers Welt auf gelegentliche Begegnungen in Kneipen, und das war auch gut so, denn er konnte diesem mitunter doch recht ätzenden Getue herzlich wenig abgewinnen. Er erwärmte sich mehr für gradlinige Menschen, die rundheraus ihre Meinung kundtaten. Allerdings konnte man der Filialleiterin kaum Mangel an Gradlinigkeit vorwerfen, überlegte Herr Schweitzer, eher war es schon ihre Arroganz, die ihm säuerlich aufstieß. Im übrigen galt es, sich in Geduld zu üben, mehr war augenblicklich sowieso nicht drin.

Derweil machte sich der Bankräuber wieder am Container zu schaffen und holte einen froschgrün-fliederviolett quergestreiften Reisewecker der Marke Rowenta heraus, den er neben das Telefon stellte, nachdem er die Uhrzeit mit seiner Armbanduhr verglichen hatte. Daraufhin zählte er die Geiseln und verteilte ebensoviele Sitzkissen, acht an der Zahl, die mit farbenfrohen Mickey-Maus-Motiven bedruckt waren.

Die Worte „Es könnte nämlich länger dauern“ begleiteten die Aktion. Über die Zeitfrage hatte sich Herr Schweitzer auch schon den Kopf zerbrochen. Es mutete doch mehr als sonderbar an, daß Herr Trinklein den Bullen nicht einfach klipp und klar gesagt hat, wann er wieviel Kohle zu haben wünschte, andernfalls ein lustiges Geiseltotschießen begänne. Wie gesagt, es war seine erste Teilnahme an einem derartigen Treiben. Weder die aktive Rolle mit Pistole noch die passive als Geisel waren Simon Schweitzer geläufig. Alles, was sein Erfahrungsschatz über Banküberfälle hergab, hatte er größtenteils aus der Zeitung, und trotzdem war ihm klar, daß der Geiselnehmer einen ganz, ganz speziellen Plan haben mußte, der mit den allseits bekannten Handlungsabläufen nicht zu vergleichen war. Da spielte es auch keine Rolle mehr, ob man als Grünschnabel, wie im Fall des Herrn Schweitzer, oder als Profi an den Start gegangen war. Die Frage nach dem Weiterempfehlungswert des eingeschlagenen Weges konnte zum jetzigen Zeitpunkt nicht beantwortet werden. Vielleicht würde sich ja im nachhinein alles nur als brotlose Kunst erweisen.

Der Bankräuber begann Wasserflaschen und Plastikbecher zu verteilen und forderte die Geiseln auf, es sich soweit als möglich gemütlich zu machen. Die ältere Dame in Jeans war die erste, die daraufhin ihr Sitzkissen an die rückwärtige Wand schob. Andere folgten. Zum Schluß blieben Herr Schweitzer, dessen gute Kinderstube es ihm untersagte sich vorzudrängeln, und der thailändisch aussehende Koreaner übrig, die sich aber an die mit orientalischen Keramikkacheln verzierte Säule lehnen konnten, von wo sie ebenso wie alle anderen fast den ganzen Raum vor sich hatten.

„Wie lange soll's denn ungefähr dauern? Ich meine, werden wir freigelassen, wenn Sie das Geld bekommen haben, oder wie stellen Sie sich das vor?“ fragte couragiert die ältere Dame.

Der Bankräuber legte seinen Kopf schief als überlegte er, inwieweit die Frage nun ungehörig sei. Offenbar stufte er sie als legitim ein, denn er antwortete: „Nun, wie Sie vielleicht vorhin mitbekommen haben, ruft die Polizei in knapp zwei Stunden zurück und teilt mir hoffentlich mit, wann mit dem Geld zu rechnen ist. So lange müssen Sie sich eben noch gedulden.“

Es entstand eine Verlegenheitspause bis Herr Schweitzer sich ein Herz faßte: „Wollen Sie wirklich 35 Millionen?“

Ein Lächeln umspielte des Bankräubers Lippen: „Wenn schon, denn schon.“

Teufel aber auch. Simon Schweitzer konnte sich nun an einer Hand ausrechnen, daß diese unerfreuliche Angelegenheit sich auch ohne die übliche polizeiliche Hinhaltetaktik in die Länge ziehen mußte. 35 Millionen Euro waren immerhin zirka 70 Millionen D-Mark alter Währung. Das war kein Pappenstiel. Und davon mußten noch die Seriennummern notiert werden. Dies alles in Betracht ziehend, konnte kaum damit gerechnet werden, das Abendessen in Freiheit zu genießen. Weiß Gott, das waren düstere Aussichten.

Ähnliche Überlegungen hatte wohl auch die ältere Dame angestellt, die nun vorschlug: „Ich bin zwar ganz und gar nicht einverstanden mit dem, was hier abläuft, aber da der Unfug nun mal länger dauert, könnten wir uns ebensogut einander vorstellen. Ich bin die Inge Hoffmann.“

Damit hatte nun wirklich keiner gerechnet. Unsicher schaute man sich um, wie die anderen denn darüber dachten. Bis auf die Asiaten, die offensichtlich kein Wort verstanden. Doch auch Herr Schweitzer als Durchschnitts-Sachsenhäuser fand, für ein Schwätzchen sei immer Zeit, warum nicht auch in solch einer Misere, und da machte es sich doch besser, wenn man sich beim Namen kannte. Was geschehen wird, wird ohnehin geschehen. Warum es sich hienieden auf Erden nicht noch ein wenig gemütlich machen?

Doch allgemein war man, wie gesagt, verunsichert, und so blickte dann die Majorität auf den Herrn mit der Pistole, der hier als Exekutive uneingeschränkt das Sagen hatte. Als dieser alle Augen auf sich gerichtet wußte, fühlte er sich in der Pflicht:

„Solange nicht geflüstert und durcheinander geredet wird, ist mir das alles scheißegal. Für euch bin ich der Herr Trinklein."

„Der Typ ist ja echt schräg", vernahm man nun die Punkerin, die damit den Geiselnehmer gemeint hatte, und die sich nun ihrerseits vorstellte: „Paloma Uz. Meine Kumpels nennen mich Uzi wie das bekannte Schnellfeuergewehr, weil ich schneller rede, als Israelis Palästinenser über den Haufen schießen."

Ihr Blick wanderte zu Herrn Schweitzer als galt es, einen Spielball zu übergeben, und legte damit zart eine vorläufige Rangordnung innerhalb der Geiselschaft fest.

„Simon Schweitzer. Ich wohne hier." Was er damit nun wieder bezweckte, wußte er selbst nicht. Vielleicht malte er sich ja aus, daß einheimische Geiseln nicht so ohne weiteres zu füsilieren seien. Mehr wußte er, der sonst nicht auf's Maul gefallen war, nicht zu sagen, und so übergab er mittels Blickkontakt an den Herrn, mit dem er zusammen die Scheiben mit Packpapier überklebt hatte.

Doch dieser war noch wortkarger.

„Popic."

Popic war der einzige in einem Anzug, der allerdings schon bessere Zeiten gesehen hatte. Mit dünnem Oberlippenbart und leicht abstehenden Ohren wirkte er wie ein biederer Buchhalter aus Großmutters Zeiten, wobei es einem natürlich schwerfällt, sich Buchhalter generell als tanzende Derwische oder mit langer strähniger Mähne bei einem Hardrockkonzert vorzustellen. Nur so als Beispiel.

Popic jedenfalls ließ sich nicht aus der Reserve locken, und so ergriff der Mann mit Pferdeschwanz und in sandfarbener Traveller-Kluft das Wort und gab es so schnell nicht wieder ab: „Johnny. Ich wollte hier eigentlich nur meine Travellerschecks abholen, weil am Samstag geht's mit Susi, die hab ich bei nem Malkurs hier an der FH kennengelernt, nach Vietnam. Erst mal. Dann noch rüber nach Laos und Kambodscha. Wird ne reale Tour. Nur die Flugtickets sind gebucht. Nix von wegen pauschal und Neckermann und so. Wird echt crazy, wird das. Und mit Susi, die ist okay, mit der kannste das machen. Auch mal zur Not im Stall übernachten, bei den Einheimischen, die sind dort noch echt nett die Leute da, richtig unverfälscht. Auch wenn der Ami dort ganz schön gewütet hat. Aber da merkste nix mehr von. Mußt nur sagen, daß du kein Ami bist, aus good old Germany kommst. Ein paar reden da ja deutsch. Von DDR-Zeiten her, internationales, sozialistisches Austauschprogramm und so."

Damit war Johnny vorerst die Luft ausgegangen. So, wie sämtliche Augenpaare nun auf ihn gerichtet waren und ihn ungläubig anstarrten, wäre dem ein oder anderen Zeitgenossen gewiß die Schamröte ins Gesicht gestiegen. Nicht so unserem Johnny. Johnny war nämlich aus ganz anderem Holze geschnitzt. Böse Zungen würden behaupten, der merkt doch nichts mehr.

Nun wäre es eigentlich an Theresa Trinklein-Sparwasser gewesen sich vorzustellen, da dies aber indirekt ja schon durch ihren Ex und Bankräuber in Personalunion geschehen war, konnte man ihr kaum mangelndes schickliches Betragen vorwerfen, zudem sie damit beschäftigt war, haßerfüllte Blicke auf Ludger zu werfen, der, hätte er als Trumpf nicht die Beretta 92, von seiner Ehemaligen eine Tracht Prügel verabreicht bekommen hätte. So jedenfalls interpretierte nicht nur Herr Schweitzer die Blickattacke der Filialleiterin auf den Bankräuber.

Blieben noch die Ausländer aus einem Gebiet östlich von Fulda, wodurch sich die Frage der Gastfreundschaft stellte, die ja hierzulande reichlich prekär ist. Der Deutsche an sich tut sich traditionell doch recht schwer mit der Gastfreundschaft. Hiervon bilden allerdings die Bayern eine rühmliche Ausnahme, die gewöhnlich offenherzig auf Fremde zugehen, sofern sie nicht allzu penetrant nach Ausländer aussehen. Speziell dem Frankfurter jedoch wird eine Art Mürrischkeit nachgesagt, die Auswärtige oft vorschnell als Ausländerfeindlichkeit auslegen, die aber nichts anderes bedeutet, als daß man gerne unter sich bleibt, wobei der Ausländer bei dieser Ausgrenzung aber auf eine Stufe mit einem, sagen wir mal Mainzer gestellt wird, und so letztendlich der Ausländer maximal mit Fremdenfeindlichkeit zu rechnen hat, die jedoch nie und nimmer persönlich genommen werden sollte, und auf keinen Fall mit Ausländerfeindlichkeit verwechselt werden darf. Doch hat auch dies in den letzten Jahren stark nachgelassen, da immer mehr Ausländer hier heimisch geworden sind, die Fremden nicht ganz so distanziert begegnen wie die Eingeborenen.

Um genau dieses Frankfurt-Bild zu revidieren, schickte sich Herr Schweitzer, dessen Schulenglisch nun wirklich nicht das Sahnehäubchen auf einer ansonsten tadellosen Allgemeinbildung darstellte, nun an, die nach Mongolei aussehenden Gäste im

Kreise der Geiseln willkommen zu heißen. Die Frage „Where come you from?“ war folglich mehr als Initiationsritus zu verstehen. Er hatte sich bewußt an den Herrn gewandt, da in anderen Kulturkreisen die Welt oft noch in Ordnung und der Mann das Oberhaupt war.

Die Frage war kaum ausgesprochen, da erhellten sich der Asiaten Gesichter. Es war allerdings die Frau, die mit prononcierter Stimme antwortete: „Oh, we are from Japan. We've just arrived this morning.“

Auch das noch. Kaum gelandet, schon in den Fängen eines Missetäters. Simon Schweitzer fühlte sich mal wieder persönlich verantwortlich für das Chaos, in dem die Welt versank. Er setzte sein herzallerliebstes Lächeln auf.

„Oh, Japan, wonderful. A very nice country.“ Na also, ist doch gar nicht so schlimm mit der Fremdsprache. Und für den global player, der er war, sowieso null Problemo.

Hier schaltete sich der Japaner ein: „Thank you. Thank you very much. Germany is also very nice.“

„It's your first time here by us?“ verunstaltete Herr Schweitzer weiterhin fröhlich alles Englische.

„Yes, it's our very first time so far away from Japan“, verriet die japanische Dame großes Einfühlungsvermögen in die Schweitzersche Kryptographie und fuhr fort: „We want to travel through the whole of Europe. On Saturday we'll fly to Rome. Further on we go to Paris, London, Budapest. We will stay in Europe for one month.“

Mit der Frage „You're students?“ bewies nun Herr Schweitzer kenntnisreiches Detailwissen über das Land der Morgenröte, denn die spärlich bemessenen Urlaubstage des einfachen Volkes ließen eine solch ausgedehnte Tour meist nicht zu. Deutschland, meist reduziert auf Berlin, Heidelberg, Rothenburg ob der Tauber und Schloß Neuschwanstein, nimmt oft, wenn überhaupt, nur zwei Tage im Terminkalender einer japanischen Europareise in Anspruch.

„Yes, students of the arts and the history of art. And what do you do?“

Dies zu erklären stellte eine schwierige Aufgabe dar, es war schon auf Deutsch nicht so einfach. Aber Herr Schweitzer wäre nicht Herr Schweitzer, wenn er jetzt kneifen würde.

„One part of me is a private detektiv, and the other part is a privat human being, which is living from the heritage of my dead mother."

Er erwartete eine anerkennende japanische Erwiderung, wie immer, wenn er sich als Privatdetektiv zu erkennen gab. Dies hatte schließlich etwas sehr Geheimnisvolles, auch wenn es meist langweiliger war als einer Farbe beim Trocknen zuzusehen.

Doch statt dessen meldete sich der Bankräuber mit leicht ironischem Unterton zu Wort: „Soso, Privatdetektiv ist der Herr also. Hat womöglich einen Ballermann einstecken. Da wollen wir doch lieber mal schauen, bevor da was anbrennt. Aufstehen."

In Anbetracht der Echtheit der Pistole und der Entschlossenheit des Herrn Trinklein, diese auch zu benutzen, quod erat demonstrandum, erhob er sich flugs und wurde leibesvisitiert, was dem Herrn Bankräuber offensichtlich ebenso unangenehm war wie Simon Schweitzer, denn Männerhände auf seinem Körper war definitiv nicht sein Ding. Viel wohliger wären da schon Marias Hände gewesen, aber das Telefonat am Morgen war ja nun nicht so harmonisch verlaufen wie sonst in ihrer nun anderthalbjährigen Beziehung. Seufz.

„Gut. Sie können sich wieder setzen. Da muß ich wohl jetzt ein Extra-Auge auf den Herrn Privatdetektiv werfen, er scheint ja mit allen Wassern gewaschen zu sein."

Grundsätzlich hörte er so was natürlich gerne über sich, doch gerade jetzt, in den Fängen des Todes, konnte ein auf ihn geworfenes Extra-Auge zum Nachteil gereichen.

Er wollte gerade die Unterhaltung mit den japanischen Gästen wieder aufnehmen, als ein Telefon klingelte. Das war um so bemerkenswerter, als der Geiselnehmer den Hörer ja nicht wieder auf die Gabel gelegt hatte.

Erschrocken fuhr Ludger Trinklein herum. Die sich auf dem Wege der Besserung befunden habende Atmosphäre verkrampfte sich erneut. Wütend stapfte er in Richtung des schrillen Geräuschs, entdeckte das Gerät auf einem kleinen Beistelltisch hinter einer Schusterpalme und stieß ein nichts Gutes verheißendes „Ja, was gibt's?" in den Hörer.

Erwartungsvolle Stille.

Sekunden später: „Nein, Peterle ist nicht zu sprechen. Peterle ist nämlich tot." Dann durchtrennte er die Leitung mit einem herumliegenden Brieföffner.

Herr Schweitzer vermutete Peterle in einem der freigelassenen Schalterbeamten und dachte, daß es nicht nett war zu sagen, daß Peterle tot sei, wo er doch gar nicht tot war. Ganz im Gegenteil, Peterle war nicht nur nicht tot, sondern sogar frei, was man von den Geiseln nun nicht behaupten konnte, die weiterhin diversen Fährnissen ausgesetzt waren, zu denen auch, machen wir uns da nichts vor, der Tod gehörte. Ja er, der Tod, war quasi systemimmanent. Ohne diese Gefahr wäre eine Geiselnahme beinahe töricht, denn was sonst als der Tod konnte einer Geldforderung bedeutenden Nachdruck verleihen?

Wenn Sie nicht bald mit der Kohle rausrücken, besprüh ich die Wände mit Farbe und mach den Kopierer kaputt. Wie lächerlich das wirkte.

Mit einem diabolischen Grinsen setzte sich der Bankräuber wieder. Offensichtlich fand er den fiktiven Tod Peterles lustig.

„What's your name?" nahm Oma Hoffmann den Konversationsfaden wieder auf.

„Yoko", antwortete die Japanerin.

„Kogyo", antwortete der Japaner.

Oh je, dachte Herr Schweitzer, das merk ich mir doch nie und übte schon mal. Yoko, Kogyo, Yoko, und so weiter.

Nachdem er ausgeübt hatte, fühlte er sich bemüßigt zu erklären: „This is a real bankrobbery." Das Wort für Geisel war ihm fremd. „But I think that we can leave when the bankrobber has his money."

Kogyo schaute Yoko in die Augen, und beide zuckten mit den Schultern, als hätten sie schon etliche Banküberfälle auf dem Buckel und im Prinzip in Frankfurt mit nichts anderem gerechnet.

Sicherlich wußte man auch in Japan, daß diese Stadt in der Verbrechensstatistik immer ganz oben mitmischte. Allerdings, und das sollte der Gerechtigkeit halber auch mal erwähnt werden, wird in diese Statistik auch der Flughafen mit einbezogen, der ja mit London Europas Drehscheibe im Personenverkehr bildet, und über den ein Großteil der Drogen, die man zum Beispiel in Delmenhorst konsumiert, eingeschmuggelt wird. Fair ist das nicht, auf diese Weise behält der Delmenhorster nämlich seine weiße Weste, auch wenn Koks daran haftet, aber das ist ja auch weiß, und der Frankfurter ist der Dumme, gilt im Ausland als kriminell, sofern die Droge am Flughafen aufgespürt wird, obwohl groß und deutlich Delmenhorst draufsteht.

In den folgenden Minuten breitete sich eine angenehme Ruhe aus. Ludger Trinklein würde wegen des Geldes bald mit der Polizei in Verbindung treten, die Geiseln kannten sich zumindest namentlich und die Japaner waren von Oma Hoffmann und Herrn Schweitzer bei allen negativen Begleitumständen doch recht herzlich in Frankfurt willkommen geheißen worden.

Alsbald bemühte Simon Schweitzer seine grauen Gehirnzellen auf der Suche nach spektakulären Banküberfällen, die in der Vergangenheit Schlagzeilen gemacht hatten, möglichst zuzüglich einer Geiselnahme. Unverzüglich fielen ihm da natürlich die in die Annalen eingegangenen Berliner Tunnelräuber ein, die ein paar Geiseln genommen hatten und dann, während die Polizei brav auf weitere Anweisungen wartete, durch einen schon vorher gegrabenen Tunnel das Weite gesucht hatten. Soweit er sich erinnerte, hatte es damals keine Toten gegeben, und die Täter hatte man auch gefaßt. Beruhigend zu wissen. Etwas später weilte er beim Gladbecker Geiseldrama von 1988, dem auch ein Banküberfall vorausgegangen war, und wo sich die Presse mit ihrer Liveberichterstattung in einem diskussionswürdigen Licht präsentiert hatte. Die Erinnerung daran war ob der drei toten Menschen wenig dazu angetan, sein Gemüt zu erhellen. Folglich ließ er von diesem unerquicklichen Thema ab, denn wer wollte schon mit dem Tod konfrontiert werden, sich mit dem Gedanken auseinandersetzen, sein junges Leben in Bälde verwirkt zu haben? Was half es schon, mit dem Schicksal zu hadern?

Draußen war es noch düsterer geworden. Unaufhörlich peitschte der Regen gegen die Scheiben und etliche Blaulichter warfen ihre unruhigen Farbenspiele an die Decke der Schalterhalle. Vielleicht war es ja dem Wetter zuzuschreiben, daß Herr Schweitzer in letzter Zeit trübsinnigen Gedanken nachhing. Allein an Marias Zurechtweisung, er würde klammern, konnte es nicht liegen. So etwas würde er locker wegstecken, prinzipiell war er nämlich ein heiterer Mensch. Und wenn er es recht bedachte, hatte er kaum je eine dermaßen ausgedehnte Schlechtwetterperiode im Rhein-Main-Gebiet erlebt. Es würde ihn nicht wundern, wenn die Selbstmordrate auf Rekordhöhe geklettert war und Deutschland die Finnen von Platz eins verdrängt hatte. Und das im Frühling, wo normalerweise Knospen sprossen und Gigolo sonnenbebrillt im Cabrio aus sicherer Entfernung seinen Balztanz aufführte und extrem mit den Hüften wackelnden, holden Jung-

und anderen Frauen hinterhergeiferte. Ja, Herr Schweitzer hatte das Leben durchschaut. Und so konnte er auch damit rechnen, schon in naher Zukunft sein persönliches Tief zu überwinden. Einstweilen jedoch standen die Zeichen auf Sturm, wo man auch hinschaute.

Nach fünf ruhigen Minuten wurde es Uzi, der Punkerin, offenbar zu langweilig und sie fragte Johnny, den Traveller mit dem speckigen Hemdkragen und dem auch ansonsten eher schmuddeligen Outfit, wie's denn in Vietnam, wo er hinzufliegen gedenke, so sei.

Dieser Fehler wäre dem Herrn Schweitzer nie und nimmer unterlaufen, denn schon nach den ersten Sätzen vorhin war ihm klar, daß es sich bei Johnny um einen Menschen handelte, der sich selbst gerne reden hörte. Und so war es denn auch.

Ohne Luft zu holen preiste der erfahrene Globetrotter die von ihm ausgearbeitete Route abseits touristischer Trampelpfade, wobei Ha Long Bay natürlich trotzdem ein Muß war, er aber einen Alternativplan in petto habe, der die Jedermanns aus Wanne-Eickel umging, indem er und Susi sich in Cat Ba einem Fischer anschließen wollten, dessen Adresse er von einem echt duften Rucksacktravellerkollegen gerade gestern noch unter dem Deckmantel der Verschwiegenheit zugesteckt bekommen habe. Diese Verschwiegenheit war unbedingt notwendig, quasi ein Ehrenkodex, sonst geht's da unten ja bald zu wie in dem Film The Beach. Selbstredend war auch ein Abstecher in die Bergwelt im Norden geplant, wobei natürlich ein Zeitplan als solcher nicht existierte. Auf seinen Reisen noch nie existiert hatte. Man wolle sich treiben lassen und der Spontaneität Raum einräumen. Er sei sich ganz sicher, der Trip werde ihn auch diesmal weiterbringen, auch spirituell, obwohl einem Mann mit seiner Erfahrung, was das Reisen anging, kaum noch Neues widerfahre, auch wenn er darum wenig Aufhebens mache.

Auf ähnliche Art wurde noch die alte Kaiserstadt Hue und der Süden mit dem Mekong-Delta abgehandelt, dann erst versiegten des Hardcoretravellers Worte, auf daß den Anwesenden Erleuchtung zuteil worden war. Amen.

So. Uzi hatte ihre Lektion gelernt, diesem Johnny würde sie so schnell keine Fragen mehr stellen, dabei wollte sie lediglich einer Weltanschauung fernab der relativen Sicherheit und der absoluten Langeweile bürgerlichen Lebens eine Chance geben. Na ja,

Neugier hatte auch dahinter gesteckt.

„Jetzt lassen Sie mich mal sehen“, sagte Oma Hoffmann unwirsch und nahm der Filialleiterin den Wattebausch aus der Hand, mit dem sie das aus der Nase tropfende Blut stillte. „Ich war früher mal Krankenschwester.“

Etwas später: „Ein Pflaster wäre sehr hilfreich.“

„Oben in meiner Schublade hätte ich welche ...“

Oma Hoffmann schaute den Bankräuber fragend und auch etwas herausfordernd an.

„Jaja, schon gut. Aber mach schnell und untersteh dich, der Polizei durchs Fenster was mitzuteilen.“

Offenbar handelte es sich um nicht zu öffnende Fenster wie in heutigen Büros mit Klimaanlage üblich, überlegte Herr Schweitzer, denn sonst wäre es ja ein leichtes, zu verschwinden.

Kurz darauf war Theresa Trinklein-Sparwasser wieder unten und wurde von Oma Hoffmann ärztlich versorgt.

„Wenn die hochwohlgeborene Filialleiterin soweit wieder hergestellt ist, würde sie dann bitte runtergehen und das Geld vom Tresor hochholen. Wäre doch schade, es hier vergammeln zu lassen“, sagte Ludger milde lächelnd zu seiner Ex.

Na also, dachte Herr Schweitzer, so langsam fängt der Überfall ja an, in geordneten Bahnen zu verlaufen.

„Ich hab keinen Schlüssel, den hat Peter, und den hast du Vollidiot freigelassen.“

„Aber, aber, meine Teuerste. Warum vergißt du immer wieder die Pistole?“ fragte Herr Trinklein süffisant und zielte mit selbiger auf den Kopf der Filialleiterin, der infolgedessen seine Farbe verlor.

Kalkweiß und wütend stand Frau Trinklein-Sparwasser auf und begab sich nach unten.

Mit einem Jutesack in der Größe eines 50-Liter-Müllbeutels kam sie vier Minuten später wieder nach oben. „Die anderen auch?“

„Die anderen auch.“

Eine Viertelstunde später standen fünf prall gefüllte Säcke in der Schalterhalle. Der sechste war nur halbvoll und hing ein wenig schlaff herum. Eine schwarze Schrift wies sie als Eigentum der Teutonischen Staatsbank aus.

Wieviel da wohl drin sein mag, fragte sich nicht nur Herr Schweitzer.

„So, meine Liebe, jetzt kannst du dich wieder setzen.“

Es folgten ereignislose zwanzig Minuten, und Simon Schweitzer nutzte die Zeit, sich eingehend mit den versammelten Personen zu befassen. Geradewegs so, als wäre er in einer seiner Stammkneipen.

Oma Hoffmann war natürlich die erste, über die er sich so seine Gedanken machte, denn schließlich hatte sie bisher ein äußerst couragiertes Auftreten an den Tag gelegt, welches heutzutage leider so gut wie ausgestorben war und deswegen von ihm um so mehr bewundert wurde. Die moderne Gesellschaft generierte ja fast nur noch Duckmäuser. So eine Frau würde er sich im Alter als Lebensgefährtin wünschen. Ob seine Maria da würde mithalten können, sei mal dahingestellt. Oma Hoffmann jedenfalls hatte die Dinge im Griff.

Echt nett schien auch die Punkerin zu sein. Ihr loses Mundwerk gefiel Herrn Schweitzer. Die Lederjacke hatte sie ausgezogen und als zusätzliches Sitzkissen benutzt. Ein schwarzes, löchriges Shirt, welches mit Sicherheitsnadeln unterschiedlicher Größe zusammengehalten wurde, erklärte sie mittels rotem Schriftzug zu einem Mitglied von Gods own rebel army, wobei er sich die nicht unberechtigte Frage stellte, seit wann Gott rebellierte. Daß er rebellieren mußte, wenn er endlich mal den Mist erkannte, den er auf Erden so fabriziert hatte, stand für Simon Schweitzer außer Frage. Herr Schweitzer war sich aber nicht im klaren darüber, inwieweit Uzi die Situation hier richtig einschätzte, denn jugendlicher Übermut konnte hier schnell gefährlich werden.

Der Traveller Johnny war, wie bereits erwähnt, eine Nervensäge und der Herr Popic einfach nur nichtssagend. Aber das konnte sich noch ändern, manche Menschen tauten halt erst nach geraumer Zeit auf, was Herrn Schweitzer hinlänglich bekannt war.

Und wes Geistes Kind die Japaner waren, darüber konnte er nur spekulieren, auf dem Gebiet besaß er nur wenige Spezialkenntnisse.

Als recht eigentümlich stufte Herr Schweitzer die Beziehung des Bankräubers zur Filialleiterin ein, an der wohl jeder, der die Unvereinbarkeit von Mann und Frau predigte, seine helle Freude gehabt hätte. Mit der ein oder anderen Niedertracht der beiden Kampfhähne durfte man noch liebäugeln, denn Herr Schweitzer fand es schon immer sehr erbaulich, wenn Pfeffer in der Sache war.

Mittlerweile waren seine trotz Regenschirms feuchten Haare getrocknet und standen wirr ab. Er ordnete sie grob und dachte an seinen Friseur, den er demnächst mal wieder aufsuchen sollte. Plötzlich zeichnete sich auf seinem Gesicht ein verschmitztes Lächeln, denn ihm war die relative Gleichgültigkeit bewußt geworden, die er der Bedrohung seines Lebens entgegenbrachte. Keine Spur von wegen Angst oder gar Panik. Nichts, woran er in vermeintlicher Schwäche glauben mußte. Kein Gott, keine Liebe, nichts. Hysterie war was für Leute, die ihr Leben nicht gelebt hatten und noch alles vor sich zu haben glaubten. Lediglich den Bankraub als solchen, und die Aufgabe, mit heiler Haut davonzukommen, betrachtete er kalt als Herausforderung, der es sich zu stellen galt. Vielleicht machte diese Nüchternheit ja einen großen Teil seiner Wesensart aus. Darüber später mal intensiver nachzudenken, konnte sich lohnen. Aber auch seine Mitstreiter wiesen nur wenige Anzeichen auf, welche die Gefährdung durch eine Geiselnahme so mit sich bringen. Man wirkte allgemein ruhig und gelassen, und rein gar nichts deutete auf schwere Zeiten hin. Fast konnte man von einem familiären Touch sprechen. Herr Schweitzer war zuversichtlich, was sein weiteres Leben betraf.

Draußen ging Herbert mit seiner Frau Else und seinem Hund Else, die schon seit Jahren nur gemeinsam auftraten, zu seiner Lotterieannahmestelle. Eigentlich wollten sie das Ende des Sturms abwarten, aber ein Ende war nicht in Sicht. Schon von weitem sahen sie die Polizeiautos. Als sie vor dem Absperrgitter standen, sagte Else zu Herbert: „Ei gugge ma da, ein Banküberfall.“ Und der Hund Else schaute auf.

„Na und, soll ich jetzt vielleicht auch ne Bank überfalle?“

„Dummbabbler.“

In der Teutonischen Staatsbank war man damit beschäftigt, die Zeit totzuschlagen. Zumindest bis zum Anruf der Polizei. Dann würde man schon wissen, was Sache ist. Sardonisch hatte Ludger Trinklein seine Ex aufgefordert, doch mal Kaffee für die illustre Runde zu kochen. Oma Hoffmann hatte ihre Kreuzworträtselhefte aus ihrem Wägelchen holen dürfen. Und wer wollte, durfte auf Toilette gehen. Rundum herrschte also Friede, Freude, Eierkuchen, woran der betörende Kaffeeduft nicht unerheblichen Anteil hatte, da dort, wo man zum Kaffee zusammensaß, selten

Kriege ausgefochten wurden.

Derart in heimelige Stimmung versetzt, träumte Herr Schweitzer von heute abend, wenn er nach seinem Auftrag als Aushilfsdetektiv betreffs des vermeintlich gehörnten Finanzbuchhalters noch auf ein Gläschen, womöglich auch zwei, bei Bertha im Weinfaß vorbeischaute. Wie er dann mit übertriebener Lässigkeit von der Lappalie seiner Geiselzeit schwadronierte, während man ehrfurchtsvoll an seinen Lippen hing. Vielleicht käme auch seine Liebste vorbei, der dann nichts anderes übrig bliebe als neidlos das seinem Charakter schon seit Urzeiten innewohnende Heroentum anzuerkennen und zugeben mußte, daß er, Simon Schweitzer, ein absoluter Gewinn für die Menschheit war. Und was für ein Massel für Maria, an seiner Seite stehen zu dürfen. Ja, so oder so ähnlich konnte es kommen. Doch erst mal standen dem noch, wie gesagt, der Anruf der Polizei und ein paar weitere Formalitäten im Wege. Noch zwanzig Minuten.

Der froschgrün-fliederviolett quergestreifte Rowenta-Wecker rasselte. Scheinbar teilnahmslos legte der Bankräuber den Hörer auf die Gabel. Sofort klingelte das Telefon.

„Ja ... Schön ... Nein, hier ist keiner verletzt ... Wie? ... Das war eine einfache Frage und ich ... Jetzt hören Sie mir mal zu, ich gebe Ihnen noch zwei Stunden, dann können Sie mir sagen, wie lange ich auf die 35 Millionen zu warten habe. Ist das klar, du kleiner Scheißer? Und wenn wir schon mal dabei sind, ein Fluchtwagen wird auch bereitgestellt und du kannst schon mal anfangen rumzufragen, wer dir Schwachkopf einen Hubschrauber leiht. Den hätte ich nämlich auch ganz gerne. Mit Pilot, versteht sich. Und falls ich in zwei Stunden wieder zu hören bekomme, es wäre nicht so einfach, so viel Geld und so weiter, dann laß dir gesagt sein, ich habe Geiseln und bin bewaffnet und meine Laune sinkt. Kapiert? ... Na also, wir verstehen uns doch ... Ja, um sechzehn Uhr."

Ludger knallte den Hörer auf die Gabel und legte ihn dann wieder daneben. Nach einem kurzen Blick über die Geiseln stürmte er wie ein Berserker die Treppe rauf, entsicherte währenddessen die Beretta 92 und gab zwei Schüsse auf das obere Flurfenster ab, woraufhin Glasscherben klirrend zu Boden fielen.

O tempora, o mores, sinnierte Herr Schweitzer gerade, als er neben sich Schluchzgeräusche vernahm. Das darf doch nicht wahr sein, dachte er, was ist denn das für eine komische Kultur, wo

Männer flennen, während Frauen ihren Mann stehen? Na, von einem Samurai ist dieser Kogyo ja meilenweit entfernt. Peinlich, so was. Da er mit dem, wenn auch lautlosen Geflenne absolut nichts anzufangen wußte, schaute er hilfesuchend zu Yoko, die ihren Blick zwischen ihrem Freund und dem Bankräuber, der böse dreinblickend die Stufen herabschritt, hin und her schweifen ließ. Eingedenk der zwei Schüsse war die Lage wieder als prekär einzustufen, zudem offensichtlich nicht alles nach des Bankräubers Plan verlief und man um so nachhaltiger seinen Kapricen ausgeliefert war.

Das Geschluchze nahm an Intensität bedrohlich zu. Herr Schweitzer wagte es aber nicht, etwas zu sagen, da Ludger jetzt, wo er sich sozusagen eingeschossen hatte, gleich bei ihm weiterzumachen belieben könnte. Das wäre dann zwar ein Gewinn für die Ewigen Jagdgründe, aber ein exakt gleichgroßer Verlust für das Diesseits. Folgerichtig mußte sich Herr Schweitzer aufs Immer horche, immer gugge beschränken. Yoko tat ihm leid, die ihren Freund mit tieftraurigen Blicken beschickte.

„Ich kann nämlich auch anders", erklärte Ludger, als wenn das irgend jemand in Zweifel gezogen hätte. Doch dann sah er die japanische Jammergestalt, die das Gesicht in den Händen vergraben hatte und konvulsiv zuckte, und bekam augenblicklich ein wehes Herz. „Ach Gottchen, was ist das denn?"

„Die Nerven", diagnostizierte Uzi, „vielleicht aber auch Heimweh."

Oma Hoffmann: „Das ist doch auch kein Wunder. Da kommt einer von weit her, um in unserem schönen Europa Urlaub zu machen ..."

„Da siehst du, was du wieder angerichtet hast", geiferte die Filialleiterin. „Herr Trinklein baut nämlich zeit seines Lebens nur Mist." Bestätigung erheischen wollend blickte sie in die Runde, doch niemand wagte es, darauf einzugehen.

Yoko machte mit ein paar fahrigen Gesten auf sich aufmerksam. „Can I ..." Mit schmerzverzerrtem Gesicht blickt sie auf Kogyo.

Ludger Trinklein steckte die Pistole in den Hosenbund, lächelte gequält und gab mit großzügiger Handbewegung zu verstehen, daß er als verständiger Zeitgenosse natürlich nichts dagegen hatte, wenn die Japanerin in diesen schweren Zeiten ihrem Freund beistehen wolle.

Es dauerte einige Minuten bis sich Kogyo wieder beruhigt hatte. „Sorry“, entschuldigte er sich sogleich, und man sah, wie unangenehm es ihm war, seine Gefühle nicht im Zaume gehalten zu haben. Gerade in Japan galt ein derartiger Gefühlsausbruch als Zeichen dafür, daß man im Leben verschissen hatte, eine Schwuchtel war, und daß es an der Zeit sei, wenn nicht gar schon zu spät, endlich den amerikanischen und europäischen Einflüssen Einhalt zu gebieten, andernfalls das Land den Bach runterginge und man sich also besser gleich ein Schwert in den Bauch rammte. Harakiri hieß das in Fachkreisen.

Fasziniert starrte Herr Schweitzer auf das Trost spendende Mädchen und dachte sofort an Maria von der Heide, die jetzt wohl nichtsahnend in ihrem selbstgeschaffenem Zuckerbäckeridyll auf dem Sachsenhäuser Lerchesberg an ihrer neuen Skulptur Siegeszug ad astra arbeitete und keinerlei Ahnung davon hatte, welch unlustigen Schwingungen ihr Liebster im Moment ausgesetzt war.

Kurz darauf meldete sich der Bankräuber wieder zu Wort: „So. Ihr habt’s ja alle mitbekommen, die Polizei glaubt, mir in den linken Schuh pinkeln zu können. Daher wird das Ganze hier noch zwei weitere Stunden dauern. Wenn also jemand seine Angehörigen oder sonstwen anrufen möchte, so kann er dies jetzt tun. Mit Ausnahme ...“, er strahlte wie ein Honigkuchenpferd, „... von Theresa Trinklein-Sparwasser natürlich.“

Neugierig richteten sich die Augen auf die Filialleiterin, wie sie diese Ungleichbehandlung hinnehmen würde.

„Pah“ und „Dämlack“ preßte sie mit nach oben gerichteter Nase zwischen den Lippen hervor.

Als sich niemand meldete, sagte Oma Hoffmann: „Wenn ich vielleicht mal meine Enkelin anrufen könnte. Trixi und ich, wir wollten in den Sinkkasten gehen, und vorher vielleicht noch was essen oder so.“

„Selbstverständlich. Sie wissen ja, wo das Telefon steht. Und wann hier Schluß ist, weiß ich selbst leider noch nicht.“

Oma Hoffmann nickte, stand auf und ging zum Telefon.

Herr Schweitzer war sprachlos. Denn der Sinkkasten war ein stadtbekannter Schuppen in Hibbdebach, also auf der anderen Seite des Mains, wohin es allerlei Jungvolk zu vielerlei Veranstaltungen zog. Er selbst wähnte sich zu alt für ein solch musisches Treiben und war deshalb um so erstaunter, daß es ausgerechnet Frau Hoffmann, die nun wirklich locker anderthalb Dekaden älter war als er, in den Sinkkasten trieb.

„Hang the German Bundeskanzlers."

„Hä?"

„Hang the German Bundeskanzlers. Die spielen da heute. Im Sinkkasten. Die sind echt voll die Härte. Punkband. Aus Cottbus. Hab leider keine Karten mehr bekommen. Seit Wochen ausverkauft", dozierte Uzi und blickte verträumt Oma Hoffmann hinterher.

„Hang the German Bundeskanzlers? So darf man doch nicht heißen. Ist das denn erlaubt?" fragte Simon Schweitzer irritiert.

„Das juckt doch kein Schwein wie die heißen."

„Na ja, ich denke schon. Man könnte das doch als Aufforderung verstehen."

„Hang the German Bundeskanzlers, na und. Und wenn? Was dann? Wen schert das?" Uzi holte eine CD aus ihrer olivgrünen Umhängetasche und überreichte sie Herrn Schweitzer.

Auf dem Cover war eine ziemlich matschige Birne abgebildet, die zudem per kunstvoll geknotetem Strick an einem Galgen baumelte. Mit schwarzem Stift waren ihr allseits bekannte Gesichtszüge aufgemalt. Den Exitus darstellend hing schlapp eine lila verfärbte Zunge aus dem Mund. Unschwer war Altkanzler Birne zu erkennen.

Herr Schweitzer staunte über die Unbekümmertheit der Jugend. Er selbst hatte gegen diese Art von Humor nicht das geringste einzuwenden, doch hätte er nie an die Legitimität von Hang the German Bundeskanzlers geglaubt. Die Politiker schrien doch sonst immer gleich Zeter und Mordio, wenn's um ihren Ruf geht. Dabei sollten die sich besser mal fragen, warum ihr Ansehen beim Wahlvolk so völlig im Eimer war.

„Hübsches Cover", sagte er leicht grinsend, und es hörte sich wie Kaffer an.

„Nicht wahr. Du solltest aber erst mal ihre neueste Scheibe sehen."

Herr Schweitzer hatte das Duzen durchaus mitbekommen, es gefiel ihm sogar, machte ihn auch gleich viel jünger und verkleinerte so die Generationenkluft. Er fragte: „Und was ist da drauf?"

„Bush mit runtergelassener Hose auf einem Holzpflock gefesselt. Ein Araber fickt ihn von hinten, während Justitia ihm die Eier krault."

„Wie widerlich", empörte sich Frau Theresa Sparwasser-Trinklein angeekelt.

„Red kein Blech, du Pißnelke. Hast du überhaupt ne Ahnung, wie viele Menschen der scheiß Ami wegen seinem scheiß Öl schon abgemurkst hat? Hä? Hast du? Und du regst dich wegen einem scheiß Bild auf. Dich sollte man mal ne Stunde mit mir allein lassen."

Der Bankräuber hatte seine Arme gekreuzt und freute sich einfach nur. Herr Schweitzer ging mit Uzis Weltbild konform, hätte jedoch vielleicht etwas andere Worte gewählt. Doch Worte hatten ja auch nichts gebracht. Der UN-Sicherheitsrat kuschte bekanntlich vor Klein-Bushi.

Die Filialleiterin war nun ob der Punkerin harscher Worte gar arg durch den Wind, weil so redete man nicht mit ihr, und strich sich mit zittrigen Fingern eine kastanienbraune Strähne aus der Stirn.

Oma Hoffmann kam zurück. „Ich hab jetzt Trixi noch nichts von der Bredouille hier erzählt. Das würde sie nur nervös machen. Trixi schlägt diesbezüglich ein bißchen nach ihrer Mutter. Die war auch so weinerlich. Um sechs müßte ich aber spätestens gehen."

„An mir liegt's nicht. Hab ich die Kohle, seid ihr frei. Mag noch jemand telefonieren?"

„Darf ich in der Redaktion anrufen?"

Ruhe. Man hätte, wenn denn eine gefallen wäre, eine Stecknadel fallen hören können.

Lautlos drehten sich alle Köpfe bis auf die japanischen zu dem Absender der Frage. Und das war Popic. Der mit dem Nullachtfünfzehn-Gesicht und der verschossenen Kleidung.

Ludger: „Bitte?"

Popic: „Ob ich mal in der Redaktion anrufen dürfte?"

Es dauerte ein paar Sekunden, bis sich der Bankräuber wieder auf der Reihe hatte. Dann aber: „Aha, schau mal einer an. Ein Journalist. Soso. Erst ein Privatdetektiv", er funkelte Herrn Schweitzer böse an, „dann ein Schreiberling. Ist der Herr Bergsteiger dort vielleicht sogar Staatsanwalt im Berufsleben?" Auffordernd blickte er auf Johnny.

Diesem wich alles Blut aus dem Kopf, und frank und frei sprudelte es aus ihm heraus: „Nein, nein. Kein Staatsanwalt. Maler. Ich bin Maler von Beruf. Ich arbeite bei meinem Bruder im Betrieb. In Niederrad. Kein Staatsanwalt. Auf gar keinen Fall.

Immer wenn ich genug Geld zusammen hab, dann ..."
„Wer will das wissen?" wurde er von Ludger rüde unterbrochen.
„Ich. Äh. Ich dachte ..."
„Das Denken überlaß mal besser mir."
„Na das kann dann ja heiter werden." Die Filialleiterin schon wieder.
Herr Schweitzer war bereit, seinen Arsch darauf zu verwetten, daß dieser Rosenkrieg hier noch einiges an spektakulären Kampfhandlungen zu bieten haben würde.
„An deiner Stelle wäre ich weniger vorlaut. Sonst knall ich dich nämlich ab."
„Das wagst du doch nie."
„Verlaß dich nicht drauf, mein Zuckerpüppchen."
„Ich bin nicht dein Zuckerpüppchen."
Darauf ging Ludger nicht ein, überhörte es schlichtweg und wandte sich wieder ganz allgemein den anderen Geiseln zu: „Wo waren wir stehengeblieben?"
„Bei mir, wenn's recht ist", bemerkte Popic kleinlaut.
„Ah ja, stimmt. Wo arbeiten Sie denn?"
„Beim Sachsehäuser Käsblättche."
„Überregional ist das ja nicht gerade."
„Nö. Ist ja nur vorübergehend."
Das sagen alle Journalisten, dachte Herr Schweitzer, wenn sie nicht gerade beim Spiegel oder bei einer der spärlich gesäten ernstzunehmenden Tageszeitungen untergekommen sind.
„Dann wollen wir Sie mal ein wenig fördern. Haben Sie was zu schreiben?" Genausogut hätte er einen Taxifahrer fragen können, ob er des Autofahrens mächtig sei.
„Ja." Popic, der ein bißchen wie Bukowski aussah, zog ein schmuddeliges Schulheft mit Eselsohren aus der Innentasche seiner Anzugsjacke.
„Gut. Dann schreiben Sie ihre Story. Ich zensiere dann. Nicht, daß dann was drinsteht, das die Bullen interessiert. Verstanden?"
„Ich glaube schon."
„Noch jemand ohne Fahrschein?"
Herr Schweitzer hatte mit Maria vage einen Anruf für heute abend vereinbart. Wenn er jedoch jetzt schon mit ihr sprach und mitteilte, er würde als Geisel an einem Banküberfall mitwirken, so konnte man sich ja leicht denken, daß seine Freundin dann sehr

besorgt um ihn wäre und weiß der Geier was alles unternehmen würde, um den Bullen ein bißchen Dampf unter dem Hintern zu machen. Möglicherweise würde sie auch über ihre mannigfaltigen Beziehungen den Polizeipräsidenten kontaktieren, der doch auch nichts machen konnte. Ja, so sind sie nun mal, die Frauen. Immer in Sorge wegen ihrer Brut. Keinen Blick mehr für die Realität. Aber, seien wir ehrlich, so eine Geiselnahme wirkt von außen in der Regel bedrohlicher als sie letztendlich ist. Meist ist es ja auch nur der Geiselnehmer, der ins Gras beißt. Getötet durch einen per Gesetz legitimierten finalen Rettungsschuß. So hatte Herr Schweitzer Ursache zu glauben, Maria von der Heide besser noch nicht anzurufen. Vielleicht hat das ja alles bald ein Ende, und dann hätte er sie umsonst aufgeregt, womöglich würde dadurch auch ihre neue Skulptur Siegeszug ad astra negativen Einflüssen ausgesetzt sein. Er schüttelte den Kopf, als wäre er explizit gefragt worden.

„Fertig“, meldete sich Popic zehn Minuten später.

„Na, dann wollen wir mal sehen, was der Herr Literat so alles drauf hat.“ Ludger Trinklein nahm das Heft wie in der Schule entgegen.

„Das ist soweit okay. Nur die acht Geiseln ersetzen wir durch eine unbestimmte Anzahl von ... Die Bullen müssen nicht alles wissen.“

Er überreichte Popic die Klassenarbeit. „Dann rufen sie mal in Ihrer Redaktion an. Und stellen Sie den Lautsprecher an, damit ich mithören kann.“

Gemeinsam gingen sie zum Telefon. Nach dem vierten Läuten nahm der erwünschte Gesprächsteilnehmer ab.

„Guten Tag, Sachsehäuser Käsblättche, Melibocus. Was kann ich für Sie tun?“ Die Stimme war laut genug, daß es jeder im Raum hören konnte.

„Popic hier.“

„Ja wo stecken Sie denn?“

„In einem Banküberfall.“

Schweigen.

„Herr Melibocus, sind Sie noch dran?“

„Ja. Und ich hab Sie höflich gefragt, wo Sie stecken, verdammt noch mal.“

„Das ist wirklich schwer zu erklären, aber ich stecke wirklich mittendrin ...“

„... in einem Banküberfall?“

„Ja, das ist nämlich so, ich ...“

„Hören Sie, Popic, wegen Ihrer Gehaltserhöhung, wir hätten da doch noch mal drüber reden können. Sie müssen doch nicht gleich ...“

„Hab ich doch auch nicht. Ich bin doch bloß eine Geisel.“

„Popic, wenn Sie mich zum Narren ...“

„Nö, Chef. Ich lüge Sie doch nicht an. Haben Sie denn das Radio nicht an?“

„Das Radio?“

„Ja, das Radio. Da dürfte schon längst was in den Nachrichten gewesen sein. Ich sitz hier schon seit über zwei Stunden fest.“

„Wo?“

„Schweizer Platz. Teutonische Staatsbank. Da dürfte jetzt alles abgeriegelt sein. Jedenfalls ist seit mehr als einer Stunde keine Straßenbahn mehr hier vorbeigefahren.“

„Dann stimmt das ja tatsächlich und ...“

„Na klar, Chef. Und ich dachte, wir könnten da eine Extra-Ausgabe ...“

„Popic.“ Es klang wie ein Donnerhall. „Jetzt kommen Sie mal wieder runter. Wir sind eine klitzekleine Wochenpostille. Wir leben von Anzeigen und schreiben über Jahreshauptversammlungen von Kegelvereinen, Ebbelwei-Königinnen und ...“

„Ich weiß, Chef. Aber ich dachte, das wäre doch ein riesiger Werbegag. Das Sachsehäuser Käsblättche berichtet exklusiv aus dem Vorhof der Hölle ...“

Zurechtweisend: „Popic.“

„Jaja, schon gut. ... berichtet exklusiv aus der Teutonischen Staatsbank, die in der Hand von äußerst brutalen Geiselgangstern...“

Hier schritt Ludger tadelnd ein: „Na, na, na.“

Popics korrigierte Fassung: „... in der Hand eines liebenswürdigen Geiselgangsters ...“

„Popic“, schallte es abermals aus dem Hörer, „wie kann ein Geiselnehmer liebenswürdig sein? Wir sind hier nicht in einer Seifenoper.“

„Weiß ich, Chef, weiß ich ja alles, aber wenn wir die Extra-Ausgabe raus haben ... Klar, Sie müßten erst mal investieren. Aber wenn wir dann eine mehrteilige Serie draus machen, was glauben Sie, wie die uns die Bude einrennen, um bei uns annoncieren zu

dürfen."
„Das könnte sein, aber ..."
„Chef, wer sagt denn immer, das Glück liegt auf der Straße, man muß es nur aufheben?"
„Ja, aber ..."
„Chef, was glauben Sie, was die Bild-Zeitung dafür geben würde, einen ihrer Reporter dort zu haben, wo ich jetzt bin? Und dazu noch die Erlaubnis, nach außen zu berichten."
„Ja, haben Sie denn einen Bericht?"
Der Kamm schwoll, die Federn plusterten sich. „Natürlich, Chef. Alles schon fix und fertig."
„Mensch, Popic. Sie sind eine Wucht", begann sich der Herausgeber des Sachsehäuser Käsblättchens langsam mit dem Gedanken anzufreunden, wenigstens mal kurz mit den großen Hunden der Zunft pinkeln zu dürfen.
„Schon gut, Chef, schon gut. Wollen Sie jetzt den Bericht?"
„Klar, schieß los."
„Ist natürlich ein bißchen reißerisch ..."
„Natürlich. Ihre Chance, was?"
„Ich fang jetzt an."
„Ich warte."
„Die Ausgabe kommt dann morgen raus, ja?"
„Ich leg mich ins Zeug. Jetzt fang endlich an."
„Gut." Und Popic fing endlich an. „Ein Bericht von Dragoslav Popic. Geiseldrama in Dribbdebach. Seit gestern mittag ist die Teutonische Staatsbank am Schweizer Platz Schauplatz eines Banküberfalls mit Geiselnahme. Ein unerschrockener Journalist des Sachsehäuser Käsblättchens befindet sich unter den Geiseln und darf mit gütiger Erlaubnis des Bankräubers die Weltöffentlichkeit von dem dramatischen Geschehen unterrichten. Popic, der letzte Woche für die Titelgeschichte des Blättchens über die Zuschauerausschreitungen bei einem Spiel der vorletzten Amateurliga verantwortlich zeichnete, berichtet, daß der Geiselnehmer 35 Millionen Euro, einen Fluchtwagen und einen Hubschrauber fordert. Seine Bereitschaft zu einer friedlichen Lösung des Konflikts deutete er schon zu Beginn an, indem er etliche Geiseln freiließ, darunter auch zwei Bankangestellte und Menschen, die den Anforderungen nicht gewachsen schienen. Außer der Filialleiterin befindet sich eine noch unbekannte Anzahl von Personen in der Gewalt des Bankräubers – unserem Journalisten vor Ort war es

untersagt, darüber genaue Angaben zu machen. Wie Popic weiter berichtet, ist die Lage innerhalb der Bank als stabil zu bezeichnen, den Geiseln gehe es den Umständen entsprechend gut. Für Unruhe sorge lediglich die erkennbar mangelnde Bereitschaft der Polizei, die Frage des Lösegeldes zügig zu behandeln. Bis zum jetzigen Zeitpunkt ist noch nicht beantwortet, wann die Übergabe des Geldes stattfinden soll. Insoweit ist es auch noch nicht absehbar, wie lange sich die für die Geiseln unerträgliche Situation noch hinzieht. Wie soeben bekannt geworden ist, wurde ein weiteres, hoffentlich klärendes Telefongespräch zwischen Geiselnehmer und Einsatzleitung für sechzehn Uhr anberaumt. Popic hat bislang alle Angebote des Bankräubers auf eine vorzeitige Freilassung abgelehnt, um weiterhin für die werte Leserschaft des Käseblättchens exklusiv berichten zu dürfen."

„Sie sind mir vielleicht einer", meinte Ludger augenzwinkernd.

„Schmückwerk ist des Journalisten Handwerkszeug. Steht bei meinem Chef über'm Schreibtisch."

„Was steht bei mir über'm Schreibtisch?"

„Nix, Chef, nix. Und wie finden Sie die Story?"

„Hätte ich Ihnen so gar nicht zugetraut, Popic."

„Wie darf ich das verstehen, Chef?"

„War nur ein Witz, Popic."

„Ach so. Aber natürlich fehlen da noch ein paar Zitate oder Kommentare der Polizei, ist klar. Das würde dem Artikel erst die richtige Würze verleihen. Wenn Sie sich darum vielleicht kümmern könnten, mir fehlt dazu ... die Gelegenheit, wenn ich's mal so ausdrücken darf, Chef."

„Logisch, Popic. Ich kümmere mich darum."

„Und dann noch die Serie ankündigen. Ganz wichtig. Vielleicht könnte man sie mit Der Bankraub, der die Welt in Atem hielt, betiteln. Das hätte doch was, Chef."

„Natürlich, Popic."

„Ach, Chef ..."

„Ja?"

„Bevor ich's vergesse, wie sieht's denn mit der Gehaltserhöhung aus?"

„Popic, das ist doch jetzt nicht der richtige Zeitpunkt ..."

„Chef, das sehe ich anders, der Zeitpunkt war noch nie so gut. Momentan arbeitet der weltweit begehrteste Journalist für Sie."

„Sie übertreiben ..."

„... ein bißchen nur. Also, wie sieht's aus, Chef, 200 Euro?"
„100."
„150."
„Popic, Sie stürzen mich in den Ruin."
„150."
„Also gut, Popic, 150."
„Plus 25 Euro pro neugewonnenem Anzeigenkunden. Ich helfe auch bei der Akquise."
Dramatisch laut war der Atem des Herrn Melibocus über die Lautsprechanlage zu hören.
„Chef, sind Sie noch dran?"
„Ja, bin ich, also gut, einmalig 25 pro Neukunden." Es klang, als hätte er zwischen Strick und elektrischem Stuhl wählen dürfen.
„Gut Chef, ich mach dann mal Schluß. Wenn's der Herr Bankräuber erlaubt, ruf ich später noch mal an, dann ist das mit dem Lösegeld hoffentlich geklärt."
„Der Herr Bankräuber. Nobel geht's bei euch zu. Tschüß, bis später."
Popic legte auf und sagte zu Ludger Trinklein: „Danke. Es wäre nur blöd, wenn Sie mich erschießen, jetzt, wo ich endlich die Gehaltserhöhung ..."
„Erschossen wird hier mal keiner. Und wenn hier einer erschossen wird, dann höchstens Frau Trinklein-Sparwasser, aber die weiß dann schon warum."
Die Filialleiterin lief rot an.
Das war jetzt höchst interessant, fand Herr Schweitzer. Wenn man sich darauf nur verlassen könnte, nicht erschossen zu werden. Das hätte etwas Entkrampfendes. Trotz dieser Restangst gewann die Sache für ihn an Reiz. Im Grunde hatte er hier fast alles, was ihn zu einem passionierten Wirtshausgänger hatte werden lassen. Interessante Menschen unterschiedlicher Charaktere, ein vages Gefühl von Geborgenheit und mal wieder die Bestätigung dafür, daß man jemanden nicht nach dem ersten Eindruck beurteilen sollte. Nehmen wir nur mal diesen Popic. Äußerlich machte er den Eindruck, als könnte er in puncto Langeweile Thomas Mann vom Sockel stoßen, und schwuppdiwupp hatte er sich als ausgekochtes Schlitzohr entpuppt. Wie er bei seinem Chef die Gehaltserhöhung durchgeboxt hat, war schon aller Ehren wert. Oder Frau Hoffmanns Chuzpe, keine Spur von Altersheim

bedingter Selbstauflösung. Oder die Punkerin Uzi, die nicht stank. Lamentabel war lediglich die Kommodität der Sitzgelegenheiten, die Sitzkissen waren doch recht dünn, ein Barhocker war da auf jeden Fall vorzuziehen. Die Japaner saßen zwar auch zu Hause auf dem Boden und der Weltentraveller Johnny dürfte Ungemütliches ebenso gewöhnt sein, aber gerade für ältere Herrschaften wie Frau Hoffmann und ihn selbst wäre eine Bestuhlung der Bandscheibe wegen sehr vorteilhaft, zumal hinter dem Schalter ja noch ein paar davon standen. Also nahm er sich ein Herz: „Herr Trinklein."

„Ja?"

„Ich will ja nichts sagen, es ist ja auch sehr gemütlich hier, nur, mir schlafen langsam die Füße ein. Ich bin auch nicht sehr sportlich, ich weiß, aber wenn ich mir vielleicht einen Stuhl ... Und für Frau Hoffmann vielleicht auch ..."

„Ach so, natürlich. Da hinten stehen ein paar Bürostühle."

„Ich brauche keinen", fiel Oma Hoffmann Herrn Schweitzer in den Rücken.

Und auch sonst meldete niemand Ansprüche an. Menno, war das wieder peinlich. Hatte er sich mal wieder ins Abseits manövriert. Aber was blieb ihm nun, da er den Stein ins Rollen gebracht hatte, noch anderes übrig. Betröppelt holte er sich einen ergonomischen Bürostuhl mit Lehne. Das Kribbeln in den Füßen ließ auch augenblicklich nach, dafür fühlte er sich, sensibel wie er war, wie ein aus der Gemeinschaft Ausgestoßener. Herr Schweitzer nahm sich vor, wenn das hier ausgestanden war, wieder mehr spazieren zu gehen. Das hatte er in letzter Zeit fürwahr doch arg vernachlässigt, immerfort hatte er eine Ausrede im schlechten Wetter gefunden. Da braucht man sich auch über eingeschlafene Füße nicht zu wundern. Er faßte ins Auge, sich bei nächster Gelegenheit wieder auf den Boden zu setzen. Außenseiter sein ist blöd.

Als er so eine Weile gesessen hatte, fiel ihm wieder ein, was Ludger vor wenigen Minuten gesagt hatte, sofern es sich nicht nur um aus einer Laune heraus gesprochene inkohärente Worte handelte, daß nämlich, wenn schon jemand erschossen werden mußte, es Theresa Trinklein-Sparwasser sei, die dran glauben mußte. Obendrein wisse sie auch den Grund, der dann tot aber auch nichts mehr nutzte. Anfangs war dies Herrn Schweitzer gar nicht aufgefallen respektive hatte er sich nichts dabei gedacht, da er lediglich das für ihn Nützliche aus den Worten herausgelesen hatte, und das war, daß hier erst mal keiner, und da gehörte er ja wohl dazu, mit Kugeln im Leib zu rechnen habe. Herrn Schweitzer befremdete diese für ihn untypische Denkweise, denn er war normalerweise dergestalt gestrickt, daß er durchaus auch über den Tellerrand blicken konnte und die Belange anderer wahrnahm. Aber offenbar war die Crux der durch die Freiheitsberaubung entstandenen Situation nicht spurlos an ihm vorübergegangen. Das war um so erstaunlicher, als er bis dato immer gedacht hatte, sein auf die tägliche Bedürfnisbefriedigung zugeschnittener Lebensstil befreie ihn von derlei irdischen Angstzuständen oder Selbstzweifeln. Vielleicht aber, versuchte Simon Schweitzer positiv zu denken, war aber auch mal wieder alles zusammengekommen, Streß mit Maria von der Heide, die momentane mißliche Lage und das seit Wochen anhaltende Weltuntergangswetter. Und last not least saß er ja noch erhöht von den anderen Geiseln auf diesem dämlichen Büromöbel. Vehement stand er auf und rollte den Stuhl metaphorisch wieder dorthin, wo der Pfeffer wächst.

Der Bankräuber schüttelte bloß den Kopf, als wäre es vollkommen sinnlos auch nur versuchen zu wollen, dem Privatdetektiv geistig zu folgen. Recht hatte er.

Die männliche japanische Geisel brachte immerhin ein Lächeln zustande.

„War wohl doch nicht so bequem", kam es von Uzi.

Herr Schweitzer, ganz eingeschnappter Zeitgenosse, überhörte es geflissentlich und setzte sich auf seinen braunen Nappaledermantel mit Reverskragen, der ihm nicht besonders gefiel, der aber ein Weihnachtsgeschenk von seiner Liebsten und dadurch dazu verdammt war, oft getragen zu werden. Das Sitzkissen mit Goofy als Pilot nutzte er als Rückenlehne.

„Kann man hier noch Licht anmachen?" fragte der Bankräuber und schaute zu seiner Ex.

In der Tat konnte von Tageslicht trotz der frühnachmittäglichen Uhrzeit kaum noch die Rede sein, das bißchen, was von draußen noch durch den oberen Streifen der gläsernen Schiebetür drang, war von einem tintigen Schwarz fast nicht mehr zu unterscheiden. Die drei Deckenlampen konnten dem kaum noch Paroli bieten.

„Ja. Der Schalter ist neben der Kellertreppe", antwortete die Filialleiterin.

„Na dann mal hopp. Auf was wartest du noch?“

Sekunden später ließen zusätzliche Wandleuchten mit satinierten Glasschirmen die Atmosphäre gleich viel freundlicher erscheinen.

„Aah“, entfuhr es Oma Hoffmann, „so macht das Kreuzworträtseln doppelt Spaß.“

Jetzt störte es auch nicht mehr, daß der Sturm die Äste des Ahorns gespenstisch gegen die Scheibe schlug, die die Flanke zur Schweizer Straße bildete. Was ein wenig künstliche Sonne doch alles bewirken konnte.

Nach und nach löste sich Ludgers Befehl, sich in Zimmerlautstärke zu unterhalten, auf daß das Ränkeschmieden ausbleibe, in Wohlgefallen auf. Yoko und Kogyo umwarben einander, was Herrn Schweitzer zu der Vermutung veranlaßte, die Liebe der beiden sei frisch. Und Johnny der Weltreisende erzählte Oma Hoffmann einen aufs Ohr.

Den Anfang hatte er wegen gedanklicher Abwesenheit nicht mitbekommen, doch handelte es sich offensichtlich um eine Reiseetappe in einem entfernten Land, das von Herrn Schweitzers Visite auch fürderhin verschont bleiben dürfte. Von Coroico aus, einem letzten Vorposten der Zivilisation vor dem Urwald, wo immer der auch liegen mochte, habe die Reise in die Hauptstadt bei nahezu hundertprozentiger Luftfeuchtigkeit und über vierzig Grad im Schatten begonnen. Doch sei es Sonntag und des Busfahrers freier Tag gewesen, weshalb sein Reisegefährte und er heilfroh gewesen waren, von einem reichen Einheimischen die zwei Kilometer die Schlucht hinunter zur Straße auf dessen Pickup mitgenommen zu werden. Nicht auszudenken, bei diesem Klima die Rucksäcke schleppen zu müssen. Unter Straße dürfe man auch keineswegs Straße verstehen, vielmehr komme der Begriff Schotterpiste mit weltmeisterlicher Schlaglochfrequenz dem schon näher, was ihn, Johnny, aber nicht weiter irritierte, er sei da von Indien her ganz anderes gewohnt. Man habe dann auch nicht lange warten müssen, als auch schon ein für dort unten typischer Laster anhielt und die sich mit ihnen wartenden Indios zu den anderen, schon auf der Ladefläche befindlichen quetschten. Sein Gefährte habe sich auf die Rucksäcke plaziert, während er, Johnny, sich am Mittelholm festhaltend im Stehen über die mannshohe Bordwand die Landschaft anschauen konnte. Das mache er übrigens für sein Leben gern, Landschaften anschauen.

Nach etlichen weiteren Haltestellen, wobei zu bemerken sei, eine Haltestelle ist dort, wo man gerade steht oder auszusteigen gedenkt, war das Vehikel dermaßen überfüllt, daß Johnny nur noch mit einem Bein Bodenhaftung hatte. Der Schweiß lief in Strömen, der Staub bedeckte den Körper wie eine zweite Haut. Man fuhr stetig bergan, und irgendwann begannen die Einheimischen, kleine Plastikplanen und aufgerissene Einkaufstüten über ihre Häupter zu spannen. Kurz darauf sei man unter einem eiskalten Wasserfall durchgefahren und er habe gewußt, nachträglich zwar, aber immerhin, wozu all das Plastik gut war. Er allerdings sei zur großen Freude der farbenfroh gekleideten Indios klitschnaß gewesen, was in tropischen Gefilden oft lindernd auf Geist und Körper wirkte, in diesem speziellen Fall aber von Nachteil war, da der Laster sich langsam aber sicher und Serpentine um Serpentine der Schneegrenze näherte. Einen Pullover hatte er zwar dabei, aber der steckte im Rucksack und der wiederum war mittlerweile unter Tausenden und aber Tausenden von Indioleibern begraben. Mein Gott, was muß das für ein Anblick für die auf dem Hochplateau lebende Bergbevölkerung gewesen sein. Er, Johnny, bei Minusgraden im luftigen Shirt als Turm in der Schlacht über die Bordwand sehnsüchtig nach La Paz Ausschau haltend, das man in Bälde zu erreichen gedachte.

Aha, dachte Herr Schweitzer an dieser Stelle der Erzählung, dieses La Paz liegt doch in Bolivien und ist, obzwar groß, so doch noch lange keine Hauptstadt, wie dieser Schlaumeier Johnny uns weiszumachen versuchte.

Als man dann endlich am Ziel angekommen war, sei Johnny trotz dieser mörderischen Strapaze überglücklich gewesen, nicht an seines Gefährten Stelle gewesen zu sein, denn auch dieser hatte sich auf dem Rucksack stundenlang nicht bewegen können und war somit dem Fäkaliengeruch einer großen Zahl von Kleinkindern ausgesetzt gewesen. Und später am Abend, als man in einer einschlägigen Szenekneipe für Traveller das Erlebte Revue passieren ließ, habe sein Kumpel ihm gestanden, er hege mit Nachdruck den Verdacht, der abscheuliche Gestank sei nicht ausschließlich durch die Kinder verursacht worden.

Oma Hoffmann war höflich: „Toll, was Sie alles erleben."

Herr Schweitzer schwor sich, bei spätestens München ist Schluß mit Richtung Süden. Wer weiß schon, was einen hinter den Alpen erwartete. Nichts als Ungemach. Ganz sicher.

Zur gleichen Zeit betraten Heiner Kaschtaschek, seines Zeichens Spezialist für psychologische Konfliktbewältigung beim BKA, und Frau Annie Landvogt, bewandert im Erstellen von Täterprofilen, die gegenüber der Teutonischen Staatsbank im ersten Stock liegende mobile Einsatzzentrale der Polizei. Diese Wohnung Ecke Diesterwegstraße gehörte praktischerweise einem schon vor Ewigkeiten in Rente gegangenen Beamtenehepaar, er ehemals Lehrer der Carl-Schurz-Schule in Sachsenhausen, sie Fremdsprachensekretärin im Frankfurter Rathaus, das den Staat bei jeder sich bietenden Okkasion ob der üppigen Beamtenrente lobpreiste und sich geehrt fühlte, als aufrechte Deutsche ihre vaterländischen Pflichten erfüllen zu dürfen. Nebenbei war so eine Polizeiaktion in der eigenen Wohnung auch eine willkommene Abwechslung im doch nunmehr tristen Alltagseinerlei eines Beamtenehepaars, zumal fast sämtliche ihrer fast gleichaltrigen Freunde inzwischen das Zeitliche gesegnet hatten. Noch vor fünf Jahren waren sie fast ein Dutzend beim Stammtisch in der Apfelweingaststätte Gemaltes Haus, und heute saß man oft alleine vor einem kleinen Bembel Ebbelwei. An dieser Tristesse konnte auch der Wirt, Inbegriff und Hohepriester Sachsenhäuser Gemütlichkeit, nichts ändern.

Frau Landvogt und Herr Kaschtaschek ließen sich Bericht erstatten. Ein Zeichner hatte nach den Angaben der freigelassenen Geiseln ein mit dem tatsächlichen Ludger Trinklein vollkommen übereinstimmendes Porträt skizziert. Lediglich das hysterische Blondchen vom Lerchesberg hatte darauf beharrt, daß der Bankräuber von herkulischer Statur war und langes schmieriges Haar trug. Man brauchte kein Polizeipsychologe zu sein, um diese Aussage auszusortieren. Der Computer verglich Herrn Trinkleins Konterfei gerade mit der Verbrecherkartei, so was geht ja heutzutage ruckzuck. Des weiteren hatte ein Anruf bei der Zentrale der Teutonischen Staatsbank in der Taunusanlage in Hibbdebach ergeben, daß vor wenigen Tagen erst die Videobänder der Filiale am Schweizer Platz wegen natürlicher Materialermüdung turnusgemäß ausgetauscht worden waren. Im Einklang mit den Zeugenaussagen ging man von einer gewissen Ortskenntnis des Bankräubers aus und hoffte, auf diesen Bändern einen Mann auszumachen, welcher der Skizze ähnlich sah, und der gerade die Örtlichkeiten auskundschaftete. Da darauf jedoch jeweils nur die letzte Betriebsstunde zu sehen war, bedurfte es schon einer Portion Glück, fündig zu werden. Doch Polizeiarbeit war von jeher von Fleiß und Zufall abhängig.

Wenig begeistert von diesen beiden Schickimickibullen war allerdings der Sachsenhäuser Revierleiter Paule Hansen, der einen Besen an Staatsdienern wie diesen gefressen hatte. Kaum Haare am Sack, schon den Mogo machen, pflegte er dann zu sagen. Dem Kommissar, der bislang hier das Sagen gehabt hatte, war er gerne zu Diensten, zumal dieser schon etliche bedeutende Erfolge in der Verbrechensbekämpfung vorzuweisen hatte. Nicht mal der Gekreuzigte hätte Paule Hansen zu einer lustvollen Mitarbeit mit diesen beiden Grünschnäbeln bewegen können. Um seine vermeintliche Unabhängigkeit zu demonstrieren, schickte er seine Mitarbeiter Odilo Sanchez und Frederik Funkal fort, für die Jungs an den Absperrungen Kaffee und belegte Brötchen zu besorgen, die tapfer dem erbarmungslosen Sturm trotzten. Seit dem Eintreffen von Landvogt und Kaschtaschek haßte er seinen Job mal wieder, und er träumte sich nach Hause.

Es ging auf sechzehn Uhr zu. Frau Landvogt war mit ihrem vorläufigen Täterprofil fertig, das mit wissenschaftlich hochtrabenden Worten besagte, daß der Bankräuber, mit dem man es hier zu tun hatte, unberechenbar und daher gefährlich sei.

Paule Hansen faßte es nicht und versuchte, sich einen lammfrommen Verbrecher in Soutane und Jesuslatschen vorzustellen, der zwischen zwei Morden das Evangelium predigte. Irgendwie gelang ihm das nicht ganz, und so fragte er sich, ob es auf der ganzen Welt etwas Überflüssigeres als diese Annie Landvogt geben mochte. Ein Bankräuber, unberechenbar und gefährlich, na so was.

„So. Meine Damen, meine Herren, wenn ich kurz um Ihre Aufmerksamkeit bitten dürfte ...“, begann Herr Kaschtaschek, „gleich werde ich in der Teutonischen Staatsbank anrufen und mit dem Täter Kontakt aufnehmen. So wie es aussieht, wird er dann 35 Millionen Euro fordern. Das Geld ist vor zehn Minuten hier eingetroffen. Bis auf einen kleinen Teil sind die Seriennummern notiert. Ich werde auf Zeit spielen, dann können wir auch die restlichen Nummern notieren.“

„Was ist mit dem Fluchtwagen?“ konnte es sich der Sachsenhäuser Revierleiter Hansen nicht verkneifen.

„Steht bereit. Ebenso der Hubschrauber. Aber ...“, mit theatralischer Geste legte er Frau Landvogt einen Arm um die Schulter, „... soweit ist es bei Kommissarin Landvogt und mir noch nie gekommen. Wie steht's mit den Präzisionsschützen?"

Ein Nicken des zuständigen Beamten.

„Mit dem Aufnahmegerät?"

Daumen hoch des Technikers.

„Dann mal los." Kaschtaschek tippte die Telefonnummer ein.

„Teutonische Staatsbank. Einen schönen guten Tag."

„Äh, mit wem spreche ich?"

„Ja ei wer spricht denn da?" fragte Ludger Trinklein in den Hörer, und Herr Schweitzer, der selbst auch gerne flachste, amüsierte sich prächtig.

„Sie sind nicht mehr der von vorhin."

„Nein. Ich leite die Operation von jetzt an. Kaschtaschek mein Name, Oberkommissar."

„Wo wird hier operiert, es ist doch noch keiner verletzt?"

„Wieso? Wo? Was?"

„Sie sagten doch, Sie leiten die Operation, Herr Karasek."

„Kaschtaschek. Nicht Karasek. Karasek ist ein Klassenfeind."

„Wer ist ein Klassenfeind?"

„Karasek ist ein Klassenfeind. Aber jetzt hören Sie mal ..."

„Sie leiten die Operation?"

„Ja genau. Ich bin hier der Leiter."

„Ich will Kohle."

„Das wissen wir, Herr ..."

Guter Trick, aber nicht gut genug für Ludger: „Nennen Sie mich Ludger."

„Ludger. Also gut, Ludger, das ist doch nicht Ihr richtiger Name, oder?"

Zornig: „Halten Sie mich für total bescheuert?"

„Nein, nein. So war das nicht gemeint. Und was Ihr Geld anbelangt, so ..."

„35 Millionen sind eine ganze Menge."

„Äh, genau, das wollte ich Ihnen gerade ...", flötete der Oberkommissar.

„Lassen Sie sich doch noch ein bißchen Zeit", schlug Ludger vor.

„Wie bitte?"

„Na, Sie können mir doch nicht erzählen, daß Sie in so kurzer

Zeit das ganze Geld ..."

„Doch. Natürlich. Äh genau, natürlich nicht. Das dauert noch ein bißchen."

„Sag ich doch, Herr Karasek, sag ich doch. Wie wär's mit morgen?"

„Kaschtaschek. Was ist mit morgen?"

„Die Kohle. Die Mäuse. Das Geld. Morgen vormittag um neun rufen Sie mich wieder an", sprach's und legte auf.

Reihum war man verdattert. Bis auf die Japaner. Spätestens jetzt war jedem klar, daß Herr Trinklein mit diesem Bankraub in bislang unbekannte Dimensionen vorzustoßen gedachte. Herr Schweitzer mußte unweigerlich an die Berliner Tunnelräuber denken, und er wäre nicht baß erstaunt, hätte Ludger noch eine ähnliche Finesse in petto. Das kann doch nicht sein, daß ein Bankräuber seinen eigenen Bankraub verzögert, man ist doch froh, nach getaner Arbeit wieder zu Hause zu sein. Ein Sakrileg also, mit dem selbst Querdenker Simon Schweitzer seine liebe Müh und Not hatte. Und unbescholtene Bürger wie er hatten mal wieder darunter zu leiden. Seine ganze Terminplanung bedurfte einer Neuordnung. Nichts war es mit Maria, die ihn heute abend um Vergebung hätte anbetteln können. Nichts war es mit dem Weinfaß, das, seit er mit Maria liiert war, zu seinem Stammlokal avanciert war, und wo er heute abend die coole Ex-Geisel hätte mimen können. Und nichts war es auch mit dem Detektivauftrag für seinen Schwager Hagedorn. Außerdem sollte er auch mal seine, je nach Betrachtungsweise, Mitbewohnerin oder Untermieterin Laura Roth anrufen, die sich spätestens morgen früh, wenn sie seine Abwesenheit konstatierte, reichlich Sorgen machen würde und in ihrem permanenten Hang zur Annahme des schlimmsten aller Kapitalverbrechen an ihm, Simon Schweitzer, überzeugt wäre, zumal er kein Zettelchen mit der Ankündigung einer Außerhausübernachtung hinterlassen hatte. Aber noch war er ja quicklebendig und wollte es auch tunlichst bleiben. Er nahm sich vor, wenn sich die allgemeine Aufregung um den Anruf der Einsatzleitung gelegt hatte, Ludger um das ein oder andere Telefongespräch zu bitten.

Auch andere hatten ähnliche Probleme wie Herr Schweitzer.

Oma Hoffmann seufzte: „Ach wie doof. Dann kann ich ja mit Trixi heute abend gar nicht aufs Konzert."

„Heißt deine Enkelin wirklich Trixi?“ fragte Uzi.

„Nein, eigentlich Beatrix, nach der holländischen Königin. Meine Tochter hat ein Faible für Königshäuser. Möchte gern mal wissen, woher sie das hat. Von mir jedenfalls nicht.“

„Trixi. Ein schöner Name. Ich würde dir ja gerne die Karte für Hang the German Bundeskanzlers abkaufen, aber das wäre Bullshit. Wir sitzen hier ja alle fest.“

„Nun, da hast du wohl recht. Aber wenn das alles vorbei ist, könnten wir ja mal was zusammen machen. Ich glaube, Trixi und du, ihr würdet euch toll verstehen.“

„Ist sie denn auch ein Punkie?“ fragte Paloma Uz hoffnungsfroh.

Oma Hoffmann lachte: „Nein, ihre Mutter würde Amok laufen. Was glaubst du, was los war, als Trixi sich ihren Bauchnabel piercen ließ. Dabei war ihre Mutter früher genauso. Das wird nur immer gerne vergessen, wenn man älter wird.“

„Aber du bist anders. Du hast nicht vergessen, wie das war, als du jung warst.“

„Das will ich hoffen. Ich kann mit dem moralischen Zeigefinger meiner Generation nichts anfangen.“

„Um Moral haben sich meine Eltern nie gekümmert. Dafür waren sie auch nie zu Hause. Aber Punkie sein ist geil. Immer geht was ab. Und Freunde erkennt man schon von weitem.“

Herr Schweitzer war eifersüchtig. Eifersüchtig auf die Harmonie, die zwischen Oma Hoffmann und Uzi herrschte. Als mittlere Generation wollte er sich ins Gespräch bringen: „Kann ich mir vorstellen.“

Uzi funkelte ihn böse an, denn diese Art Kommentar war ihr wohlbekannt. Meist war damit der vermeintliche Gestank gemeint, der Punker und Penner einander erkennen ließ.

Herr Schweitzer bemerkte das Fettnäpfchen, in dem er stand, und besserte nach: „Das ist wohl Joe Strummer, da auf dem Button.“

Uzi beäugte mißtrauisch erst Joe Strummer auf ihrem linken Busen, dann Herrn Schweitzer. „Genau. Woher kennst du den?“

„Den kennt man halt. Joe Strummer, Sänger von The Clash. Gestorben Dezember 2002.“

„Seit wann kennen alte Knacker wie du Joe Strummer?“

Herr Schweitzer tat spielerisch empört: „Na hör mal, so alt bin ich auch wieder nicht. Außerdem bin ich mit den Sex Pistols, den

Stranglers und Clash groß geworden. Damals im Theater am Turm die ersten offiziellen Punkkonzerte Frankfurts."

Uzis Mienenspiel verriet, daß sie gerade Teufel und Gott, oder, wenn man so will, Herrn Schweitzers biederes Erscheinungsbild und Punk in einem Raum unterzubringen hatte. „Da warst du?" Abgrundtiefe Irritation hatte die Intonation der Silben bestimmt.

„Nicht bei allen Konzerten. Aber bei den Stranglers. Vorgruppe waren damals die Straßenjungs aus Frankfurt. War echt klasse. Leider fanden diese Sessions keine Fortsetzung. Die Stadt war wohl der Meinung, der Kartenverkauf decke das dabei zu Bruch gegangene Mobiliar nicht annähernd."

Tatsächlich, und das hatte nichts mit Anbiederung zu tun, war Herr Schweitzer bei diesem Konzert gewesen. Ein Kumpel hatte ihn damals mitgeschleppt, und es hatte zwar keinen begeisterten Zuspruch seinerseits gegeben, aber Punk war immer noch besser als einiges, was heute so über den Äther geschickt wurde, war seine aufrichtige Meinung. Bevor Heimatmusik seine Ohren malträtierte, würde er sich eher noch AC/DC reinziehen. Mit seinen inzwischen ja fast schulterlangen Haaren konnte sogar Headbangen wieder ein Thema sein.

Herrn Schweitzer mißtrauisch beäugend erwiderte Uzi: „Du bist ganz schön komisch."

„Wieso?"

„Eigentlich siehst du aus wie ein Langeweiler ..., so nichtssagend eben."

Er war gekränkt. Was auch immer man von ihm sagen wollte, Langeweiler war das völlig falsche Wort. Simon Schweitzer selbst hielt sich da eher für einen ausgeprägten Charakterkopf, dem, sobald er auch nur den Mund aufmachte, die Welt andächtig lauschte. Die komische Punkerin sollte da mal besser seine Liebste Maria fragen. Die würde ihr schon erzählen, was für ein toller Hecht er unter anderem in Liebesangelegenheiten war. Speziell was das Kamasutra anging. Aber das gehörte nicht hier her. Sollte die komische Punkerin ihn doch für einen Langeweiler halten, was kümmerte es die deutsche Eiche, wenn die Sau sich an ihr rieb. Er verschwendete sich doch nichts ans Fußvolk, das hatte er beileibe nicht nötig. Herr Schweitzer entschied, erst einmal zu schweigen.

„Heißt das, wir sollen die Nacht hier bleiben?" fragte kurz darauf die Filialleiterin kampflustig und aus heiterem Himmel.

„Ohne mich."

Da die Frage, wie's denn nun weitergeht, von allgemeinem Interesse war, richtete sich die Aufmerksamkeit aller auf den Bankräuber.

„Was soll das heißen, ohne dich?" wollte seinerseits nun Ludger Trinklein wissen.

„Das heißt, ich gehe. Um spätestens halb acht ist Magdalena-Theresa von ihrer Klavierstunde zurück."

So langsam fehlte nicht nur Herrn Schweitzer der Durchblick. Who the fuck is Magdalena-Theresa? Und was hat deren Klavierunterricht mit dem Banküberfall zu tun?

Der Bankräuber fühlte sich bemüßigt aufzuklären: „Magdalena ist unsere Tochter. Sie ist erst vier, aber musikalisch ein Wunderkind. Alle meine Entchen ... kann sie schon." Die Worte trieften von Spott.

„Auf jeden Fall hat sie mehr drauf als ihr Vater, dieser Versager", wandte sich Frau Trinklein-Sparwasser ebenfalls an die Geiseln, denen die Szene einfach nur peinlich war.

„Dann wirst du wohl deine Mutter anrufen müssen, mein Täubchen, und ihr sagen, daß sie sich mal wieder um ihre Enkelin kümmern darf."

Böse funkelten der Filialleiterin Augen.

Herr Schweitzer registrierte, Frau Trinklein-Sparwasser war kurz vorm Platzen, doch eingedenk der Terrorherrschaft, die ihr Ex-Gatte nun mal ausübte, blieb ihr nichts anderes übrig, als sich ihrem Schicksal zu fügen.

„Du kannst von Glück reden, wenn dein Herrgott nicht noch Schlimmeres für dich aufgespart hat", waren Herrn Trinkleins abermals kryptische Worte.

Zur Überraschung der Anwesenden fiel Theresa Trinklein-Sparwasser unvermittelt auf die Knie, bekreuzigte sich nach Katholikenart, faltete die Hände und fing an zu beten.

Mit offenem Mund starrte Uzi auf die Szene. „Ich glaub, ich spinne."

Yoko und Kogyo blickten sich nach jemanden um, der ihnen vielleicht sagen konnte, ob nun generell eine Betstunde angesagt war.

Johnny ging das alles am Arsch vorbei, da hatte er vor allem in Indien Härteres erlebt, während Dragoslav Popic eifrig schrieb.

Oma Hoffmann und Herr Schweitzer bewahrten die Contenance, wenn auch nur mühsam.

Es war wieder einmal der Bankräuber, der die Aktion interpretierte: „Das hat sie in letzter Zeit öfter." Dann näherte er sich der Betenden. „Komm, steh auf, du bigottes Miststück. Von denen hier glaubt dir sowieso keiner." Er setzte seinen Fuß auf ihre Schulter und stieß sie um.

Bis zuletzt hielt sie die Hände gefaltet. Dann klatschte sie auf den Boden. Dabei rutschte ihr Rock bis zur Schamgrenze. In aller Gemütsruhe, so als hätte das Gebet ihr den Weg zum Weltenlenker geebnet, stand sie auf, strich den silbergrau melierten Nadelstreifenrock glatt und funkelte Ludger an: „Und du, du wirst im Fegefeuer schmoren."

Natürlich war Herr Schweitzer weit davon entfernt, an solch mystischen Kram zu glauben, doch etwas in der Filialleiterin Stimme ließ sein Blut gefrieren. Und auch Ludger mußte etwas ähnliches gespürt haben, denn er richtete die Beretta 92 mit dem zweiläufigen 15-Schuß-Magazin auf seine Ex, die nur zögerlich zurückwich. Als sie sich wieder gesetzt hatte, atmeten alle auf.

Herrn Popics Kugelschreiber flog nur so über das Papier.

Das letzte Licht des Tages war erloschen, und nach wie vor regnete es Bindfäden. Schon seit etlichen Minuten durchsuchte der Bankräuber Trinklein seinen Container nach etwas offenbar Unauffindbarem. Von Zeit zu Zeit stieß er nicht druckreife Flüche aus, bis er endlich einen Packen gelber Zettel in der Hand hielt, den er auch postwendend und lächelnd an die Geiseln verteilte. Es war eine Menükarte der Sachsenhäuser Spezialitätenmetzgerei Pomp.

Aha, staunte Herr Schweitzer nicht schlecht, als er die seine in der Hand hielt, das lob ich mir doch, auch in Zeiten großer Unruhe und Ungewißheit behielt der Gauner die Dinge im Auge, die das Leben lebenswert machen. Schon beim ersten Gericht, Lammbraten an Bratkartoffeln und Prinzeßböhnchen, begann sein Magen vernehmlich zu knurren. Er hatte Hunger, und das war mit der Menschenwürde der Gefangenen, von der in den Genfer Konventionen permanent die Rede ist, wahrlich unvereinbar. Ludger verstand es also bestens, seine Geiseln im Rahmen der Möglichkeiten bei Laune zu halten. Damit ließe sich später vor Gericht, so es denn dazu kommen würde, ein paar Pluspunkte sammeln. Auch die zweite Hauptspeise, in Weißwein gedünstete

Pfifferlinge auf Gemüserisotto, war eine Überlegung wert. Die dritte und letzte Mahlzeit allerdings, Wachteln im Brotteig, war für Herrn Schweitzer nichts als neokulinarischer Scheißdreck, damit konnte man ihn jagen oder das Hausschwein füttern. Als Vorspeise wurde eine französische Zwiebelsuppe und als Dessert ein Fürst-Pückler-Eisbecher offeriert. Wäre da nicht die eingeschränkte Bewegungsfreiheit und die latente Gefahr gewesen, es ließe sich trefflich von einem Schlaraffenland sprechen.

„Gibt's auch Pommes Schranke?" kam es von Uzi.

Das hatte Ludger so noch nie gehört. „Pommes Schranke?"

„Logo, Pommes mit Ketchup und Mayo."

„Ich denke schon", antwortete der Bankräuber etwas aus der Fassung gebracht.

Herr Schweitzer überlegte, ob man der komischen Punkerin, die ihn ja für einen Langeweiler gehalten hatte, etwa die Geschmacksnerven herausoperiert hatte. Die tickt doch nicht richtig, Pommes Schranke, wie degoutant.

Spontan hatte sich Simon Schweitzer für den Lammbraten entschieden, getreu dem Motto, der erste Gedanke sei immer der beste. Dann sah er zu Yoko, die ihren Kogyo fragend anschaute. Ach ja, schon wieder Sprachprobleme. Er bat Oma Hoffmann, die sich diesbezüglich unlängst sehr kenntnisreich gezeigt hatte, doch mal kurz die Speisekarte für unsere Gäste zu übersetzen.

Das tat sie dann auch vorbildlich bis zu dem Wachtelgericht. Hier geriet sie ins Stocken. Nach kurzem Überlegen sprach sie: „It's a small bird."

„Hai", sagte daraufhin Yoko und meinte damit Ja, denn Hai war die japanische Übersetzung von Ja.

Hierauf redeten Oma Hoffmann und Herr Schweitzer fast gleichzeitig und vor allem durcheinander. Nein, nein, nein, Hai wäre kein Bird, Hai sei ein Fisch, allerdings würde hier kein Hai angeboten, so leid es ihnen auch täte, man wisse ja um der Japaner Vorliebe für Fisch und anderes Meeresgetier, sondern ein Bird, a very small Bird sogar. Zur Veranschaulichung schlug Herr Schweitzer ein paar mal mit den Armen, die Flügel darstellen sollten, und sah dabei ziemlich dämlich aus.

Allerdings hätte man sich dieses Kasperletheater um Hai und Bird auch sparen können, denn Yoko und Kogyo entschieden sich für den Risotto-„Rice", die einzige ihnen bekannte Komponente.

Dann ließ Ludger Trinklein eine Liste herumgehen, auf die

jeder seine Wünsche notieren konnte. Herr Schweitzer übernahm dies für die Japaner.

Als die Reihe an Johnny kam, fragte dieser: „Kann man dazu ein paar Flaschen Rotwein haben? Ich meine ..., der paßt doch zu allen drei Gerichten."

Olala, sagte sich Herr Schweitzer, hat der alte Globetrotter einen Hang zum Alkohol. Und wenn man genauer hinschaute, sah man ihm die abgewirtschaftete Leber auch an. Er, Herr Schweitzer, hatte da einen Blick für. Jahrelang geübt in diversen Kneipen Sachsenhausens. Andererseits, und das mußte auch mal gesagt werden, war gegen das eine oder andere Glas Wein am Abend nun wirklich nichts einzuwenden.

„Geht in Ordnung, Jungs", stimmte der Geiselnehmer überraschend leutselig zu, „Aber kein Gelage, wir müssen schließlich klaren Kopf bewahren." Er zwinkerte mit dem Auge.

Es dauerte nicht lange, dann war die Liste wieder bei Ludger. Er überflog sie rasch, schüttelte den Kopf und lächelte dabei. Er wählte die Nummer auf der Menükarte.

An der Art wie der Bankräuber mit der Spezialitätenmetzgerei Pomp sprach, glaubte Herr Schweitzer zu erkennen, daß man bereits miteinander bekannt war. Lediglich der Hinweis, das Essen sei dann bei der Einsatzleitung am Schweizer Platz, welche noch dementsprechend von ihm instruiert werde, abzugeben, bedurfte der zweifachen Wiederholung, was allerdings, wenn man es recht bedachte, nicht weiter verwunderte, denn nicht jeder Metzgerei ist es schließlich gegeben, die Teilnehmer einer dramatischen Geiselnahme zu verköstigen. Mit Sicherheit würde man dann ja auch in den Medien erwähnt, und das ist allemal die Mehrarbeit wert, die ein Mittagsmenü zum Abend verursachte.

Und wann immer Herr Schweitzer später an dieses Abenteuer zurückdenken sollte, so war dies der Augenblick, in dem er sich das erste Mal ernsthaft Gedanken über das weitere Wohlergehen Herrn Trinkleins machte. Nicht daß es ihm eine Herzensangelegenheit gewesen wäre, das nicht gerade, doch wies nicht zuletzt die unorthodoxe Handhabung der Metzgereisache darauf hin, daß dem Geiselnehmer von Beginn an sein eigenes Schicksal schlicht und ergreifend egal war. Von Stund an glaubte Herr Schweitzer nicht mehr daran, daß der von Trinklein geforderte Hubschrauber je zum Einsatz kommen würde, oder daß dies überhaupt mal geplant war. Auch eine wie auch immer geartete erfolgreiche Flucht schien mehr und mehr in den Utopiebereich abzudriften. Und je aussichtsloser sich die Situation für Ludger darstellte, desto mehr suchte Herr Schweitzer nach Auswegen. Das war so seine Art, daran ließ sich nichts ändern.

Exakt in diese Gedankenwelt Simon Schweitzers platzte Herr Trinklein mit der Frage: „Kennt einer von Euch jemanden, den man mit der Essensübergabe beauftragen kann?“

„Freilich, den Guntram“, antwortete Herr Schweitzer souverän und stante pede auf die eher rhetorisch gemeinte Frage.

„Muß man den kennen?“

„Guntram Hollerbusch, seines Zeichens Apostel der Gemeinde des Barmherzigen Heilands von Nazareth und Umgebung, hier in der Sachsenhäuser Heimatsiedlung. Der ist mit Sicherheit über jeden Zweifel erhaben.“ Simon Schweitzer fand, dies sei eine Glanzidee. Aber es war ja auch seine.

„Apostel?“

„Apostel. Genau. Kein Pfarrer.“

Spornstreichs wählte Ludger die 110 und ließ sich mit der Einsatzleitung vor Ort verbinden, was sich schwieriger gestaltete als erwartet, denn der diensthabende Beamte zweifelte doch merklich an Herrn Trinkleins Authentizität als Geiselnehmer. Erst als dieser mit einem handelsüblichen Massaker drohte, kam der Beamte in die Gänge.

Doch dann stand die Leitung. „Hallöchen, ich bin's wieder. Ich hab gerade Essen für heute abend bestellt. Bei der Metzgerei Pomp. Die bringen's dann bei Ihnen vorbei. Und bevor Sie auf den saublöden Gedanken kommen, das Essen durch einen James Bond aus ihren Reihen zu überbringen, vergessen Sie es einfach. Das übernimmt nämlich Apostel Hollerbusch aus Sachsenhausen ... Genau, Apostel ... Genau, aus Sachsenhausen, von der Gemeinde des Barmherzigen Heilands von Nazareth und Umgebung ... Nein, der weiß das noch nicht, sehen Sie also zu, daß er's erfährt ... Und keine Mätzchen, sonst muß hier jemand dran glauben, ich mach keinen Spaß. Ach, und bei der Gelegenheit hätte ich noch gerne ihre Durchwahl.“

Ludger kritzelte etwas auf einen Block, bedankte sich und legte auf.

Zu Herrn Schweitzer gewandt: „Ich hoffe, Ihr Apostel hält, was Sie versprechen.“

Doch in dieser Hinsicht war er sich ganz sicher: „Worauf Sie einen lassen können."

Oma Hoffmann und Uzi kicherten, denn solch frivole Töne hatten sie von einem soignierten Herrn wie diesem hier kaum erwartet.

„Der ist doch verrückt", meinte Oberkommissarin Annie Landvogt, nachdem man das vor kurzem aufgezeichnete Telefonat mit dem Bankräuber ein drittes Mal abgehört hatte.

„Das ist in der Tat nicht zu leugnen", räumte ihr Partner Heiner Kaschtaschek widerwillig ein, „der ist total meschugge."

Und der Sachsenhäuser Revierleiter Paule Hansen fand es komisch, einen vor einer Stunde noch als brandgefährlich eingestuften Kapitalverbrecher nun als meschugge auszugeben. Aber vielleicht war das ja beim BKA ein und dasselbe. Hansen war jetzt lange genug bei dem Verein, um sich nur noch selten über irgend etwas bezüglich des Bundeskriminalamtes zu wundern. Der letzte Fall, der bei ihm mehr als ein Achselzucken ausgelöst hatte, war ein aus Eifersucht nach allen Regeln der Tranchierkunst eindrucksvoll dahingemetzelter ehemaliger Pilot der Lufthansa gewesen. Opfer und Täterin waren jenseits der Siebzig. Das Opfer war fremdgegangen. Alle Achtung.

„Was sagt denn der Computer?"

„Negativ. Lediglich eine vage Übereinstimmung mit einem Scheckbetrüger, aber der sitzt seit einem halben Jahr nachweislich in Moabit."

„Und die Videobänder aus der Bank?"

„Ebenfalls negativ." Kaschtaschek schüttelte resigniert mit dem Kopf.

„Das heißt, wir haben es wahrscheinlich mit einem Ersttäter zu tun. Das erklärt auch das absonderliche Verhaltensmuster unseres Mannes. Keine Struktur zu erkennen."

Hier fragte sich der anwesende Polizeiobermeister Frederik Funkal, warum eine Ersttat absonderlich zu sein hat. Lernt man das neuerdings auf der Polizeischule? Verunsichert blickte er zu seinem Vorgesetzten Hansen, doch dieser verdrehte die Augen nach oben, und bedeutete ihm damit, daß die Schlußfolgerungen der beiden Witzfiguren vom BKA der allerletzte Schwachsinn seien.

Funkal bewunderte Hansen sehr. Schon seit mehr als zehn Jahren schob man gemeinsam Dienst und hatte die ein oder andere Schlacht erfolgreich geschlagen. Als Feind wollte er Hansen nicht haben, doch als kumpelhafter Vorgesetzter war er eine Wucht. Auf seine Jungs von der Wache ließ er nichts kommen. Und auf seine Mädels auch nicht, fügte Funkal gedanklich hinzu, denn seit ungefähr vier Monaten gab es da noch Marlies, eine prima Kollegin. Doch die hatte heute frei. Schade eigentlich. Denn Frederik war ein bißchen in sie verliebt. Er gestand es sich bloß nicht ein.

„Wir schmuggeln eine Wanze ein“, entschied Heiner Kaschtaschek.

„Mit dem Essen“, bewies die Kommissarin antizipatorische Fähigkeiten und Teamgeist.

„Mit dem Essen“, bestätigte ihr Kollege. Dann wandte er sich an den Techniker.

„Ein Kinderspiel ist das“, beantwortete dieser wiederum die Frage, bevor sie gestellt wurde. „Am besten im Korken einer Weinflasche, die mit dem Essen geliefert wird. Das haben wir schon beim Außenminister so gemacht.“ Und als hätte er zuviel verraten: „Ups, ist mir nur so rausgerutscht.“

„Na dann mal los.“ Heiner Kaschtaschek rieb sich die Hände. „Apostel Hollerbusch ausfindig machen, beim Metzger Pomp den Wein besorgen und die GSG 9 anfordern, wir stürmen die Bude noch in dieser Nacht.“

„Da fehlt noch was“, bemerkte der Sachsenhäuser Revierleiter Paule Hansen süffisant.

„Was?“

„Die Baupläne von der Teutonischen Staatsbank am Schweizer Platz, hier gegenüber.“ Soviel Nonchalance hatte er heute noch in keinen seiner Sätze gelegt. Und für sich fügte er ein etwas weniger nonchalantes „Ihr Dorftrottel“ hinzu.

„Wenn die nette Filialleiterin vielleicht noch mal Kaffee kochen könnte ...“, flötete der Bankräuber.

„Fick dich“, ließ nun auch Frau Theresa Trinklein-Sparwasser mangelhafte Manieren erkennen. Ganz allgemein war zu konstatieren, daß die Sitten lockerer wurden. Dies nun ursächlich auf die Umstände oder das Außergewöhnliche der Situation zu schieben wäre falsch, vielmehr waren solche gruppendynamische Prozesse überall dort zu beobachten, wo Menschen für einen etwas längeren Zeitraum zusammenkamen.

„Na, na, na, meine Teuerste. Kaffeekochen ist doch nun wirklich nicht zu schwer“, provozierte Ludger genüßlich.

Doch die Filialleiterin setzte eine Leichenbittermiene auf, verschränkte die Arme, lehnte sich an die Wand und blickte an die Decke.

Herr Schweitzer transkribierte diese Gebärdensprache dahingehend, daß Frau Trinklein-Sparwasser ihren Ex für einen Satansbraten hielt, sie selbst ums Verrecken keinen Kaffee mehr kochen würde und sie es nachgerade satt hatte, Ludgers Befehlen weiterhin nachzukommen.

Das verstand Herr Schweitzer, wie er sich überhaupt ausgezeichnet aufs Verstehen verstand. Um der Situation die Schärfe zu nehmen, erbot er sich, den Kaffee zu kochen.

„Von mir aus“, gab der Geiselnehmer klein bei, denn auch er hatte die Endgültigkeit in der Filialleiterin Weigerung erkannt.

Als Simon Schweitzer den Kaffee ausschenkte, hörte er Oma Hoffmann sagen: „Wir könnten uns doch duzen.“

Daraufhin entstand eine Atmosphäre religiöser Weihe, die zu unterbrechen niemand es wagte.

Oma Hoffmann verwechselte die Ruhe mit peinlicher Berührtheit der Angesprochenen, also fügte sie hinzu: „Ich meine, wo wir doch schon mal alle im selben Boot sitzen.“ Ihr Blick wanderte über die Geiseln.

Es war der Bankräuber, der als erster das Wort ergriff: „Bei mir verbietet es sich leider von selbst. Ist klar, schließlich bin ich hier so was wie eine Respektsperson. Wenn meine Autorität erst untergraben ist, geht's hier drunter und drüber.“

Das leuchtete ein.

Oma Hoffmann, leicht irritiert: „Nein, natürlich, Sie meinte ich ja auch nicht.“

Überraschenderweise antwortete Johnny, von dem man schon länger nichts mehr gehört hatte: „Nichts dagegen.“

Ein zustimmendes Nicken ging daraufhin durch die Runde. Lediglich die Filialleiterin zeigte keinerlei Reaktion. Es fand sich aber niemand, der explizit nachfragte. Herr Schweitzer fand dieses überkandidelte Weibchen mehr und mehr suspekt.

Zur Probe, wie das Duzen denn nun so ankomme, wandte sich Simon Schweitzer an Dragoslav Popic, der sich weiterhin eifrig als Chronist betätigte: „Magst du noch einen Kaffee?“

„Gerne. Du.“ Er hielt ihm die Tasse zum Nachfüllen hin. Das

Du hatte beabsichtigterweise verdammt schwul geklungen, weswegen Popic grinste und Herr Schweitzer das Grinsen erwiderte, ohne sicher zu sein, ob Popic tatsächlich vom anderen Ufer oder aber nur ein Schabernacktreibender war.

Derweil stöberte Ludger Trinklein in einem der Säcke, die seine ehemalige Gattin vor einiger Zeit aus dem Tresor geholt hatte, und stapelte Bündel auf Bündel vor sich. Dann pfiff er anerkennend. Mit raschem Blick in die anderen Säcke vergewisserte er sich des Reichtums, der vor seinen Füßen lag. „Wozu braucht ihr hier so viel Kohle? Das sind ja mindestens zwei Millionen Euro."

Doch die Filialleiterin beschäftigte sich weiterhin mit ganz persönlichen Kümmernissen und konnte von Ludger nicht erreicht werden.

Dem war es offenbar egal, denn er hakte nicht nach, sondern setzte sich auf einen Stuhl und schlug die Tageszeitung auf.

Johnny führte was im Schilde. Das war dem Herrn Schweitzer nicht entgangen, auch wenn bislang lediglich ein hin und her huschender, unsteter Blick davon Zeugnis ablegte. Sogleich fragte sich Herr Schweitzer, was der Herr mit dem Pferdeschwanz vorhaben könnte, aber ihm fiel beim besten Willen nichts ein, das es als Geisel in Zeiten wie diesen zu unternehmen geben könnte. Da aber ihre Schicksale unmittelbar miteinander verknüpft waren, war sein Interesse legitim, zumal er diesen Johnny nicht so richtig einzuschätzen wußte. So galt: Immer horche, immer gugge, zumindest was diesen ans Exzentrische grenzenden Zeitgenossen anging.

Und richtig. Kaum hatte sich der Geiselnehmer in die Lektüre vertieft, nestelte Johnny an einer der vielen Taschen seiner schlammfarbenen Allwetter-Allzweckjacke herum. Als er sich unbeobachtet fühlte, glitt seine Hand hinein. Triumph spiegelte sich in seinen Augen.

Herr Schweitzer glaubte, zwischen Johnnys Fingern im Widerschein der Wandbeleuchtung etwas silbrig aufblitzen gesehen zu haben und rechnete verstärkt mit einer Waffe. Er spürte das Adrenalin in seinen Adern und wußte nicht, wie er reagieren sollte. Er senkte den Kopf als wäre er müde und konnte so das Handlungsgeschehen durch seine in die Stirn fallenden Haarsträhnen unauffälliger beobachten. Wenn der Traveller, so sein Gedanke, mit der Waffe umgehen konnte, so wäre Ludgers Leben in Kürze keinen Heller mehr wert. Wenn nicht, so könnte es bald ein recht unerquickliches Blutvergießen geben. Und wenn man erst einmal erschossen ist ...

Doch davon wollte Herr Schweitzer nichts wissen. Noch war er ja am Leben. Gebannt starrte er auf Johnnys Hände. Was immer dieser für eine Strategie verfolgte, sie wollte sich ihm nicht erschließen. Warum schoß er denn nicht mit dem silbernen Ding, die Gelegenheit war doch günstig?

Ganz einfach. Weil das silberne Ding ein Flachmann war, wie Herr Schweitzer nun erkannte, da Johnny es mit schalkhaftem Grinsen aufschraubte und einen Teil des Inhalts in seinen Kaffeebecher goß. Der Vorgang war von keinem außer Herrn Schweitzer wahrgenommen worden. In einem Zug leerte Johnny den Becher. Der Ausdruck seiner Gesichtszüge verriet eine innere Zufriedenheit, die fürchten ließ, der alte Weltenbummler werde gleich frohlocken.

Herr Schweitzer atmete tief durch. Zwar war man nach wie vor immer noch nicht auf Rosen gebettet, aber das war allemal besser als versehentlich in Schußlinien zu geraten und hernach mausetot zu sein.

Und während Herr Schweitzer entspannte, erzählte Oma Hoffmann Uzi von einem Karl Moik-Konzert, das sie fast besucht hätte. Eine Freundin hatte schon die Karten. Glücklicherweise war ein paar Tage vorher ein dreiviertelstündiger Bericht über einen Auftritt dieses Herrn in Peking im Fernsehen gesendet worden. Was sie dort gesehen hatte, habe ihr fast die Socken ausgezogen. Ein Härtetest für jeden kultivierten Menschen.

„Wer ist denn dieser Karl Moik?“ fragte Uzi, von dem habe sie noch nie gehört.

Herr Schweitzer schon, aber nur peripher.

Daraufhin erklärte Oma Hoffmann, dieser Moik sei der Inbegriff der Spießbürgerlichkeit und der König der Volksmusik. Dicke-Backen-Musik und jede Menge Humbahumba-Täterä. Man müsse denken, wenn man das gesehen hatte, ältere Menschen hätten samt und sonders schon vor dem Tode mit dem Leben abgeschlossen. Doch, Gott sei's getrommelt und gepfiffen habe sie diese Sendung gesehen und ganz schnell ihre Eintrittskarte abgestoßen. Nein, sie sei zwar schon über sechzig, aber alles könne man ihr noch nicht vorsetzen, da funktioniere ihr Verstand noch zu gut.

„Und was für Musik hörst du so?“ wollte Uzi nun genauer wissen, die ja schon vorher mit dem Duzen keinerlei Probleme gehabt hatte.

„Ach, der Grönemeyer gefällt mir ganz gut."

„Ja, der ist okay", erklärte daraufhin Uzi, die dabei sehr weit über ihren Schatten springen mußte, denn Herbert Grönemeyer ist für einen waschechten Punk eklatant daneben. Doch scheinbar hatten auch diese Spezies lichte Momente, in denen sie sich mühelos in die Gesellschaft integrieren ließen. Auch wenn Herr Schweitzer glaubte, ein Punk müsse doch riechen.

„Fertig", rief Popic eine halbe Stunde später.

„Fertig mit was?", fragte Ludger.

„Mit der Fortsetzung des Artikels für das Sachsehäuser Käsblättche."

„Na, dann geben Sie mal her."

Artig stand der Journalist mit der rosigen Zukunft auf und überreichte dem Bankräuber das Geschriebene. Der las es durch, während er dann und wann mit dem Kopf nickte, wie dies Lehrer bei Arbeiten ihrer Lieblingsschüler zu tun pflegen.

Herr Schweitzer hätte gerne gewußt, was da so drinstand, und seine Neugier sollte geschwind befriedigt werden, denn Popic wurde es ein weiteres Mal erlaubt, in der Redaktion anzurufen.

„Guten Tag, Sachsehäuser Käsbättchen, Melibocus. Was kann ich für Sie tun?"

„Ich bin's, Chef."

„Popic?"

„Ebenjener. Ich ruf an, weil sich wieder eine ganze Menge Dinge ergeben haben. Ich hab's mal so grob skizziert."

„Dann schieß mal los."

„Nein, nicht schießen. Wir alle hier sind froh, wenn nicht geschossen wird."

„Ach so. Natürlich, war blöd von mir. Ich meinte, fang mal an."

„Klar, Chef. Also. Die neuesten Nachrichten aus der Teutonischen Staatsbank, die in den frühen Morgenstunden von einem gefährlichen Geiselgangster heimgesucht worden ist, dessen Identität weiterhin nicht gelüftet ist. Dank des todesmutigen Journalisten Dragoslav ..."

„Popic", schallte es maßregelnd aus dem Lautsprecher.

„Genau. Popic. Dank des todesmutigen Journalisten des

Sachsehäuser Käsblättchens, Dragoslav Popic, ist eine objektive Berichterstattung über die Vorgänge im Inneren des Hexenkessels weiterhin gewährleistet.

Durch eine unausgereifte Polizeitaktik, die auf profanen Zeitgewinn abzielt, ist das Leben der Geiseln, darunter etliche Frauen, aufs höchste gefährdet. Wie der trotz allem umsichtige Bankräuber gegenüber Popic erklärte, hätte die Aktion schon längst beendet sein können, wäre die Polizei umgehend auf seine Forderungen eingegangen. Doch scheint wie stets bei solchen Geschehnissen die Profilierungssucht einzelner Teile der Polizei im Vordergrund zu stehen. Es gab einmal Zeiten, da stand das Leben von Geiseln ganz oben auf der Prioritätenliste. Leider sind an diese Stelle offenbar Karriereambitionen von Beamten gerückt, die – Ironie des Schicksals – zum Teil von den Steuern der vom Tode Bedrohten bezahlt werden. Das Sachsehäuser Käsblättche hofft, auf diese Weise die Öffentlichkeit zu sensibilisieren und fordert die Verantwortlichen auf, endlich klipp und klar Stellung zu den Vorwürfen zu beziehen.

Im Moment sieht es danach aus, daß die Geiseln auch die Nacht über in Gefangenschaft verbringen müssen. Ein erster Nervenzusammenbruch hat sich bereits ereignet."

Dragoslav Popic hatte seinen Blick auf Frau Theresa Trinklein-Sparwasser gerichtet, die jedoch in anderen Sphären schwebte.

Und weiter: „Es steht zu befürchten, daß sich der Gesundheitszustand der Geiseln dramatisch verschlechtert. Wie der Bankräuber versichert, wird sich die Spirale der Gewalt bald dem Ende entgegendrehen, sollten morgen früh die geforderten 35 Millionen Euro immer noch nicht bereitstehen. Unser Journalist vor Ort, Dragoslav Popic, appelliert nochmals eindringlich an die Polizeileitung, alles Erdenkliche zu tun, damit der spektakuläre Bankraub ohne Blutvergießen über die Bühne geht. Nun, Chef, wie war das?"

„Saugut, Popic. Saugut."

„Was haben Sie mittlerweile herausbringen können?"

„Nichts, was nicht schon im Radio oder Fernsehen gesendet wurde. Die haben offenbar ihr Studio gegenüber von euch eingerichtet. Man sieht jedenfalls die Bank von schräg oben. Bevor ich's vergesse, heute abend wird eine Extraausgabe vom SK erscheinen. Dein Artikel ganz groß. Die Druckerei macht Überstunden."

„Ist ja stark, Chef."

„Ich hab sogar ein Dutzend Schüler engagiert, die das Blättchen dann an ein paar Kreuzungen kostenlos an die Autofahrer verteilen."

„Bärenstark, Chef. Ich bin stolz auf Sie."

Der Bankräuber wollte was von Popic.

„Moment, Chef."

Ludger erklärte schnell.

„Ach, Chef, seien Sie bitte so nett und lassen uns ein Exemplar zukommen. Vielleicht mit dem Abendessen über die Metzgerei Pomp."

„Euch ist wohl langweilig."

„Das nicht gerade, Chef."

Es folgte ein hemdsärmeliges Lachen und der Hinweis, daß er, Melibocus, nur Spaß mache. Nach der Bitte, Popic möge sich weiter ins Zeug legen, beendete der Chefredakteur das Telefongespräch.

„Das wird den Bullen aber mächtig Feuer unter dem Arsch machen", prophezeite Ludger.

„Ich denke, wir haben doch alle was davon, wenn die Sache bald beendet ist."

„Natürlich, Herr Popic. Aber ich sage es noch mal, niemand wird zu Tode kommen." Unwillkürlich drehte sich der Geiselnehmer zu seiner Ex und betrachtete sie.

Dergleichen tat Popic, und er wurde das Gefühl nicht los, daß Trinkleins Versprechen nicht wirklich in Erfüllung gehen würde. Trotzdem war er sich sicher, daß nicht er es sein würde, der ins Gras zu beißen habe.

Kurz vor halb sieben, man war gerade mit dem Verstecken der Wanze fertig geworden, brachte ein Bote die erste Extraausgabe in der Geschichte des Sachsehäuser Käsblättchens vorbei. Beigefügt war eine Notiz des Herausgebers und Chefredakteurs, die Zeitung zusammen mit dem Essen dem Bankräuber zu überbringen.

Heiner Kaschtaschek und Annie Landvogt waren eifrig am Lesen, wobei die spärliche Gestik verriet, daß der Artikel wenig Anklang bei ihnen fand. Kaschtaschecks Finger tippelten nervös über die Tischplatte.

„Bringt mir sofort diesen Popic her. Sofort", schrie der Kommissar.

Doch Wehklagen half da wenig, ergo beschwichtigte seine

Kollegin: „Aber Heiner, das geht doch nicht. Dieser Popic ist doch eine Geisel."

Kaschtaschek reagierte mit Befremden: „Na und?" Als er kurz darauf seinen Fauxpas bemerkte, schlug er einen formelleren Ton an: „Dann halt den Herausgeber von diesem bescheuerten Käseblatt."

„Vielleicht steht der im Impressum", schlug Kommissarin Landvogt vor. Und dann: „Aha, da haben wir's ja schon. Abtsgäßchen. Die Redaktionsräume befinden sich im Abtsgäßchen."

Der Sachsenhäuser Revierleiter Hansen befand, der Worte seien nun genug gewechselt, und sprach: „Das ist hier quasi um die Ecke."

Worauf des Kommissars Miene sich erhellte: „Das sind ja nun mal endlich erfreuliche Nachrichten. Ich denke, wir sollten uns diesen Herrn mal vorknöpfen."

„Schon unterwegs", sagte Paule Hansen und war schon unterwegs.

Dessen Untergebener Frederik Funkal wunderte sich ob Hansens Subordinationswillen. So kannte er ihn gar nicht.

„Pfarrer Hollerbusch wartet", rief ein Polizist in den Raum hinein.

„Apostel, junger Mann. Pfarrer hat seit der Inquisition einen faden Beigeschmack, finden Sie nicht?"

Der junge Polizist war trotz ausgezeichneter psychologischer Schulung heillos überfordert. „Ähem ... fader Beigeschmack ... logisch."

„Aah. Pfarrer Hollerbusch, freut uns, daß Sie kommen konnten", wurde er von Annie Landvogt enthusiastisch begrüßt.

Und Apostel Hollerbusch war es leid, abermals zu erklären, warum es in der Gemeinde des Barmherzigen Heilands von Nazareth und Umgebung, kurz G.d.B.H.v.N.u.U., keine Pfarrer, sondern ausschließlich Apostel gab. Selbst der oberste Hirte war ein Apostel. Kein Erzapostel, nein, einfach nur Apostel. „Guten Abend." Er reichte der Kommissarin die Hand. „Ich bin wegen des Banküberfalls hier, nicht? Schreckliche Sache. Ich hoffe, es geht alles glimpflich aus."

„Das hoffen wir auch, Herr Pfarrer. Kaschtaschek mein Name. Oberkommissar. Ich ... Wir leiten hier die Operation."

„Wie kann ich behilflich sein?"

Zwanzig Minuten später war Paule Hansen zurück und berichtete, den Herrn Melibocus vom Sachsehäuser Käsblättche nicht angetroffen zu haben. Insgesamt mache der Laden einen verlassenen Eindruck. Was er verschwieg, war, daß er Felix Melibocus sehr wohl angetroffen hatte, ihm aber eindringlich geraten habe zu verschwinden. Der Grund für diesen leicht unorthodoxen Ratschlag war in der schon lange andauernden Beziehung der beiden zueinander zu suchen. Paule Hansen versorgte den Herausgeber täglich mit Informationen aus dem Polizeibericht, im Gegenzug lobte Melibocus die Sachsenhäuser Polizeiarbeit stets über den grünen Klee. Damit fuhren beide Seiten bestens. So kam es, daß Melibocus sich samt Mobiltelefon in den Frühzecher verzogen hatte, eine gerade unter den Schnapsnasen Frankfurts beliebte Adresse nach Mitternacht. Hansen wollte ihn dort später noch besuchen kommen und ein paar nennenswerte Infos mitbringen.

Heiner Kaschtaschek war ungehalten: „Dann wird dieser Schmierfink wohl schon zu Hause sein. Worauf warten Sie noch?“

Paule Hansen: „Wo wohnt er denn?“

„Woher soll ich das wissen? Versuchen Sie's doch mal mit dem Telefonbuch.“ Blauviolett leuchteten ein paar Äderchen an des Kommissars Schläfe.

Gar nicht so dumm wie sie aussehen, die Knilche vom BKA, überlegte Hansen und ließ sich von Herrn Blau, dem Wohnungsinhaber, der bereitwillig immer auf Abruf bereitstand, ein Telefonbuch bringen.

„Soll ich ihn anrufen?“

„Nichts da“, intervenierte Kaschtaschek, „wäre ja noch schöner, wenn wir jetzt die Leute auch noch vorwarnen. Sie fahren da gefälligst hin und bringen diesen Herrn hier her.“

„Zu Befehl. Frederik, du kommst mit.“

Der Bankräuber nahm den Hörer ab und erfuhr, das Abendessen könne in einer halben Stunde geliefert werden. Er war damit einverstanden.

„So. Alle mal herhören, in einer halben Stunde gibt's Essen. Logisch, daß ich keinen Bock hab, mich den Scharfschützen da draußen auf dem Tablett zu präsentieren. Das heißt, es kommt jemand mit, der mir genügend Deckung geben kann.“

Herr Schweitzer wußte, was die Stunde geschlagen hatte. Mit Deckung war kein Feuerschutz gemeint, wie man ihn aus Western kennt, wenn Marion Michael Morrison alias John Wayne aus der Wagenburg aus- und in die feindlichen Linien einbrechen wollte. Mit Deckung war Leibesumfang gemeint, dazu bedurfte es keiner mantischen Begabung. Sei es, weil so langsam der Fatalismus die Oberhand gewann, sei es, weil er dem Bankräuber zuvorkommen wollte, jedenfalls meldete er sich zu Wort: „Wie wär's, wenn ich Ihnen Deckung gebe? Außerdem kenne ich als einziger den Apostel Hollerbusch und könnte so gleich erkennen, wenn die Bullen ein falsches Spiel spielen."

„Respekt, Respekt. Der Herr Detektiv ist ganz schön auf Draht."

Herr Schweitzer fühlte sich geschmeichelt und wußte doch zugleich, daß dies vollkommen kindisch war. Durch eines Schurken Lob Stolz empfinden, bei ihm war wohl etwas im Chromosomensatz defekt. Es wurde wohl mal wieder Zeit, in sich zu gehen um Ordnung zu schaffen. Gleich am Wochenende wollte er damit anfangen. Doch zuvor war es unabdingbar notwendig, einen kühlen Kopf zu bewahren. „Na ja, das war ja nun so schwer nicht. Sie hatten mich doch sowieso für den Job vorgesehen."

„Stimmt. Aber Sie brauchen jetzt nicht nervös zu werden, es wird schon alles gutgehen."

Wer sagte denn, daß er nervös war? Er war gekränkt, weil Ludger meinte, er könnte nervös sein. Und wenn je ein Mensch gekränkt aussah, so Herr Schweitzer in diesem Moment. Sei's drum. Er freute sich aufs Essen. Und das war ein gutes Zeichen, hieß es doch, daß ihm die Aufregung nicht oder nur unmerklich auf den Magen geschlagen war.

Dann war es soweit.

„Nun wollen wir mal." Herr Trinklein überprüfte noch schnell die Beretta 92 und zog sich die schwarze Baskenmütze aus weichem Strick auf. Zur Verwunderung Herrn Schweitzers ließ er jedoch die Strumpfmaske weg. Ein weiteres Indiz für des Geiselnehmers Fehlfunktionen.

„Soll ich meinen Mantel anziehen, dann könnten Sie sich besser dahinter verstecken?"

„Gute Idee."

Die Schiebetür wurde geöffnet. In der Vorhalle standen die Geldautomaten und boten ihre Dienste an. Durch die an der Scheibe herunterlaufenden Regenschlieren war undeutlich eine Person vor der geöffneten Ladefläche eines Lieferwagens auszumachen. Es herrschte eine trügerische Ruhe.

„Und?“ kam es vom Geiselnehmer.

„Was und?“

„Ist das Ihr Kumpel?“

„Schwer zu sagen. Ich weiß nicht.“ Herr Schweitzer war überhaupt nicht amüsiert. Am liebsten wäre er unverrichteter Dinge umgekehrt. Doch war da noch die Pistole, die sich mit sanftem Druck in seinen Rücken bohrte.

„Scheiße.“

„Was jetzt?“ wollte Herr Schweitzer wissen.

„Das könnte eine Falle sein.“

Herr Schweitzer durchdachte die Lage, doch waren die Möglichkeiten, wenn man erst mal zu denken angefangen hatte, in diesem Falle endlos. Er wunschträumte sich in die Ärme (der Sachsenhäuser gebraucht für den Plural von Arm oft Ärme, mit Ä am Anfang wie etwa in „Erna, du mußt dir noch die Ärm wäsche.“ Dem Sachsenhäuser sei an dieser Stelle gesagt, daß der Plural von Arm Arme, und nicht Ärme ist) seiner Liebsten Maria von der Heide. Das Leben war an einem entscheidenden Punkt angelangt. Jetzt nur keinen Fehler machen, der könnte das Aus bedeuten. „Ich glaube, es ist besser, wir gehen da nicht raus.“

Zunehmend gereizt erwiderte Ludger: „Das hatte ich auch nicht vor.“

So langsam hatten sich Herrn Schweitzers Augen an das Dunkel hinter der Scheibe gewöhnt, aber trotzdem ließen sich nur undeutlich die Konturen der Person, die sein langjähriger Freund und Kampfgenosse in Sachen Startbahn West Guntram Hollerbusch sein sollte, erkennen.

„Wir gehen zurück. Hier ist was faul.“

Voller Wohlgefallen gehorchte Herr Schweitzer, aus dessen tiefstem Innern eine Stimme vor großem Ungemach warnte, sollte der Bankräuber die Außentür öffnen.

Kaum zurück, stürzte sich Ludger Trinklein auf den Telefonapparat. „So. Karasek. Jetzt hör mir genau zu, du Arschloch. In zehn Minuten findet die Essensübergabe statt, und dann ist der Platz vor der Bank hell erleuchtet, vor allem ist der Pfarrer zu erkennen. Kapiert? Sonst erschieß ich die erste Geisel vor Ihren Augen. Und das erklären Sie dann mal Ihrem Chef. In zehn Minuten.“ Und knallte den Hörer auf die Gabel.

Und die Geisel, die er dann gerade zur Hand hatte, wenn's an

Erschießen ging, dachte Herr Schweitzer, werde dann zufällig ich sein. Große Scheiße.

Es dauerte tatsächlich nur sieben Minuten. So ist das im Leben, man gebraucht bloß ein paar unflätige Ausdrücke, setzt die Leute unter Druck und schon klappt's. Der Mensch ist schon komisch.

„Dann auf ein Neues."

Seine Leidensgefährten gaben Herrn Schweitzer ein paar mitfühlende Blicke mit auf den Weg. Besonders Oma Hoffmanns Mienenspiel verriet innige Anteilnahme. Uzi drückte ihm demonstrativ die Daumen. Herr Popic war natürlich am Schreiben, schließlich sollten seine Leser die Gefahr so hautnah als irgend möglich miterleben. Und Johnny genehmigte sich einen weiteren heimlichen Schluck und wurde von Herrn Schweitzer ausnahmsweise dafür beneidet. So ein Schnaps, egal welcher Geschmacksrichtung, der ein behagliches Brennen von der Speiseröhre bis in den Magen verursachte, wäre gerade jetzt, da er dem Tod ins Antlitz schaute, was Feines. Was außerordentlich Feines sogar.

Als er den vertrauten Gegenstand im Rücken spürte, setzte er sich in Bewegung. Abermals öffnete Ludger die Schiebetür. Und dann sah er das in Würde gealterte Gesicht seines Freundes Hollerbusch, der, von den Scheinwerfern zweier leerer Polizeiautos angestrahlt, irgendwie verloren vor dem Laderaum des Lieferwagens der Wurstboutique Pomp stand, wie die Spezialitätenmetzgerei ob ihrer horrenden Preise im Volksmund auch genannt wurde.

„Ist das jetzt Ihr Freund?"

„Ja. Das ist der Apostel."

„Dann geben Sie ihm zu erkennen, daß er jetzt die Sachen bringen soll." Der Lauf der Beretta war deutlich durch den Mantel zu spüren.

„Dazu muß ich aber die Tür öffnen."

„Kein Problem. Ich bleib hinter Ihnen."

Vorsichtig, als löse er den Zünder einer 50-Kilo-Bombe aus dem Zweiten Weltkrieg, zog er an dem hölzernen Griff der Eingangstür, bis sich das Schnappschloß abrupt öffnete. Schwere Regenschauer peitschten ihm sofort ins Gesicht. Das kam so überraschend für ihn, zumal der Wind im selben Augenblick die Tür, die sich ihm da als Windfang bot, packte, daß seine zweihundert Pfund Lebendgewicht vorübergehend mit dem Equilibrium kämpften. So ein Geiseldasein war halt kein Zuckerschlecken.

Ludger jedoch hatte das Unheil kommen sehen und Herrn Schweitzer von hinten gestützt, bis dieser seine Standfestigkeit wiedererlangt hatte. Der Mantel blähte sich wie ein Segel in voller Fahrt, und der Bankräuber fand dahinter optimalen Sichtschutz.

„Guntram, du kannst das Essen jetzt bringen“, schrie Herr Schweitzer gegen das Getöse des Windes an.

Der Apostel drehte sich um, packte den Karton und kam auf ihn zu. Derweil suchte Herr Schweitzer auf den Dächern und in den Fenstern nach irgendwelchen unvermeidlichen Scharfschützen. Gegenüber sah er im zweiten Stock sich etwas hinter einer schwach erleuchteten Scheibe bewegen. Das könnte das Zimmer sein, welches die Medien okkupiert hatten, wie aus dem Telefonat von Popic mit Melibocus hervorgegangen war. Doch weiter ließ sich nichts ausmachen, zu miserabel waren die Sichtverhältnisse. Allem Anschein nach hatte es auch extrem abgekühlt. Ihn fröstelte gar sehr.

„Hallo, Simon. Was machst du denn hier? Wie geht's denn so?“ fragte Guntram Hollerbusch, als er den Karton vor ihm auf den Boden stellte. Mit den Füßen schob ihn Herr Schweitzer nach hinten.

„Ach, geht so. Wie das Leben halt so spielt, mal so, mal so“, erwiderte er betont lässig, um den Apostel nicht unnötig zu belasten. Außerdem entsprach dies ja der Wahrheit, wenn auch einer eher abstrakten. Ein besserer Ort des Verweilens wäre gewiß seine heimelige Bettstatt mit Blick auf die Frankfurter Skyline gewesen, doch hätte es ihn im Leben auch schlimmer treffen können. Als indischen Bauer zum Beispiel, der beim letzten Unwetter seine komplette Ernte verloren und sich heillos verschuldet hatte, und nun mit Sack und Pack und schwerkranker Frau und drei Kindern, die es zu ernähren galt, auf dem Weg nach Bombay, heute Mumbai, zu einem entfernten Vetter war, der ihn aus dem Elend befreien sollte, und der von seinem Kommen noch gar nichts ahnte. So gesehen war er in den Fängen Herrn Trinkleins noch gut aufgehoben.

„Möge Gott Euch beschützen“, sagte der Apostel abschließend und ging von dannen.

In Friedenszeiten hätte Herr Schweitzer jetzt eine theologische Grundsatzdiskussion angefangen, doch waren die Zeiten alles andere als friedlich.

Rückwärts gehend zog man sich zurück, wobei Herr Schweitzer den verdammt schweren Karton trug. Als sich die Schiebetür wieder geschlossen hatte, seufzte er hinlänglich, denn erstmals seit dem Urknall, und das ist immerhin schon fünfzehn Milliarden Jahre her, hatte Herr Schweitzer eine derart große Gefahr überstanden.

Das Essen duftete köstlich. Er mußte sich ernstlich zusammenreißen, um nicht grunzend darüber herzufallen. Als erstes verteilte er die Französische Zwiebelsuppe samt Besteck und dann die Hauptspeisen. Stilvoller wäre es natürlich gewesen, die Gerichte nacheinander zu servieren, doch sagte einem schon der gesunde Menschenverstand, daß man in der Not auch mal improvisieren mußte. Feierlich reichte Herr Schweitzer dem Bankräuber die Extraausgabe des Sachsehäuser Käsblättchens. Geiseldrama in Dribbdebach, lautete die balkendicke Überschrift. Johnny, der alte Traveller, hatte sich selbstredend unverzüglich über die erste Flasche Rotwein, einen runden und milden Portugieser, hergemacht. Auch Oma Hoffmann, Popic und Herr Schweitzer gönnten sich ein erbauliches Gläschen. Uzi widmete sich genüßlich dem kulinarischen Offenbarungseid in Form von zugegebenermaßen knusprig aussehenden Pommes mit einer Lawine aus Ketchup und Mayo. Herr Schweitzer schüttelte mißbilligend den Kopf während er ein besonders zartes Stück Lammbraten auf seiner Zunge zergehen ließ und dem seelenverwandten Oscar Wilde gedachte, der einstmals forderte, man möge ihm Luxus geben, auf das Notwendige könne er verzichten. Grundsätzlich bedauerte Herr Schweitzer, obwohl er ansonsten sehr tolerant war, alle Menschen, die gutem Essen nichts abgewinnen konnten. Für ihn war es nebst Liebe das Wichtigste auf Pacha Mama. Er dankte seinem Schöpfer für das Mahl.

Sein Teller war fast schon leer, als er zu Yoko und Kogyo sah, die noch immer ihre in Weißwein gedünsteten Pfifferlinge auf Gemüserisotto beschnupperten und jeweils einen Flunsch zogen. Dann kramte Yoko aus ihrer Handtasche, hellblaues Plastik, wie's der Jugend halt so gefällt, zwei mal zwei Eßstäbchen heraus. Mit chirurgischer Akribie wurden die Pfifferlinge vom Reis getrennt, und Herr Schweitzer dachte, daß dies schon ein seltsames Volk sei. Er selbst hatte mal beim Fisch-Franke im Frankfurter Hauptbahnhof einem Asiaten zugesehen, der sich einen Teller mit zerkleinertem paniertem Fisch und Kartoffelsalat an den Mund gehalten und mit dem Messer die Portionen in Weltrekordzeit in den Rachen geschoben hatte. Auch stellte er sich die Frage, wie man mit solchen Stäbchen einem Rumpsteak, 280 Gramm, medium, mit Kräuterbutter und gerösteten Zwiebeln beikommen wollte. Oder hatten die am Ende so was in Japan gar nicht, ein saftiges 280-Gramm-Medium-Rumpsteak mit Kräuterbutter und gerösteten Zwiebeln? Kein Wunder, daß die schon seit mehr als zehn Jahren in einer ausgewachsenen Wirtschaftskrise steckten, überlegte Herr Schweitzer.

Und dann war das Fürst-Pückler-Eis dran, das schon seit alters her Volk und Edelmann an einen Tisch bringt, und Herr Schweitzer stand kurz vor der Versuchung, Uzi zu fragen, ob er ihr dazu ebenfalls Ketchup und Mayo reichen sollte, ließ es aber aus Gründen der Schicklichkeit sein, auch weil man Leute mit abnormem Verhalten nicht immerfort triezen sollte. Immerhin schien auch den asiatischen Paradiesvögeln das Eis zu munden, sie benutzten sogar Löffel, aber man aß ja auch Suppen in Japan. Und der in Sachen Alkohol sehr bewanderte Johnny entkorkte bereits die zweite Flasche.

Nach dem Mahl wurden die benutzten Teller und Bestecke wieder in den Karton geworfen. Von Oma Hoffmann flogen ein paar schon ausgefüllte und dann herausgerissene Kreuzworträtselseiten hinterher.

„Was it a good meal?“ wandte sich Herr Schweitzer, ganz aufmerksamer Gastgeber, an die Japaner.

Kogyo drehte sich zu seiner Freundin und kommunizierte mit selbiger per Blickkontakt. Dann nickte Kogyo und Yoko wagte ein kaum wahrnehmbares Lächeln, bevor sie Herrn Schweitzer ansprach, der in ihren Augen hier so etwas wie den Spiritus rector darstellte: „Sorry. Tomorrow is Kogyo's birthday. Sorry. Is it possible to get some Sushi for lunch? This would be very nice of you, but it's only a question. Sorry.“

„I'm not the big boss here“, erwiderte Simon Schweitzer, dem sich bei dem Gedanken an Sushi der Magen umdrehte, „you have to ask your question to Mr. Trinklein. He's the big boss here, because he have also the pistol.“

„Mr. Trinklein?“

„Yes, Mr. Trinklein.“

Oma Hoffmann mischte sich ein: „Also, Herr Trinklein, ich würde vorschlagen, Sie lassen die Japaner einfach frei. Ein schöneres Geburtstagsgeschenk als die Freiheit gibt's doch gar nicht. Außerdem würde es Ihre Verhandlungsposition stärken. Es blieben ja noch genügend Geiseln übrig. Mit den Japanern ist das doch alles ganz schön schwierig."

„Stimmt schon", gab der Bankräuber mürrisch zur Antwort. „Ich laß mir das mal durch den Kopf gehen." Er widmete sich wieder dem Sachsehäuser Käsblättche.

„He's thinking about it", übersetzte Herr Schweitzer nicht ganz korrekt, denn er wollte sie nicht enttäuschen, wenn es mit der Freilassung dann doch nichts wurde. Bei Menschen fremder Rassen konnte man nie wissen, was sie einzustecken imstande sind. Er hatte das Gefühl, sich des guten Tons wegen noch ein wenig um die ausländischen Gäste kümmern zu müssen. „What's your hometown?"

„We're both from Hiroshima."

Hiroshima. Wie den meisten Menschen hatte sich von dieser Stadt ausschließlich das weltberühmte Foto der Trümmerlandschaft nach Abwurf der Atombombe in Herrn Schweitzers Gedächtnis eingeätzt, die von den ausgebrannten Resten des skelettierten Doms überragt wurde und als Mahnmal für spätere Generationen noch heute ihren bedrückenden Zweck erfüllte. Oder erfüllen sollte, wenn man sich die Kriege ringsum in der Welt mal so anschaute. „Oh, Hiroshima, a nice city." Was hätte er auch sonst sagen sollen.

„Popic", meinte der Bankräuber dreieinhalb Minuten später, „Ihr Käseblatt mausert sich. Würde mich nicht wundern, Sie später mal bei der Bild zu sehen."

Natürlich schmeichelte das seinem Ego. Gerührt nahm Dragoslav Popic die Zeitung entgegen.

Herr Schweitzer beobachtete den Journalisten während des Lesens. Hin und wieder schmunzelte Popic. Unverkennbar spiegelte sich Stolz in seinem Gesicht. Herr Schweitzer bekam das Sachsehäuser Käsblättche erst in die Hände, nachdem es auch von Oma Hoffmann und Uzi gelesen worden war. Johnny und Theresa Trinklein-Sparwasser hatten abgewunken. Dem Weltenbummler aus Desinteresse und der Filialleiterin hätte sich der Sinn des Artikels momentan ohnehin nicht erschlossen. Fleißig starrte sie die Decke an.

Und dann hielt Simon Schweitzer den Meilenstein Sachsenhäuser Journalistik in seinen Händen. Es waren zwar nur vier

Seiten, aber die hatten es in sich. Gleich das Titelbild hätte einen Oskar für vorbildliche Retuschierkunst verdient. Ein Sonnenuntergang wie aus dem Lehrbuch tauchte den Schweizer Platz samt Teutonischer Staatsbank in eine nie für möglich gehaltene Farbenpracht. Das Blaulicht der Einsatzwagen harmonierte fantastisch mit den bunten Häuserfassaden. Allein für die Perspektive hätte ein Hubschrauber gemietet werden müssen. Einzig ein Ecke Oppenheimer Landstraße geparktes gelbes NYC-Taxi sorgte für leichte Verwirrung und ließ den aufmerksamen Beobachter, wie zum Beispiel Herrn Schweitzer, mutmaßen, daß hier mehrere Vorlagen mittels Computertechnik zu einem einzigen Gesamtkunstwerk zusammengeflossen sind. Umrandet war das Drama in Dribbdebach, wie Sachsenhausen von den Hibbdebächern und auch sonst genannt wurde, von gut zwei Dutzend Kleinanzeigen, vom Bäcker über die Holzofenpizzeria bis hin zum Hair-Designer. Automatisch fragte sich Herr Schweitzer, was so ein Hair-Designer in unserem Kulturraum zu suchen hatte und was er, da er schon mal hier war, an ihm, Herrn Schweitzer, hätte designen können, so daß ihm seine Haare nicht immer wirr und penetrant in die Stirn fielen und vom Kopf abstanden. Vielleicht sollte er diesen wunderlichen Kauz von Hair-Designer mal aufsuchen. Außerdem hat's heute gar keinen Sonnenuntergang gegeben, und aus der Entfernung wäre ob des Pißwetters überhaupt keine Teutonische Staatsbank zu erkennen gewesen.

Der Leitartikel selbst war im großen und ganzen identisch mit dem, was Popic seinem Chef telefonisch übermittelte, nur hier und dort hatte Melibocus den Text subtil und schonend verändert. Auf Seite drei kam dann der Hammer. Ein Interview mit dem Innenminister über die Sicherheitslage der Bundesrepublik Deutschland in Bezug auf die zunehmende Gewalt. Hat man da noch Töne, staunte Herr Schweitzer, das Sachsehäuser Käsblättche interviewte den Innenminister. Chapeau. Gewiß, es waren nur sieben Fragen, die wie üblich wahrscheinlich der Pressesprecher beantwortet hatte, aber er war überwältigt. Was immer er über die mannigfaltigen Beziehungen des Herrn Melibocus gedacht hatte, dies mit Sicherheit nicht.

Die letzte Seite listete die Verbrechen auf, die in den ersten Wochen des Jahres 2003 bis dato in Sachsenhausen verübt worden waren. Vom einfachen Autodiebstahl bis hin zur schweren Körperverletzung war alles vertreten. Im Gegensatz zum Leitartikel wurde hier jedoch die Polizeiarbeit positiv dargestellt. Da schien der Chef von seinem sporadischen Zechkumpanen Polizeiobermeister Frederik Funkal wohl einen Draht zu dem Herausgeber zu haben, schätzte Herr Schweitzer punktgenau. Wieso weiß ich das trotz Horchens und Guggens nicht? Wozu treib ich mich denn jeden Abend in der Sachsenhäuser Kneipenwelt rum?

So dienstbeflissen, wie der Herausgeber es darstellte, waren Frederik Funkal und sein Vorgesetzter Paule Hansen aber gar nicht. Statt wie befohlen, Melibocus dingfest zu machen und dem BKA zu übergeben, galt ihre Präferenz einem gepflegten Cappuccino im Café Windhuk in der Brückenstraße. Adolf Lüderitz, ein nach Südwest ausgewanderter Bremer Kaufmann, nach dem auch die Lüderitzbucht benannt ist, schaute ihnen dabei wohlwollend zu. In Öl, versteht sich. Nicht live. Der ist nämlich schon seit 1886 tot. Und Südwest gibt's auch nicht mehr. Das heißt heute Namibia. Und Windhuk ist die Hauptstadt davon.

„Glaubst du, die lassen tatsächlich die GSG 9 aufmarschieren?" wollte Frederik Funkal von seinem Vorgesetzten wissen.

„Was denkst du wohl, warum die uns weghaben wollten? Wenn du mich fragst, stecken die schon mitten in der Planung." Paule Hansen lehnte sich zurück und schaute sich um. Wie er wußte, wurde das Café von einer Damenriege geführt. Oma, Mutter und Tochter, von denen aber heute abend nur noch die Tochter bediente. Es war ja auch schon reichlich spät für Kaffee und Kuchen. Nur noch vereinzelte Gäste waren anwesend.

„Sag mal ganz ehrlich ..."

„Ja?"

„Der Bankräuber. Irgendwas stimmt doch mit dem nicht." Frederik Funkal tippte sich an die Stirn, den möglichen Krankheitsherd näher lokalisierend.

„Weißt du, das Problem ist, kein Mensch ist wie der andere. Die vom BKA glauben, nach Schema F verfahren zu müssen, weil der Bankräuber ihrer Meinung nach in diese Schublade paßt. Ich will damit nicht sagen, daß dieser Kaschtaschek und diese Annie Landvogel, oder wie die heißt, grundsätzlich von allen guten Geistern verlassen sind. Nein, sie sind einfach nur zu jung für den Job. Erfahrung ist durch nichts zu ersetzen. Kein noch so schlaues Buch kann dir die Praxis vermitteln, die du als Bulle einfach brauchst. Und daß die jetzt auch noch die GSG 9 da reinziehen wollen, zeigt doch nur, wie hilflos sie sind."

„Was würdest du an deren Stelle tun?"

„Auf die Forderungen des Geiselnehmers eingehen. So lang du nicht weißt, mit wem du es zu tun hast, ist alles andere nur blindwütiger Aktionismus."

Wieder einmal bewunderte der Polizeiobermeister seines Chefs Genius. Ihm schwante, daß die Geiselnahme kein gutes Ende nehmen würde.

„Doch grau ist alle Theorie. Vielleicht haben die Kollegen vom BKA doch recht und die GSG 9 löst das Problem heute nacht noch."

„Heute nacht? Glaubst du?"

„Was weiß ich. Verkehrt wär's nicht, dann würde in Sachsenhausen wenigstens wieder Ruhe einkehren. Aber ich glaub nicht dran, dem BKA ist nicht zu trauen."

„Und Melibocus, was machen wir mit dem?"

„Der sitzt im Frühzecher und ist einfach nur entzückt. Laß ihn dort, wir gehen ihn später besuchen. Kaschtaschek braucht doch nur jemanden, an dem er seine Wut auslassen kann. In einer Woche weiß der gar nicht mehr, wer dieser Melibocus überhaupt war. Außerdem ist es immer gut, das Sachsehäuser Käsblättche auf seiner Seite zu haben."

„Wieso denn das?"

„Mein Gott, Frederik, das steht doch außer Zweifel. Denk doch nur mal an die Wohnung, die ich dir letztes Jahr für deinen Kumpel vermittelt habe."

Und Frederik Funkal dachte nach. Das dauerte immer etwas länger als bei seinem Chef, was aber nicht hieß, daß es zwecklos war. „Du meinst ..."

Paule Hansen haute auf den Tisch, daß der Cappuccino schwappte. „Na logo, ich meine, das war eine Anzeige im Sachsehäuser Käsblättche. Die Telefonnummer hat mir Felix zwei Tage vor Erscheinen gesteckt, und ich hab sie dir gegeben. Verstehst du jetzt, wozu so ein Presseheini alles gut ist. Das läuft in Sachsenhausen auch nicht anders als in Berlin oder sonstwo auf der Welt."

„Von dir kann man noch viel lernen." Funkal nickte anerkennend und ehrerbietend.

„Sag ich doch, Frederik. Sag ich doch."

Derweil berichtete Kaschtaschek in der provisorischen Einsatzzentrale dem verantwortlichen General der mobilen Einsatztruppe von der Lage. Anhand eines Bauplans wurden mögliche Vorgehensweisen erörtert.

Mitten in einer fulminanten Schlachtenplanerörterung klingelte das Telefon. Man unterbrach die Arbeit, denn es hätte ja der Geiselnehmer sein können.

Annie Landvogt nahm ab, lauschte und sagte anschließend: „Das ist Herr Hansen vom hiesigen Revier. Er habe Melibocus nicht angetroffen, eine Nachbarin habe jedoch gesagt, daß er eventuell in einer Stunde zurück sei. Hansen fragt an, ob er so lange warten soll."

Oberkommissar Kaschtaschek: „Wenn nötig, die ganze Nacht."

Oberkommissarin Landvogt in den Hörer: „Wenn nötig, die ganze Nacht."

„Die wären wir vorläufig los." Kaschtaschek freute sich wie ein Schneekönig ob dieses gelungenen Streichs.

Abermals kramte der Geiselnehmer in seinem mitgebrachten Container und brachte einen kleinen Fernseher mit schwarzem Plastikgehäuse zum Vorschein.

„Für die Tagesschau", meinte er der versammelten Mannschaft erklären zu müssen. Den Fernseher stellte er auf den Schalter, so daß ihn jeder sehen konnte. Das Stromkabel reichte bis zur nächsten Steckdose.

Dann wühlte er wieder im Container rum. Und wühlte. Und wühlte. Und bekam einen Rappel: „Das halt ich im Kopp nicht aus. Hundert Prozent hab ich's reingetan."

Was Herr Trinklein suchte, wußte Herr Schweitzer nicht, aber von hundert Prozent konnte wohl keine Rede sein. Früher, als er klein war, waren hundert Prozent noch hundert Prozent und kein Prozent weniger. Aber wie so vieles unterlag auch diese Maßeinheit dem Wandel der Zeit und bedeutete heutzutage nur noch, daß man eigentlich über die Maßen sicher war, es getan zu haben, aber ein letzter Rest von Zweifel war immer angebracht. Grob geschätzt, lag hundert Prozent heute bei etwa fünfundachtzig, Tendenz sinkend.

„Scheiße. Ich bin so blöd, daß es schon zum Himmel stinkt." Verloren blickte er sich um. „Ich hab das scheiß Antennenkabel vergessen."

„Dann bestellen wir doch bei den Bullen einfach ein neues", gab Herr Schweitzer geradezu ausgelassen zurück.

Ludger Trinklein schaute ihn mit leerem Blick an. Dann erhellten sich seine Gesichtszüge urplötzlich. „Genau. Bestellen wir doch einfach ein neues."

Das mit dem Wir war eine taktische Meisterleistung psychologischer Kriegsführung des Herrn Schweitzer. Das schaffte so quasi en passant ein Zusammengehörigkeitsgefühl, was letztendlich darauf hinauslaufen sollte, daß Wir Uns ja nicht erschießen. Das haben wir nämlich noch nie gemacht. Herr Schweitzer freute sich des Lebens. Dadurch, daß Ludger auf das Wir eingegangen war, befand man sich fast schon wieder auf sicherem Grund und Boden.

Der Bankräuber telefonierte und setzte das Ultimatum auf eine halbe Stunde fest, ansonsten eine Geisel niedergemetzelt werde.

Herr Schweitzer wunderte sich überhaupt nicht, als der Bankräuber ihm eröffnete, daß es wiederum an ihm sei, das Antennenkabel entgegenzunehmen. Er fand zwar, aus Gründen der Gerechtigkeit wäre ein anderer an der Reihe gewesen, aber Lamentieren half ja auch nicht wirklich.

„Bei der Gelegenheit nehmen Sie bitte den Abfallkarton mit. Der stinkt ja fürchterlich."

Doch weit gefehlt, wer gedacht hatte, Ludger würde sich wie beim ersten Mal hinter Herrn Schweitzers immenser Statur verstecken und zur Eingangstür mitkommen. Nein. Die Methoden verfeinerten sich. Kurzerhand band er ihm einfach ein Seil um, das er dem Containerfundus entnommen hatte, und das später noch eine entscheidende Rolle spielen sollte, hielt das lose Ende etwa sechs Meter entfernt im Dunkeln in der Hand und hielt die Beretta 92 auf Herrn Schweitzer gerichtet, während dieser die Tür öffnete.

Ludger hatte ihm mit auf den Weg gegeben, ja kein Wort zu reden, doch Herr Schweitzer war von einem Euphorieschub heimgesucht worden und dachte gar nicht daran.

Mittlerweile regnete es horizontal und der Wind pfiff regelrecht um die Ecken. Nach wie vor war die Stelle vor der Bank von den Autoscheinwerfern ausgeleuchtet und Apostel Hollerbusch war schutzlos den Naturgewalten ausgeliefert. Vornübergebeugt stemmte er sich gegen den Sturm. In der ausgestreckten Hand hielt er das Kabel als wäre es das Leichentuch Christi.

Herr Schweitzer stellte den Karton auf den Boden. Als er von seinem alten Kampfgefährten für eine bessere Welt das Kabel überreicht bekam, brüllte er ihm „Ludger Trinklein Bankräuber“ ins Ohr.

Der Apostel hatte genickt und war gegangen. Also hatte er es gleich auf Anhieb verstanden. Möge die Polizei diese Information geschickt nutzen. Herr Schweitzer war sehr zufrieden mit sich, wie er überhaupt sehr oft sehr zufrieden mit sich ist.

„Bankräuber Ludger Winkler.“ Heiner Kaschtaschek rieb sich diebisch grinsend die Hände. „Wer hätte das gedacht, hat sich der Gauner doch tatsächlich mir gegenüber mit seinem richtigen Vornamen vorgestellt. Ganz schön abgefeimt, der Kerl. Bald wissen wir, wer er ist und dann geht's ihm ans Leder.“

Zum Apostel sagte er: „Und Sie, Herr Pfarrer haben das ausgezeichnet gemacht. Ihr Freund Schweitzer natürlich auch. Wenn bloß alle Menschen so pfiffig wären ...“

Der Pfarrer, beziehungsweise Apostel, wünschte sich manchmal, wie heute zum Beispiel, die Gemeinde des Barmherzigen Heilands von Nazareth und Umgebung würde mit Pfarrern statt mit Aposteln agieren, dann würde er nicht immerfort erklären müssen, daß er auf jeden Fall Apostel und, Gott bewahre, schon gar nicht ein Pfarrer war. Aber wegen so einer Kleinigkeit würde er bestimmt nicht vom Glauben abfallen, sicherlich war dieser Kaschtaschek nur eine weitere Prüfung Gottes. Er zwang seine Gedanken auf ein anderes Thema und landete, wen wundert's, bei seinem Freund Simon Schweitzer, der sich seiner Ansicht nach in akuter Lebensgefahr befand. Es schnürte ihm das Herz zusammen.

Daß er Herrn Schweitzer nicht richtig verstanden hatte, war bei diesem Sturm nun wirklich nicht verwunderlich und sollte auch nicht als Menetekel betrachtet werden. Ob der Geiselnehmer nun Ludger Winkler oder Trinklein hieß, war vollkommen unwesentlich, da es in ganz Deutschland keinen straffällig gewordenen Ludger Winkler gab, nach dessen Charakterprofil sich eine mögliche polizeistrategische Vorgehensweise hätte richten können.

Doch bekamen in der nächsten Stunde die drei im Rhein-Main-Gebiet lebenden Ludger Winklers Besuch von der Polizei. Der erste war an Jahren fünfundachtzig, der zweite Polizist und der dritte mittenmang beim Sex. Doch auch letzterer hatte mit der Sache nichts zu tun, wurde aber, da der männliche Sexualpartner mehr als minderjährig war, festgenommen.

Der Fernseher lief, das Antennenkabel war lang genug. Der Ton war abgestellt, denn noch war keine Tagesschau-Zeit. Der dem Trunke sehr ergebene Hardcoretraveller Johnny öffnete gekonnt den nächsten Portugieser. Durch die Bank war man sehr ermattet, wie nach opulentem Mahle üblich.

Herr Schweitzer wurde durch Oma Hoffmann aus seinem Sinnieren über die gegenwärtige Lage aufgeschreckt, die in die seit etlichen Minuten anhaltende beschauliche Stille plötzlich sagte: „Mist, ich muß doch Trixi anrufen und den Konzertbesuch absagen. Eigentlich ist es schon zu spät dafür."

Es wurde ihr auch diesmal unter der Prämisse gestattet, den wahren Grund nicht zu verraten.

„Mag noch jemand telefonieren? Für heute wär dann Schluß damit." Der Geiselnehmer schaute sich um.

Er überlegte hin, er überlegte her, dann entschloß er sich. Doch Herrn Schweitzers Untermieterin Laura Roth war zum Glück nicht zu Hause, so kam er um's direkte Lügen herum, denn das hätte er tun müssen, wollte er das Fernbleiben über Nacht erklären, ohne Ludgers Vorgabe, nichts vom Banküberfall zu erwähnen, zu mißachten. Er gehörte zu den Menschen, die ungern logen, selbst Notlügen waren tabu. Dem Anrufbeantworter band er den Bären auf, er würde bei Maria übernachten, aber Anrufbeantworter zählten nicht. Nachdem er aufgelegt hatte, fiel ihm auch wieder der Grund für Lauras Abwesenheit ein. Heute war nämlich Mittwoch, und da hatte sie ihren Weinkurs. Und dieser Kurs hatte mit dem Wein, zu dem sich die Geisel Johnny so magisch hingezogen fühlte, rein gar nichts zu tun. Vielmehr ging es darum, sich durch die Tätigkeit Weinen von aller psychischen Pein zu befreien, auf daß das Ich auf die nackte Existenz zurückgeworfen werde und man hernach, nach dem Ende aller Kurse, für immerdar ersprießlich über dem Erdboden schwebe. Natürlich würde der Preis für diese metaphysische Katharsis einer ostwestfälischen Krämerseele die Tränen in die Augen treiben, aber Laura hat's ja.

Trotz des Drangsals sah Herr Schweitzer von einem Anruf bei

seiner Maria ab. Das ist wahre Liebe, befand er, die eigenen Bedürfnisse zurückstellen, damit ein anderer sich keine Sorgen machte. Und dann hieß es unbarmherzig seitens seiner Angebeteten, er würde klammern. Das war nämlich so was von daneben, daß es nur so krachte. Er hatte nämlich noch nie geklammert und damit basta. Inständig hoffte er, daß von der Polizei- oder der Apostelseite her nichts von seinem Martyrium zu Maria von der Heide durchdringt. Zumindest noch nicht. Es reichte schon, wenn er sich Sorgen machte. Doch eigentlich machte er sich keine Sorgen, das brauchte aber niemand zu wissen. Je größer die Gefahr, in der er sich befand, desto größer der Ruhm, der ihm in Sachsenhausens Mikrokosmos entgegengebracht wird. Vielleicht war sogar ein Denkmal neben der wasserspuckenden Frau Rauscher aus der Klappergass drin.

„Was issn des?" Johnny hatte sich schon klarer artikuliert. Er starrte auf etwas in seiner Hand. Herr Schweitzer konnte es nicht erkennen. „Des iss doch ..."

Nun wurde auch Ludger Trinklein aufmerksam. Er erhob sich aus seinem ergonomisch gestylten Bürostuhl und begab sich zu Johnny. Als er erkannte, was es war, blieben ihm die Worte in der Kehle stecken.

Der Abhörspezialist des Bundeskriminalamtes setzte seinen Kopfhörer ab. „Jetzt habe ich endlich mal Empfang und man kann die Leute in der Bank verstehen, aber ich kann mir da keinen Reim drauf machen ..."

„Dreh das Ding doch mal lauter", befahl Oberkommissar Kaschtaschek.

Der Techniker legte einen Schalter um und drehte an einem Knopf.

Erst kam nur ein Knarren und Krächzen und dann rätselhafte Worte.

Männliche salbungsvolle Stimme: „Und als Sie dann zu Ihrem Mann zurückkehrten, was empfanden Sie da?"

Weibliche piepsige Stimme: „Ich will mal so sagen, das war dann schon eine ungewöhnliche Situation, ja, wie ich da wieder an der Tür stand, doch Sascha-Helmut hat sich da echt klasse verhalten."

Salbungsvoll: „Darf man sich das so vorstellen, daß Ihr Mann Sie wieder mit offenen Armen ..."

Piepsig: „Jajaja, genau. Und so einfühlsam ..."

Andere männliche Stimme, sehr devot: „Ich meine, ich war ja auch echt erleichtert, als mein Bienchen da wieder vor mir stand. Das können Sie sich gar nicht vorstellen, so was von erleichtert. Nachdem ich vorher so total down war, und von einem Moment auf den anderen stand da mein Bienchen wieder vor mir. Ich konnte mein Glück gar nicht fassen, kann es eigentlich bis heute nicht. Ja, unbeschreiblich war das."

Piepsig: „Und nachher ist mir natürlich klar geworden, da hat man ja vorher gar nicht drüber nachgedacht, was mir Sascha-Helmut wirklich bedeutet. Ich habe immer nur das gesehen, was mich genervt hat, und die tollen Seiten von Sascha-Helmut so völlig außer acht gelassen. Ja, und erst als da der Abstand war, hab ich Sascha-Helmut mit ganz anderen Augen gesehen."

Devot: „Ach Bienchen ..."

Salbungsvoll: „Und was haben Sie, Herr Hartung, dann gedacht, als Bienchen, äh ..., Frau Kowalski wieder zu ihrem Ehemann zurückgekehrt ist?"

Herr Hartung, volltönende Stimme, eventuell Erweckungsprediger: „Ja mei, dös war schon a Schock. Logisch."

Bienchen, äh ..., Frau Kowalski, weiterhin piepsig, vielleicht sogar noch eine Spur piepsiger: „Aber für dich war ich doch nur so was wie, ich meine, du hast doch schon immer viele Frauen ..."

Herr Hartung: „Ja mei, so Gspusis halt ..."

Weiter salbungsvoll, doch resolut unterbrechend: „Und wie haben das die Kinder aufgenommen? Haben die denn, sie sind ja noch recht jung, davon überhaupt was mitbekommen?"

Und so weiter.

Zum exakt gleichen Zeitpunkt im Inneren der Teutonischen Staatsbank am Schweizer Platz. Oma Hoffmann und Uzi lachten lautlos. Die Frohnatur Schweitzer preßte seinen rechten Arm auf den Mund. Er stand kurz vorm Losprusten, hier und da zeigten sich schon rote Flecken auf seinem Gesicht. Johnny haute sich vor lauter Spaß ebenfalls fast ohne ein Geräusch zu verursachen auf die Schenkel. Yoko und Kogyo grinsten aus traditioneller Höflichkeit mit. Der Filialleiterin war das alles egal und Dragoslav Popic fixierte die Szene für die Nachwelt.

Der Bankräuber kniete vor den Geiseln und konnte sich vor Lachen gleichfalls kaum noch halten. Als findiges Kerlchen, das er war, hatte er nach der Entdeckung der Wanze umgehend reagiert und für Ruhe gesorgt. Dann hatte er tonlos im Fernseher die Programme durchsucht, bis er zur allseits bekannten Talkshow Christ und Liebesgeflüster kam, die den uralten Kampf der Geschlechter, das Ringen zwischen Licht und Finsternis zum Thema hatte und als Anschauungsunterricht für den Niedergang unserer Kulturnation recht gut zu gebrauchen war.

Herr Schweitzer versuchte sich vorzustellen, wie die Polizei das Talkshowgeschwätz abhörte und den lächerlichen Versuch unternahm, das Gehörte irgendwie mit ihrem Erfahrungsschatz in der Sparte Banküberfall abzugleichen.

„... und Frau Kowalski, was glauben Sie, wird Ihnen das noch mal passieren?"

„Oh nein, ganz bestimmt nicht, das kann ich echt heute schon sagen, da bin ich jetzt geläutert. Sascha-Helmut und ich, wir sind für einander geschaffen, das spür ich jetzt so stark."

Wieder zurück in die Einsatzzentrale. Kaschtascheks Haut war bleich, nahezu transparent geworden. Seine Sinne waren gänzlich verwirrt. „Was ist das? Was soll die Scheiße? Ich denke, das ist ein Banküberfall. Das klingt mir eher nach Leuten, die einen nassen Hut aufhaben."

Auch seine sonst eher moderate Kollegin Annie Landvogt vertrat die Meinung, der Schwachsinn habe eine neue Dimension erlangt: „Ich kann's nicht glauben. Da schweben die in Lebensgefahr und diskutieren ihre Eheprobleme aus. Zumindest kennen wir jetzt ein paar Namen mehr."

Da war der Abhörspezialist vom BKA schon nüchterner: „Da stimmt was nicht. Da lacht einer im Hintergrund. Jetzt ist es ganz deutlich zu hören."

Und in der Tat war ein erst zaghaftes, dann immer mehr zu einem Crescendo anschwellendes Gekicher zu vernehmen, bis man das Gefühl hatte, ein komplettes Stadionrund würde sich königlich amüsieren und sich vor Lachen gar nicht mehr einkriegen können. Vollkommen unverständlich blieb jedoch der Umstand, daß sich der vermeintliche Rest der Geiseln, also jene, die sich nicht gerade totlachten, weiterhin an dem ernsthaften Gespräch beteiligte.

„... glaube ich, daß wir als Familie gestärkt und gefestigt, ja vor allen Dingen gefestigt aus dieser Sache herausgehen."

„Genau. Und Bienchen und ich, wir wünschen uns nichts sehnlicher als ein fünftes Kind, weil, was Gott zusammengefügt hat, das soll der Mensch nicht trennen."

„Jawohl. In allererster Linie sind wir doch alle Christen ..."

„Meine Damen und Herren, unsere Sendezeit neigt sich dem Ende zu. Ich möchte mich ganz herzlich bei Ihnen hier im Studio und zu Hause an den Bildschirmen bedanken. Ich hoffe, Christ und Liebesgeflüster hat Sie wieder ein Stück näher zu Gott gebracht. Bis morgen um dieselbe Zeit, Pfarrer Machdi Fly und sein Team erwarten Sie."

Sieben Sekunden Erkennungsmelodie und tosender Beifall. Und ein ohrenbetäubender Radau von Geiseln, denen es entschieden zu gut ging. Wäre Apostel Hollerbusch im Raum gewesen, hätte er seinen Freund Simon Schweitzer als denjenigen identifizieren können, der sich gar nicht mehr zu beruhigen wußte und von einem Lachanfall in den nächsten stürzte. Doch Hollerbusch war auf Toilette.

Nun hatte man es auch hier kapiert. Oberkommissar Kaschtaschek konnte sich gerade noch ein süßsaures Lächeln abringen. Der Abhörspezialist war gar arg verstimmt. Allein Annie Landvogt bewies Ansätze von Humor: „Und nicht vergessen, morgen wieder Christ und Liebesgeflüster einschalten."

Die laute Explosion aus der Abhöranlage überraschte kaum. So hört es sich eben an, wenn so technisch sensible Geräte wie Abhörwanzen ihr Dasein zwischen Schuhabsatz und Marmorboden aushauchten.

Annie Landvogt machte sich wieder an die Durchsuchung des vom Regen durchweichten Abfallkartons der Sachsenhäuser Spezialitätenmetzgerei Pomp, die dieser Simon Schweitzer – neben der Filialleiterin die bislang einzige hundertprozentig identifizierte Geisel – bei der Übergabe des Antennenkabels nach draußen gebracht hatte.

Nach dieser lustigen Einlage war es schwer, sich wieder auf das triste Einerlei einer zur Routine gewordenen Geiselnahme zu konzentrieren. Jene, die es zu sehr gebeutelt hatte, wischten sich die Lachtränen ab und von Herrn Schweitzer vernahm man ein letztes Glucksen. Zur Feier des Tages öffnete Johnny eine weitere Flasche Portugieser.

Dem Abspann von Christ und Liebesgeflüster folgte die

Tagesschau. Ausführlich wurde vom Irakkrieg berichtet. Bagdad stand kurz vor der Kapitulation, heftige Kämpfe tobten in Basra und irakische Gotteskrieger kapitulierten scharenweise, und das, obwohl so ein Märtyrertod sie doch glattweg ins Paradies gebracht hätte. Irgendwas schien da mit dem Dschihad schiefgelaufen zu sein. Ein paar marginale Schicksalsschläge wie durch fehlgeleitete Streubomben zerstörte Krankenhäuser und Marktbuden mit den dazugehörigen Menschen gab es zu beklagen, aber die einzigen, die wirklich klagten, waren wie immer ein paar Mütter. Der Rest schwor Rache.

Auch Klein-Bushi hieß wieder einmal die heldenhafte U.S.Army hochleben. Er rechnete damit, die Sache bald vom Tisch zu haben. Außerdem würden schon Lebensmittelpakete abgeworfen, was wiederum dem zur Ehre gereichte, der einst das Sprichwort in die Welt setzte, daß mit leerem Magen schlecht sterben sei.

Herr Schweitzer fragte sich, ob der Präsident auf einem Podest stand oder ob man extra wegen Klein-Bushi das amerikanische Wappen im Presseraum niedriger gehängt hatte. Er selbst hätte ein Podest empfohlen, aber bei dem Ami weiß man ja nie.

Und dann, nach zähen, endlosen Minuten kam, worauf Bankräuber samt Geiselschar schon ungeduldig gewartet hatten. Der Bericht über sie selbst. Es war ein toller Bericht. Die tiefe Baßstimme des Sprechers vermittelte Spannung pur. Das Phantombild Ludger Trinkleins, von dem die Polizei aufgrund eines klerikalen Hörfehlers glaubte, er heiße Winkler, wurde gezeigt und mit der Bitte versehen, der Fernsehzuschauer möge sich doch an die nächste Polizeidienststelle wenden, falls ihm der Herr auf dem Bild bekannt vorkomme. Da der Geiselnehmer ebenso wie der Apostel aus der Fritz-Kissel-Siedlung stammte und somit kein Unbekannter war, sollten in den nächsten Minuten die Telefondrähte heißlaufen. Der Zufall wollte es, daß Ludger vor vier Wochen im Sachsehäuser Käsblättche auf einem Foto abgebildet war. Anlaß war die Kegelvereinsmeisterschaft des KV 1958 Alle uff aamal. Die hatte er zwar nicht gewonnen, aber als Schriftführer gehörte er einfach mit aufs Mannschaftsfoto.

Herr Schweitzer fragte sich, was das jetzt wieder für ein Trick sei, man brauchte den Bankräuber doch nicht mehr zu identifizieren, schließlich habe er dem Apostel doch den Namen mitgeteilt.

„Nicht schlecht“, meinte der Bankräuber, „das bin ich ja tatsächlich.“

Dann kam der erste Medienauftritt des Herrn Schweitzer in spektakulären Bildern. Nicht daß er oder der Apostel bei der Essensübergabe zu erkennen gewesen wären, vielmehr waren nur zwei sich bewegende Schatten zu sehen, aber so eine mediale Präsenz gab einem schon das Gefühl, nicht völlig umsonst gelebt zu haben. Trotzdem war er enttäuscht. Die Sichtverhältnisse waren durch den Sturm dergestalt beschissen gewesen, daß es auch keinen Unterschied gemacht hätte, wäre er fünfzig Kilo leichter und dreißig Zentimeter kleiner gewesen. Andererseits, und das fiel ihm erst jetzt auf, war es auch ganz gut so, sonst hätte Maria von der Heide von seinem Dilemma aus dem Fernsehen erfahren. Auch wenn sie selbst selten die Tagesschau einschaltete, so hätte sie doch einer ihren vielen Freunde anrufen und fragen können, was da denn los sei, er hätte Simon eben auf der Mattscheibe bei einem Banküberfall gesehen. Außerdem war Herr Schweitzer weniger eitel als der heutige Durchschnittsbürger. Er würde es also überleben.

Dann wurde noch über einen sehr, sehr schweren Autounfall auf der A5 berichtet, bei dem ein Toter und ein Schwerverletzter der allgemeinen Statistik für Verkehrsunfälle zugefügt werden konnten. Dies machte den Konsumenten betroffener als hundert Kriegstote. Bei dem dabei zu Schrott gefahrenen Fahrzeug handelte es sich auch noch um einen nagelneuen Porsche 996 GT 3. Schade drum. Außerdem staute es sich auf der Gegenfahrbahn der interessierten Mitmenschen wegen. Daß dabei ein weiterer Mensch zu Tode kam, weil er in das Stauende gefahren war – sei's drum.

Der Wetterbericht bestätigte den Sturm in Orkanqualität, versprach in Hessen aber für morgen vormittag Aufklärung.

Justament mit dem Einblenden von Ludger Trinkleins skizziertem Konterfei war der erste Anruf gekommen und der Bankräuber allsogleich als erstens Kegelbruder und zweitens Ehehälfte der Filialleiterin erkannt worden. Kaschtaschek hatte daraufhin unverzüglich angeordnet herauszufinden, ob gegen den Mistkerl sonst noch was vorliegt.

Trotz aller Ermüdungserscheinungen befand sich der Oberkommissar in einem Hoch: „Der kann sich auf was gefaßt machen, dieser Kegelbruder. Banküberfall spielen ist nur was für harte Jungs."

Enthusiastisch griff er zum Hörer. Als er den General, ein Freund von Blitzkriegen aller Art, am Apparat hatte, dessen Truppe gerade in einem leerstehenden, fast baugleichen Gebäude im Fechenheimer Industriegebiet in der Adam-Opel-Straße die Erstürmung der Teutonischen Staatsbank übte, sprach er mit überbordender Freude: „Gute Nachrichten, Herr General. Wenn Ihre Leute soweit sind, wir können schon bald mit der Operation Panzerfaust beginnen, der Bankräuber ist der harmlose Schriftführer eines Sachsenhäuser Kegelvereins."

„Alle uff aamal?"

„Wie bitte?"

„Der Kegelverein. Heißt der Alle uff aamal? Gegen die haben wir vor zwei Monaten im Achtelfinale verloren."

„Äh, ja, ich glaube schon." Kaschtaschek war mehr als verwirrt.

„Dem werde ich's zeigen. Das gibt die Revanche. Diesmal hab ich die besseren Karten."

Operation Panzerfaust war des Oberkommissars ureigener Einfall und spiegelte so ein bißchen den Krieger in ihm wider. Wenn das mit dem Glück so weiterging, würde er noch dieses Jahr die Bewerbung als Sicherheitschef für die nordrhein-westfälische Landesregierung abschicken. Das wäre dann auch finanziell lukrativ, und er könnte endlich mit seiner Freundin Andrea die versprochene Kreuzfahrt in der Karibik antreten.

Der General erklärte, es müsse nur noch die Dosierung des Betäubungsgases errechnet werden, sonst gehe es einem wie den Russen bei der Erstürmung des Musical-Theaters Nord-Ost im Oktober des Jahres 2002. Auf 170 Tote konnte man zwar mangels Geiseln nicht kommen, trotzdem dürfe der gute Ruf der GSG 9 nicht leichtfertig aufs Spiel gesetzt werden.

Kaschtaschek legte den Hörer auf, strich sich zufrieden über den Ansatz seiner Wampe und jubilierte innerlich. Ehre, wem Ehre gebührt, sagte er sich. Die Wampe war übrigens ausschlaggebend dafür, daß er sich demnächst in den Stand der Ehe begeben wollte, die Frauen ließen sich in letzter Zeit immer seltener flachlegen. Beispiel Annie Landvogt.

Diese hatte in dem Augenblick, als die Identität des Geiselnehmers gelüftet war, mit der Durchsuchung des Abfallkartons innegehalten. Es war nicht mehr nötig, den Inhalt nach möglichen Spuren, zur Not auch Fingerabdrücken, obwohl das sehr viel Zeit in Anspruch genommen hätte, durchzuwühlen. Die von Oma Hoffmann weggeworfene Kreuzworträtselseite interessierte sie nur insofern, als sie die fehlenden Worte bei nächster Gelegenheit einsetzen wollte. Doch schon der erste flüchtige Blick darauf ließ sie stutzen. Gewässer mit vier Buchstaben war definitiv keine Inge. Ein Meer vielleicht, allenfalls noch ein Bach, darüber ließe sich trefflich streiten. Aber Inge war unzweifelhaft ein weiblicher Vorname. Eventuell ging noch Meernymphe durch, das hätte man noch eruieren müssen, mit Meernymphen kannte Annie sich nicht so gut aus. Und eine hohe Männerstimme war auch kein Popic. Sie persönlich tippte da auf Tenor. Gleichwohl, auch der nächste Eintrag Dragoslav kam ihr spanisch vor. Und dann dämmerte es ihr: „Da stehen ja lauter Namen. Du, Heiner, schau doch mal."

Heiner schaute. Und wie das so ist, wenn man gerade einen Lauf hat, so bemerkte er gleich die kleinen Zahlen, die jedem Anfangsbuchstaben in die Ecke geschrieben worden sind und jedem Vornamen auf diese Weise einen Nachnamen beifügte. Bis auf Johnny. Falls die Inge Hoffmann, welche die Ziffer Eins zugeordnet bekam, die raffinierte Rätsellöserin war, so wußte sie offenbar Johnnys Nachnamen nicht. Außerdem gab es da noch zwei Ausländer mit den kryptischen Namen Yoko Japan und Kogyo Japan.

Oberkommissar Kaschtaschek befand sich in einer außerordentlich glücklichen Phase seines Lebens. Er küßte seine Kollegin auf die Nasenspitze, sah sich bereits ordenbehangen zwischen Kanzler und Kanzlergattin fürs Erinnerungsfoto posieren und sagte: „Bald ist der Spuk hier vorbei. Die GSG 9 steht schon auf Abruf bereit. Wir warten jetzt nur noch darauf, daß die da drüben müde werden." Er nickte aus dem Fenster in Richtung Teutonische Staatsbank. Die Laternen am Schweizer Platz ließen den Ort an Sir Arthur Conan Doyles düster-nebliges London der vorletzten Jahrhundertwende denken. Bald würde Sachsenhausen eine weitere Sprosse seiner Karriereleiter sein. Das Leben ist prima.

In der Bank hatte sich eine zufriedene, schläfrige Mattigkeit breitgemacht. Es schien, als ob einjeder in seine eigenen Gedanken verstrickt war. Zumindest bei Herrn Schweitzer traf dies auch zu. Er hatte die Augen geschlossen, um sich endlich mal andere Bilder als die seiner Geiselkollegen ins Gedächtnis zu rufen. Natürlich versuchte er es mit Maria von der Heide, was auch vorzüglich klappte. Ja, er meinte sogar das Odeur ihres Rosenholz-Jasmin-Orangenblüte-Koriander-Parfüms riechen zu können. Per Imagination schaukelte er mit seiner Flamme auf deren Hollywoodschaukel in ihrem Garten oben im Lerchesbergring einem fürwahr lieblichen und erhabenen Sonnenuntergang entgegen. Behaglich rutschte er mit seinem Hintern auf der gemütlichen Polsterung näher an Maria heran, bis er einen Widerstand spürte, der sich nicht erklären ließ. Er tastete danach und hielt plötzlich die Knackwürste in der Hand, die er vor ein paar Ewigkeiten gekauft hatte. Das wohltuende Schaukeln war plötzlich einer bescheuerten Realität gewichen. Aber Knackwürste schmeckten immer. Herr Schweitzer riß ein Paar auseinander und biß herzhaft hinein. Es machte Knack, wie es sich für richtige Knackwürste geziemte. Ein paar Augen sahen ihn träge, zwei Augenpaare hungrig an. Es waren die der japanischen Europareisenden, die ja nur ein wenig Beilagenreis zu sich genommen hatten. Und wenn Herr Schweitzer etwas auf dieser Welt nachempfinden konnte, dann war es Hunger. Um sie aus ihrer mißlichen Lage zu befreien, reichte er ihnen die ganze Tüte.

„Danke“, sagte Yoko zu seiner Verblüffung auf deutsch. Es klang wie Dan-Ké, aber immerhin, der Japaner bemühte sich in fremden Ländern wenigstens, was man von diversen europäischen Nachbarn nicht immer behaupten konnte.

So wie Yoko und Kogyo die Würste verschlangen, war er sich sicher, die deutsch-japanischen Beziehungen wieder ins rechte Lot gerückt zu haben. Er mutmaßte, dies waren nicht die ersten Knackwürste der beiden. Womöglich stand in jedem japanischen Reiseführer, daß man auf keinen Fall versäumen sollte, die deutschen Knackwürste zu probieren, andernfalls das ganze Reisen seines Sinnes beraubt sei.

Unterdessen hatte Oma Hoffmann ihr Strickzeug aus ihrem Wägelchen geholt. Momentan sah es noch aus wie ein profaner brauner Topflappen, der da im Werden war, aber Herr Schweitzer hatte vom Stricken weniger Ahnung als eine halbwegs begabte Kuh vom Radfahren. Wie ihm eigentlich alles, was mit Zwirn, Garn und Nadel zu tun hatte, ein Buch mit sieben Siegeln war. Selbst für einen Hemdknopf brauchte er dermaßen lange, daß es ökonomischer war, seinen Änderungsschneider Özdogan in der Mörfelder Landstraße am Südbahnhof damit zu beauftragen. Von seinen blutigen Fingern ganz zu schweigen.

Nach längerer Wortkargheit meldete sich wieder einmal unser Schluckspecht Johnny zu Wort. Selbstredend war es infolge überhöhten Alkoholgenusses kein astreines Hochdeutsch mehr. Aber noch zu verstehen: „Warste schon mal in Guatemala?"

Er hatte sich an die neben ihm sitzende Punkerin Uzi gewandt, um ihr abermals die Welt zu erklären. Ebensogut hätte es jeden anderen treffen können. Doch diese hatte ihre Lektion gelernt und versuchte, den Traveller brüsk abzuwimmeln: „Nee, wieso? Hab ich auch nicht vor."

Doch damit konnte man Johnny nicht kommen. Gewitzt fuhr er fort: „Weil Guatemala ein schönes Land iss. Damals in Mexiko..."

Damals in Stalingrad ..., hatte Herr Schweitzer schon viele Geschichten anfangen gehört.

„... hab ich nen Aussie getroffen, muß so '87 gewesen sein, vielleich auch '88, weiß nisch mehr. Hieß Steve, war, glaub ich, aus Melbourne. Wollten dann zusamm aufm Rio San Pedro, das issn Fluß da unten, nach Flores. Kennste Flores?"

„Nee, hab aber auch kein Bock auf dein Palaver", wurde Uzi schon drastischer. Sie sah sich hilfesuchend um.

Ihre Blicke erreichten aber nur Herrn Schweitzer, der geflissentlich schwieg. Nein Mädel, da mußt du jetzt durch. Er selbst, Herr Schweitzer, hatte, mit mehr als zwei Dekaden Kneipenwesen auf dem Buckel, schon viele solcher sinnentleerten Worttiraden betrunkener Zechkollegen über sich ergehen lassen müssen. Mit der Zeit hatte er gelernt, an den passenden Stellen ein „Ach" oder „Ach komm" einzubauen, ohne daß sein Gegenüber Wind davon bekam, daß er gar nicht zuhörte und sich mit seinen eigenen Gedanken beschäftigte.

Ein unbeirrter Johnny: „Da mußte hin, wenn de nach Tikal willst. Aber Tikal kennste doch, die berühmte Maya-Stadt mitten im Dschungel?"

„Nee Alter. Ham die Ramones da mal gespielt oder was?" versuchte Uzi es mit neuer Taktik.

Doch Johnny wäre nicht Johnny, wenn er nicht auch darüber hinwegsah: „Auf jeden Fall mußten wir da ersma hinkommen. Wir waren ja noch in Tenosique, auf mexikanischem Boden also. Doch Steve kannte da son Fischer, der wo für harte Dollars dich rüberfährt nach Guatemala."

Uzi: „Der Typ ist die absolute Härte."

Auch Oma Hoffmann grinste inzwischen genüßlich.

„Das war bestimmt ganz schön hart“, machte sich Herr Schweitzer nun einen Spaß daraus und goß eifrig Wasser auf die Mühle. Seine probate Art, mit Dingen umzugehen, die man sowieso nicht ändern konnte.

„Das kannste aber laut sagen. Fast zehn Stunden hat die Bootsfahrt gedauert. Immer wieder mußten wir aussteigen und den Kahn über Felsen schieben. War nämlich nisch genug Wasser da, weißte, außerhalb der Regenzeit.“

Bei der Erwähnung von Wasser wurde der Geschichtenerzähler durstig, und nahm, obwohl schon ernsthaft betrunken, einen weiteren tiefen Schluck, der sich gewaschen hatte.

Herr Schweitzer hätte sich bei dieser Menge schon längst k.o. gesoffen.

Doch Johnny war belastbar. „Und wenn de glaubst, daß das alles war ...“

Herr Schweitzer hatte auch nie daran gedacht, daß sich Johnny von einer läppischen Bootsfahrt von zehn Stunden in die Knie würde zwingen lassen.

Uzi offenbar auch nicht: „Ach komm, du bist ja echt knallhart.“

Fast hätte es den Globetrotter aus dem Konzept gebracht. Aber nur fast: „Logisch. Wir warn ja erst an der Grenze. Und die Bude, wo die unsere Pässe abgestempelt ham, hättste ma sehn solln. Ein Plumpsklo mit nem Schreibtisch, nisch größer. Und dann gings erst richtig los. Der Bus nach Flores war ma dermaßen überfüllt, da konnste nisch ma mehr furzen. Son alter, gelber amerikanischer Schulbus. Verkaufen die Amis fürn paar Pesos da runter. Entwicklungshilfe oder so. Auf alle Fälle proppenvoll der Bus, sag ich dir. Und nix von wegen Asphalt, kannste vergessen, iss nisch so wie hier, nee, ne Schotterpiste, un was für eine. Und heiß, obwohl mitten in der Nacht. Kaum Luft zum Atmen. Und als wir dann am Morgen ankamen, mehr tot als lebendig, wars locker vierzig Grad. Un Steve ham se noch en Wecker un sein Radio ausm Rucksack geklaut. Das war was, sag ich dir. Abenteuer pur.“

Uzi: „Meine Fresse, so was würd ich auch gerne mal erleben.“

Und Johnny nahm es auch noch ernst: „Kannst ja ma mitkommen.“

Kaum waren des Hardcoretravellers letzte Worte versiegt, fiel sein Kopf auch schon auf die Brust.

Herr Schweitzer krabbelte auf allen Vieren hinüber und brachte die offene Flasche Rotwein in Sicherheit. Nicht, daß Johnny sie noch umstieß.

„Puh", stieß Uzi hervor, „ich dachte schon, der hört nie mehr auf."

„Der Mann ist ziemlich unglücklich", bemerkte Herr Schweitzer mit der Sprachgewalt eines Edgar Allan Poe, obwohl sich beide, aus welchen Gründen auch immer, nie begegnet waren.

Uzi machte ein fragendes Gesicht.

„Ich kenne einen, der war so ähnlich", begann Herr Schweitzer, „immer in der Weltgeschichte rumgegurkt. Feuerland, Asien, Afrika und was weiß ich noch alles. Und immer die tollsten Frauen. Früher war das mit der Arbeit ja auch kein Problem. Man brauchte bloß die Hanauer oder Mainzer Landstraße langzulatschen, jeder zweite oder dritte Betrieb hat Leute eingestellt. Vier, fünf Monate malochen, da hatte er dann wieder genug Geld für irgendein fernes Ziel. Leider hat er dann den Absprung nicht geschafft. Er kam zurück, und jedesmal wurde es schwieriger Arbeit zu finden, bis es dann keine mehr gab. Sozialamt, aus der Wohnung geflogen, die übliche Leier eben. Heute läuft er durch Sachsenhausen und spielt irres Zeug auf so einer bunten Plastiktröte."

„Den kenne ich doch, der hat so eine Art Clownsfrisur. Treibt sich immer am Lokalbahnhof rum", sagte Uzi freudig erregt.

Die Unstimmigkeiten zwischen Uzi und Herrn Schweitzer waren vergessen. „Genau den meine ich. Hatte früher so eine Rastamähne. Es soll ja Frauen geben, die auf derartige Freiheitssymbole stehen."

„Weiß nicht, ich bestimmt nicht", gab Uzi zurück.

Herr Schweitzer war sich da nicht so sicher, gab diesbezüglich aber keinen Kommentar ab, obwohl der ihm auf den Lippen gelegen hatte, und sagte: „Na ja, Dreadlocks auf einer Dreiviertelglatze kamen dann doch nicht so gut an und so hat Ulrich, so heißt der Typ nämlich, irgendwie mit der realen Welt abgeschlossen. Vielleicht ist er ja sogar glücklich mit seiner Plastiktröte, wer weiß das schon."

Uzi nickte gedankenverloren.

Yoko und Kogyo hatten sämtliche Knackwürste verputzt, sahen zufrieden drein und bedankten sich nochmals überschwenglich bei Herrn Schweitzer, der sie da so glorios vor dem

Hungertod bewahrt hatte.

Die Filialleiterin Trinklein-Sparwasser wandelte auf den Spuren des Nackten Jörg und Tröten-Ullis, blickte vollkommen entrückt durch alles Irdene hindurch und kaute unablässig an ihren Fingernägeln. Aus dieser Ecke war gewiß noch Verdruß zu erwarten, argwöhnte Herr Schweitzer.

Der Bankräuber hatte inzwischen einen Sender eingestellt, der ein Spiel der Fußball-Champions-League übertrug. Simon Schweitzer hatte von diesem Sport nicht den geringsten Schimmer. Mehrfach schon wurde ihm von Koryphäen, die dazu noch Geduld besaßen, die Abseitsregel erklärt. Vergebens. Immerfort stand irgendwo ein Trottel herum, der das Abseits wieder aufhob, als er todsicher auf Abseits getippt und dies auch schon durch einen lauten Abseits-Ruf verkündet hatte. Nachdem er dutzendfach mitleidige Blicke von anderen Kneipenbesuchern, denn dort war er meist zufällig zu den Partien anwesend, auf sich gezogen hatte, war es ihm zu bunt geworden, und er schwieg fortan zum Thema Fußball. Nur über die Eintracht wagte er es, ab und an Fragen zu stellen. Ob sie denn am Wochenende gewonnen habe oder wieder mal ab- oder aufgestiegen sei, denn der permanente Ligawechsel schien der Eintracht in gewisser Weise in den letzten Jahren ins Blut übergegangen zu sein, was man so mitkriegte. Ach ja, und Jürgen Grabowski und Bernd Hölzenbein waren ihm noch ein Begriff, aber die waren schließlich auch Weltmeister. Außerdem kannte Herr Schweitzer einen, der wiederum einen kannte, dem Bernd Hölzenbein gestanden haben soll, daß es damals im Endspiel gar kein Foul von dem Holländer Wim Jansen, vielmehr eine unsportliche Schwalbe seinerseits gewesen sei. Aber das wurde in Fachkreisen sowieso schon lange gemunkelt.

Blieb festzuhalten, daß auf dem Bildschirm Weiß gegen Rot spielte und daß es nicht regnete. Und soweit Herr Schweitzer das zu beurteilen vermochte, konnte keine der beiden Mannschaften die Eintracht sein, denn die spielte mal wieder eine Etage tiefer. Für ihn war es der richtige Augenblick, mal wieder seine Gedanken zu ordnen.

„Bingo“, rief ein subordinierter Polizeibeamter in das teilweise abgedunkelte Wohnzimmer des Rentnerehepaares Blaus hinein. „Ludger Trinklein. Es läuft ein Prozeß gegen ihn ...“

„Wegen was?“ unterbrach Oberkommissar Kaschtaschek barsch.

„Moment.“ Zwei Mausklicks später: „Wegen Mißbrauchs seiner Tochter Magdalena-Theresa. Angezeigt hat ihn seine Frau. Und das Tollste dabei ist ...“

„Ja, was denn?“ Kaschtaschek hatte gegenwärtig Probleme mit seiner Geduld. Das lag vor allem an der ungewohnten Richtung, die der Fall nahm. Seit bekannt war, daß der Bankräuber mit der Filialleiterin liiert war, hatte sich großes Unbehagen breitgemacht.

„... daß der Prozeß für Freitag, also übermorgen anberaumt ist.“

Dies war nun in der Tat eine überraschende, wenn auch essentielle Wendung der Geschichte, die von Annie Landvogt auch sogleich erkannt wurde: „Ich frage mich, ob ich an der richtigen Stelle bin. Als Profilerin beschäftige ich mich mit Kriminellen in Extremsituationen. Gut, eine Extremsituation mag vielleicht vorliegen, aber ein Eheberater könnte hier vielleicht mehr ausrichten.“

Kaschtaschek: „Der Schwachkopf läuft Amok.“

Annie Landvogt: „Glaubst du wirklich?“

Der Oberkommissar zuckte mit der Schulter. „Was weiß ich. Aber stell dir mal die Situation vor, in der sich dieser Trinklein befindet. Ehe am Arsch, Prozeß wegen Kindesmißbrauch am Hals, dazu ist er wahrscheinlich noch ein bißchen plemplem und schon ist Essig mit vernünftigem Handeln. Wir, oder besser die Geiseln sitzen auf einem Pulverfaß.“

„Aber bisher hat er sich doch recht zivilisiert verhalten, oder? Als Amokläufer hätte er doch schon längst losgelegt.“

Und dann hatte Annie Landvogt eine Idee. Oberkommissar Kaschtaschek sah es ihrem Gesichtsausdruck an. Nicht umsonst waren sie schon lange ein eingespieltes Team. Da kannte man den anderen, und deshalb ließ er ihre ohnehin nur rhetorisch gemeinte Frage unbeantwortet.

„Weißt du was, Heiner?“

Heiner schwieg, wartete wie auf heißen Kohlen auf die Fortsetzung.

Und die kam: „Der Verteidiger von diesem Trinklein. Der, der ihn übermorgen im Prozeß vertritt. Der müßte den Trinklein doch kennen wie seine eigene Westentasche.“

War noch vor wenigen Sekunden Trübsal blasen angesagt, so hieß es urplötzlich Carpe noctem. Heiner Kaschtaschek, Archetypus aller Glücklichen dieser Welt, nahm den Kopf seiner Kollegin zwischen seine schaufelgroßen Hände und küßte sie aufs Haupt.

„Und den Anwalt von dieser Filialleiterin, den will ich auch hier haben. Und zwar in weniger als einer halben Stunde. Und findet raus, ob's vielleicht tatsächlich einen Eheberater gibt. Wenn nötig, mischt dazu ganz Sachsenhausen auf. Die Nachbarn, die Eltern, Arbeitskollegen, das ganze Programm."

Kaschtaschek bellte die entsprechenden Befehle, war ganz in seinem Element und hatte vor, sich das Heft von nun an nicht mehr aus der Hand nehmen zu lassen. Die Launen des Schicksals hatten es mal wieder gut mit ihm gemeint.

Zwölf Minuten später wurde er ans Telefon gerufen. „Die Feuerwehr", hieß es.

„Was wollen die denn von mir?"

„Die wollen durch die Absperrung, da soll ein Keller vollgelaufen sein."

„Gib mal her." Kaschtaschek nahm den Hörer und lauschte.

Er war schon drauf und dran zu sagen, daß ihn ein vollgelaufener Keller einen Scheißdreck interessierte, als ihm ein Gedanke kam. Ein Gedanke wie Poesie. Ein Gedanke so rein und sublim wie er nur den ganz Großen widerfuhr. Zumal besagter Keller sich zufällig neben der Teutonischen Staatsbank befand.

Er bestellte den Feuerwehrhauptmann zu sich. Auch rief er unverzüglich den General der schnellen Eingreiftruppe an und erklärte ihm seinen Plan. Unaufhaltsam näherte er sich dem Zenit seiner Laufbahn.

Rot hatte einen Elfmeter zugesprochen bekommen. Wahrscheinlich tobte das Volk, aber der Bankräuber schaute tonlos, das Toben des Volkes war also unhörbar. Der Schütze, Trikotnummer acht, nahm Anlauf, schoß mit dem rechtem Innenrist und versemmelte kläglich. Herr Schweitzer vermutete, daß nach diesem hanebüchenen Schuß in die Wolken das Stadionrund in ein kollektives Barmen und Wehklagen ausgebrochen war, denn Rot war die Heimmannschaft, wie an dem roten Fahnenmeer, das vor dem Elfer noch gewogt hatte, unschwer zu erkennen war.

Doch Herr Schweitzer hatte, wie gesagt, für Fußball nicht viel übrig. Sein Hintern und diverse Knochen schmerzten ob der Unannehmlichkeiten immer mehr, und so wechselte er alle naslang seine Sitzhaltung. Er betrachtete den Bankräuber, der ihnen halb zugewandt auf dem Stuhl saß und beides, Fernsehapparat und Geiseln, im Blickfeld hatte. Normalerweise wäre Herr Schweitzer um diese Zeit auf ein Schwätzchen in einem seiner vielen Stammlokale gewesen, deren regelmäßige Frequentierung er leidenschaftlich pflegte. Immer horche, immer gugge, lautete ja das allgemeine Credo hier in Dribbdebach, und er hielt sich penibel daran. Kein Apfelweinwirt, der den Schweitzer-Simon nicht kannte. Auch den meisten anderen Gaststättenbetreibern war er geläufig, wenn ihn auch einige nicht beim Namen kannten, so doch zumindest vom Sehen. Kurzum, es war nicht falsch, von Herrn Schweitzer als einer Sachsenhäuser Institution zu sprechen. Und dieser lokalen Institution war es im Augenblick nicht gegeben, zum Beispiel im Weinfaß, seinen gepflegten Dämmerschoppen mit einer nach Altväter Sitte ebenso gepflegten Unterhaltung zu würzen. Statt dessen hing er hier als Geisel rum. Mag es ja anfangs noch recht spannend zugegangen sein, so hatte der Tod doch inzwischen seinen Schrecken verloren. Nein, nicht nur das, auch Langeweile hatte sich breitgemacht. Keine der Geiseln wähnte sich, soweit Herr Schweitzer das beurteilen konnte, noch in Lebensgefahr. Das mag für Außenstehende schwer zu begreifen sein, doch fußt dies auf der Erkenntnis, daß der Mensch von jeher ein Gewohnheitstier und imstande ist, sich blitzschnell an neue Situationen zu gewöhnen. Andernfalls würde sich ja der Pulsschlag sowie der Adrenalinausstoß in Extremlagen über einen längeren Zeitraum auf einem ungesund hohen Level einpendeln und viel öfter zum Tode führen als dies tatsächlich geschieht. Ausnahmen hiervon bilden Menschen, die nicht mehr so gut in Schuß sind oder ebensolche wie das hysterische Blondchen, das von Ludger Trinklein gleich zu Beginn der Aktion wohlweislich aussortiert worden war. Denn auch zur Hysterie neigende Menschen sind, wie jedermann weiß, nicht gerade belastbar.

Und Herr Schweitzer, dessen körperliche Verfassung sich im üblichen Rahmen hielt, und dem auch keinerlei hysterische Züge nachgesagt werden konnten, hatte schlicht und ergreifend keinen Bock mehr auf diese ihm zugefügte Freiheitsberaubung, denn nichts anderes war es schließlich, eine Beschneidung von kostbarer Freizeit. Den lieben langen Tag nichts als Banküberfall, da konnte einen schon der Überdruß befallen. Für die nächsten Wochen hatte er genügend Gesprächsstoff gesammelt, und so wollte er einfach nur nach Hause. Einstweilen jedoch mußte er sich mit der Gegenwart arrangieren, gleichwohl er wußte, daß diese sich noch hinziehen konnte. Vielleicht hätte es anders ausgesehen, wenn er von der für übermorgen vorgesehenen Verhandlung gegen den Bankräuber gewußt hätte. Dann nämlich hätte ihm deuchten können, daß dieser Bankraub nur deshalb so langweilig war, weil es gar kein Bankraub war. Das wußte er aber nicht, und so ging er weiterhin von einem, wenn auch seltsam anmutenden Banküberfall aus. Ein durchdachter Amoklauf, bei dem man sich im Jenseits wiederfinden konnte, hätte die Spannung sicherlich länger aufrechterhalten. Doch davon ahnte allenfalls die Einsatzleitung der Polizei etwas. Das sollte sich jedoch bald ändern.

Mit Null zu Null ging es auch in die Pause.

Es war das erste Mal, daß Ludger Trinklein auf Toilette mußte. Ohne weitere Umstände fesselte er die Geiseln mit Handschellen, die er aus den unergründlichen Tiefen seines Containers hervorzauberte. Herr Schweitzer fragte sich, welch mannigfaltige Gerätschaften Ludger noch aus diesem nimmerleeren Füllhorn ans Tageslicht zu befördern vermag. Er selbst war rechter Hand mit Kogyo und linker Hand mit Uzi, die etwas zu ihm herüberrutschen mußte, durch Handschellen verbunden. Doch so, wie die Dinge standen, war an Flucht ohnehin nicht zu denken, die Schiebetür war ja abgeschlossen, und den Schlüssel hatte der Bankräuber. Nur Johnny, von einem kleinen Nickerchen heimgesucht, war von der allgemeinen Handschellenpflicht befreit. Womöglich dachte Trinklein, und lag damit auch völlig richtig, hatte des Travellers bacchantisches Treiben ihm jeden Fluchtgedanken ausgetrieben.

Selbstverständlich, wie hätte es auch anders sein können, wurde die Abwesenheit des Herrn mit der Pistole für einen kurzen Gedankenaustausch genutzt.

„Was glaubt ihr, wie lange wir hier noch festsitzen?“ fragte Oma Hoffmann.

„Ich weiß nicht, aber irgendwie werde ich das Gefühl nicht los, dem geht’s gar nicht ums Geld“, erwiderte der Journalist Popic, der das Schreiben schon seit einigen Minuten eingestellt hatte.

Gut, dachte Herr Schweitzer, bin ich also nicht der einzige, der hier einiges merkwürdig findet. Und das sagte er auch: „Ich sehe das ähnlich wie Dragoslav. Bleibt nur zu hoffen, daß die Bullen die Gefahr richtig einschätzen und den Laden hier nicht stürmen.“

„Glaubst du echt, die würden das tun? Das wär ja echt voll kraß, Alter."

Obwohl Herr Schweitzer sich echt nicht voll kraß alt fühlte, überging er Uzis Affront und erklärte: „Ich hoffe nicht, aber die Geschichte lehrt uns, daß stets mit Allem zu rechnen sei." Mit diesem Lehrsatz war er sehr zufrieden, deutete er doch auch ein wenig den Philosophen in ihm an. Und wenn er auch nicht der Weisheit letzter Schluß war, so hatte er zumindest Uzi nachhaltig beeindruckt, die sehr mit dem Gesagten beschäftigt war. Das sah man ihr ohne weiteres an.

„Vielleicht kennt die Polizei jetzt wenigstens unsere Namen", informierte Oma Hoffmann.

Popic: „Wie das?"

„Ich habe sie unauffällig ins Kreuzworträtsel geschrieben." Und als es niemand zu verstehen schien, fügte sie hinzu: „Na, ich habe doch vorhin eine Seite aus dem Heft gerissen und in den Abfallkarton geworfen. Da standen unsere Namen drauf."

Herr Schweitzer und die übrigen Geiseln nickten anerkennend. Auf diese Idee wäre er selbst nie gekommen, mußte er sich eingestehen, obwohl er als Aushilfsdetektiv über ein gerüttelt Maß an Spürsinn verfügte. „Hast du den Namen des Bankräubers auch angegeben?"

„Natürlich."

Just in dem Augenblick, als Ludger wieder die Treppe herunterkam, blinkte von draußen ein Licht in rhythmischen Intervallen gegen die Glasfront, die mit der Sichtblende zugezogen war.

„Was soll denn das jetzt schon wieder?"

Der Bankräuber schob zwei Lamellen auseinander und blickte nach draußen. Dann ging er zur Schiebetür, stellte sich auf die Fußspitzen, aber auch das reichte nicht, um über das aufgeklebte Packpapier zu lugen. Ergo riß er sich ein kleines Guckloch frei. Sicherheitshalber hatte er die Beretta schußbereit. Auf der Glasscheibe der Ausgangstür erspähte er einen großen, weißen Bogen, auf dem etwas geschrieben stand. Schnell ging er zum Telefon und legte den Hörer auf die Gabel.

Zehn Minuten vorher hatte Oberkommissarin Landvogt fein säuberlich auf weißes Papier geschrieben: Wichtig, wir müssen Sie anrufen. Ein Polizeibeamter in schußsicherer Weste hatte ihn dann an die Tür der Teutonischen Staatsbank geklebt.

Vorausgegangen war ein Briefing, so hieß das jetzt auf Neudeutsch, an dem unter anderen auch der Feuerwehrhauptmann und der General der GSG 9 beteiligt waren, und in dem Oberkommissar Kaschtaschek seine geniale Idee erläutert hatte. Der General, ein Haudegen alter Offiziersschule, hatte die Durchführbarkeit des Plans in dieser nervenaufreibenden Angelegenheit bestätigt. Vielleicht kam er doch noch zu seinem Blitzkrieg. Und überhaupt war er sehr von Kaschtaschek Wesen angetan. Schnell war man zur Realisierung übergegangen.

Das Auffinden der Rechtsanwälte der beiden Kontrahenten in der Sache Trinklein-Sparwasser gegen Trinklein gestaltete sich schwieriger als erwartet. Der Anwalt der Filialleiterin weilte wegen eines anderen Falles irgendwo in Amerika und der des Bankräubers war nicht auffindbar. Einen Eheberater gab es laut jetzigem Ermittlungsstand nicht. Die Befragung der Nachbarn war noch lange nicht abgeschlossen.

Als am anderen Ende der Hörer abgenommen wurde, war der Oberkommissar kurz versucht, Herrn Trinklein beim Namen zu nennen, ließ es dann aber doch, weil ein aus dem seelischen Gleichgewicht geratener Bankräuber eventuell weniger hilfreich war und zu gesteigertem Unfug neigte.

„Hallo?"

Kaschtaschek: „Spreche ich mit dem Bankräuber?"

„Ja. Was wollen Sie?"

„Hören Sie, im Nebengebäude der Bank ist ein Keller vollgelaufen. Die Feuerwehr ersucht Sie um die Erlaubnis, mit einem Einsatzfahrzeug vorfahren zu dürfen, um das Wasser aus dem Keller zu pumpen."

Es blieb ruhig am anderen Ende der Leitung.

„Hören Sie, wir befinden uns in einer Notlage, sonst würden wir Sie nicht anrufen. Es geht nämlich um den Heizungskeller, wo das Öl in Kesseln gelagert wird, hat mir die Feuerwehr erklärt. Wenn da was schiefläuft, haben wir noch ein Umweltproblem am Hals."

„Wer sagt mir, daß das keine Falle ist?"

„Ich gebe Ihnen mein Ehrenwort. Außerdem können Sie ja die Aktion von sich aus überblicken. Wie könnten wir Sie da reinlegen?"

Was immer man von Ludger sagen mochte, für einen

Umweltskandal wollte er nicht geradestehen, schließlich wählte er Grün. So hatte er ein Einsehen: „Okay, aber wenn Sie mich verarschen, mache ich hier kurzen Prozeß, klar?"

„Das wissen wir, Herr ..." Beinahe hätte er sich verplappert. „... Herr Bankräuber."

Das zeugte schon von Klasse, wie der Oberkommissar diese Klippe umschifft hatte.

„Und keine Anrufe mehr bis morgen früh. Ich leg den Hörer wieder daneben."

„Großes Indianerehrenwort."

„Gute Nacht."

Klick.

Es war definitiv eine neue Form von Irrsinn, mit der sich die Polizei samt mobiler Einsatztruppe GSG 9 da konfrontiert sah. Eine geschlagene Minute verstrich, in der sich der Stimmungsumschwung endgültig in den Köpfen der Teilnehmer festsetzte. Hatte man vorher den Geiselnehmer durchaus ernst genommen, so glaubte man nun, da man wußte, daß es sich um den Ehemann der Filialleiterin handelte, der zudem noch der Inzucht angeklagt war, leichtes Spiel zu haben. Viel hätte nicht gefehlt und die Champagnerkorken würden bereits knallen. Aber soll man das Fell des Bären verteilen, bevor er erlegt ist? Nein, soll man nicht. Und warum nicht? Das wird man schon noch sehen.

„Und, Herr General, glauben Sie, das haut hin?" Kaschtaschek konnte es nicht lassen, und mußte sich abermals seiner eigenen Genialität versichern.

„Sicher. Meine Männer sind ohne Fehl und Tadel", antwortete der General markig.

„Punkt dreiundzwanzig Uhr dann also."

„Punkt dreiundzwanzig Uhr", bestätigte der General, auf dessen olivgrünen Kampfanzug sich kein Staubkorn traute. Solche Männer aus altem Schrot und Korn sind in der Moderne selten anzutreffen.

Er sprach in sein Funkgerät: „Alpha Null Korridor. Bitte Kommen."

„Alpha Null Korridor. Ich höre. Empfang ausgezeichnet."

„Alpha Null Korridor. Countdown läuft: Sechs, Fünf, Vier, Drei, Zwei, Eins, Zero. Aktion beginnt."

Wenigstens bei der Bundeswehr herrschte noch Zucht und Ordnung, auch wenn man in letzter Zeit vermehrt Frauen beschäftigte, was zwar der Zucht sehr zuträglich, der Ordnung jedoch abträglich war.

Bei Zero hatte ein rotes Feuerwehrauto, welches in der Diesterwegstraße vor dem Lesecafé in Bereitschaft stand, den Motor angelassen. Ecke Schweizer Platz ließ ein Polizist, der einsam dem Sturm trotzte, das rotweiß gestreifte Absperrband auf den nassen Asphalt sinken, damit das Fahrzeug darüberrollen konnte. Dann schleppten etwas sechzehn Männer, von denen aber nur zwei das Feuerwehrhandwerk von der Pike auf gelernt hatten, Wasserpumpen in das Nachbarhaus der Teutonischen Staatsbank und entrollten meterweise Schläuche.

Ludger Trinklein war, nachdem er den Hörer hingelegt hatte, etwas verunsichert. Irgendwie traute er den Brüdern von der Polizei nicht. Aus taktischen Gründen gruppierte er die Geiseln um, da sie zum Teil vor oder direkt neben der großen Fensterfront saßen. Dazu wurden sie entfesselt.

Dieser Umzug kam Herrn Schweitzer sehr zupaß, da er den Platz in der Ecke von Geldschalter und Wand erwischte, und er sich so viel besser anlehnen konnte. Fast augenblicklich wich die bleierne Müdigkeit aus seinen Gliedern und auch die Schultern und die Hinterbackenmuskulatur entkrampften sich. Dafür hatte er nun Johnny zum Nachbarn, der mit der Schwierigkeit kämpfte, sich nach seinem Knockout wieder in der hiesigen Welt zurechtzufinden. Auch brachte ihn das Fehlen der in Sicherheitsverwahrung genommenen Rotweinflasche gehörig durcheinander. Doch Herr Schweitzer war ein umgänglicher Mensch und so reichte er dem Traveller dessen Lebenselixier, der ihm mit einem Lächeln dankte und einen tiefen Schluck nahm, bevor er sie wieder zurückgab.

Das war nun von Herrn Schweitzer gar nicht erwartet worden, er wollte gar nicht trinken, aber jetzt, da er quasi dazu aufgefordert wurde, sagte er sich, was soll's, hier passiert sowieso nichts mehr, wofür es sich lohnt, wach und nüchtern zu bleiben, und goß sich kräftig einen hinter die Binde. Er spürte wie der Saft Kehle und Speiseröhre wärmte.

Kaum, daß Herr Schweitzer sich gesagt hatte, daß sowieso nichts mehr passierte, knipste Ludger die Deckenbeleuchtung aus und drehte die Wandleuchten mit dem satinierten Glas soweit herunter, daß man vorübergehend fast nichts mehr sah. Das Ganze kam völlig unerwartet, hatten die Geiseln doch mitbekommen, wie sich Ludger am Telefon höflich von der Polizei verabschiedet hatte.

In das angespannte Schweigen hinein rülpste Johnny. „Sorry."

Dann war das Surren des Elektromotors zu hören, der die Sichtblenden zweieinhalb Meter nach rechts fuhr.

Herr Schweitzer sagte sich, daß dies eine Idiotie in höchster Potenz sei, denn nun konnten die Bullen doch gewiß sehen, was hier drinnen abging. Aber wahrscheinlich sehe ich die Sache falsch, gestand er sich auch umgehend ein, denn erfahrungsgemäß war es unmöglich, von außen in einem dunklen Raum etwas zu erkennen, zumal draußen die Scheinwerfer der beiden Polizeiwagen den Platz weiterhin ausleuchteten. Außerdem waren da noch die Regenschlieren auf der Scheibe, die nach wie vor von den herabstürzenden Wassermassen Nahrung bezogen.

Dann robbte der Bankräuber in professioneller Manier und den schwarzen Bürostuhl als Schutzschild und Sichtschutz vor sich herschiebend an der niedrigen Fensterbank entlang, bis er sich am linken äußersten Rand der letzten Lamelle befand. Dort richtete er sich ein, die Beretta 92 im Anschlag. Die Aufmerksamkeit und das Staunen aller waren ihm gewiß. Es sah aus, als rüstete er zum letzten Gefecht. Die Geiselschar befürchtete, ein Sachsenhäuser Armageddon stünde bevor.

Man soll ja nichts beschönigen, aber die Realität war weit weniger bedrückend als sie aus Sicht der Geiseln momentan schien. Zugegeben, wenn man Ludger so beobachtete, konnte man ohne weiteres vom Schlimmsten ausgehen, dabei hatte er nur ein Auge auf das Tun der Feuerwehr geworfen, die ja nebenan lediglich einem überfluteten Keller zu Leibe rückte.

Bislang hatte er zwölf Feuerwehrleute gezählt, die dem Löschfahrzeug der Freiwilligen Feuerwehr Sachsenhausen entstiegen waren und zwei schwere Wasserpumpen aus seinem Sichtfeld in Richtung Hauseingang getragen hatten. Die an der Seitenwand des Löschzuges angebrachten Trommeln waren abgespult und die Schläuche von den Männern verlegt worden. Nichts sah anders aus, als es hätte sein sollen.

Vernünftigerweise sprudelte nach weiteren zehn Minuten auch die erste Wasserfontäne aus dem Schlauch, und Ludger Trinklein war es zufrieden. Niemand trieb seinen Schabernack mit ihm.

Dachte er.

Das Champions-League-Spiel war beendet und niemand hatte auf das Ergebnis geachtet. Der Bankräuber gab seinen Beobachtungsposten auf und plazierte seinen Stuhl von außen gesehen hinter die mächtige Säule, so konnte er von Zeit zu Zeit einen Blick nach draußen riskieren, ohne befürchten zu müssen, gleich über den Haufen geschossen zu werden. Was das anging, da war er sehr empfindlich.

In der Einsatzleitung herrschte hektische Betriebsamkeit. Einjeder wollte endlich zur Tat schreiten und dementsprechend knisterte die Luft vor Spannung. Frau Blau hatte zum wiederholten Mal Kaffee gekocht. Dafür war man reihum sehr dankbar, denn das braune Gesöff fand als Labsal für die Nerven reißenden Absatz.

Oberkommissar Kaschtaschek und der General standen am Fenster und beobachteten durch Ferngläser den Fortgang der Vorbereitungen. Nur die zwei echten Feuerwehrleute waren auf dem Bürgersteig bei den zwei wasserspritzenden Schläuchen zu sehen. Der Rest stand ja in Lohn und Brot der Bundeswehr und hatte sich befehlsgemäß verteilt. Noch vor zwei Stunden hatte man das Durchbrechen der Glasfront der Teutonischen Staatsbank geübt. Sogar eine Glasscheibe in derselben Dicke und Größe hatte man dazu benutzt, den alten Bauplänen sei Dank.

In einer geschlossenen Bude an der Ecke zur Schneckenhofstraße, wo normalerweise ein türkischer Händler frisches Obst und Gemüse feilbot, saß ein Beamter mit Nachtsichtgerät und meldete Bewegungen innerhalb des Observationsobjektes an die Einsatzzentrale. Viel ließ sich aber nicht übermitteln, der schlechten Sicht wegen.

Insgesamt sechs Präzisionsschützen waren in der Umgegend verteilt. Jeder hatte ein Foto von Ludger bei sich, um ein Totschießen von Unschuldigen auf ein Minimum zu reduzieren, und die Order bekommen, nur auf Befehl zu handeln. Nach dem neuesten Stand der Technik in den Helm integrierte Mikrophone und Lautsprecher sorgten für eine annähernd störungsfreie Kommunikation mit dem General, der seit einigen Minuten den Oberbefehl über die Operation Panzerfaust innehatte.

Den Leuten vom BKA oblag jetzt bloß noch die Absperrung des Areals rund um den Schweizer Platz und die Koordination der

Krankenwagen, von denen Oberkommissarin Annie Landvogt noch vier zusätzlich zu den schon sieben bereitstehenden angefordert hatte. Sicher ist sicher.

Heiner Kaschtaschek war der Meinung, daß die Perfektion, mit der ein Rädchen ins andere griff, auf der sprichwörtlichen deutschen Gründlichkeit beruhte und nach wie vor weltweit seinesgleichen suchte. Damit lag er zwar ziemlich weit daneben, aber ihm stand der Sinn nun mal nach Patriotismus, auch um sich selbst ein wenig anzufeuern. Als kleiner Bub hatte er leidenschaftlich seinem Großvater zugehört, wenn dieser vom Krieg erzählte. Bald würde er von einem, zudem noch gewonnenen, selbst erzählen können. Nur noch wenige Minuten trennten ihn davon.

Dann wurde das Ehepaar Blau sehr zu dessen Leidwesen höflich aber bestimmt des Raumes verwiesen. Der General regte noch einen letzten Uhrenvergleich an, und der Funker bestätigte die Einsatzbereitschaft eines jeden Kämpen.

Im Juni des Jahres 1926 wurde der berühmte Gaudí in Barcelona von einer Straßenbahn überfahren. Daran mußte Herr Schweitzer in der dunklen Schalterhalle denken. Dadurch, daß er früher die Straßenbahnlinie 14 nach Neu-Isenburg lenkte, war eine gewisse Affinität zu dem katalanischen Nationalhelden hergestellt. Des einen Freud, die Straßenbahn, war des anderen Leid, ließ es sich recht zynisch ausdrücken. Außerdem war er nicht verantwortlich für seine Gedanken, sie kamen und gingen, wie es ihnen beliebte. Klar, es war naheliegender, sich mit gebührendem Ernst den Fährnissen zu widmen, die allerorten und vornehmlich in der Teutonischen Staatsbank lauerten, doch dazu war er einfach nicht der Typ. Mit Problemen beschäftigte sich Herr Schweitzer grundsätzlich nur, wenn sie anstanden und sich sowieso nicht schon von selbst erledigt hatten. Es war auch nicht sein Ding, aus einer Mücke einen Elefanten zu machen.

So wollte er sich gerade wieder seinen obskuren Gedankengängen um Gaudí widmen, als er Uzi sagen hörte: „Mir ist langweilig."

Es dauerte eine Weile, bis er das Gesagte verarbeitet hatte und ihm die gebührende Aufmerksamkeit erwies, indem er einen Blick auf Uzi warf. Es blieb keine andere Deutungsmöglichkeit. „Mir ist langweilig" war eindeutig genug und entsprach exakt seinem eigenen Stimmungsbild. Natürlich würde Herr Schweitzer lieber heute als morgen stiften gehen, aber das hatten wir ja schon mal. Ganz am Anfang. Und es ließ sich auch jetzt nicht einrichten. Also war er auf Gedeih und Verderb dem Bankräuber ausgeliefert. Und der langweilte seit geraumer Zeit. Wenn wenigstens die Filialleiterin ihren Grillen frönte, aber auch die brütete einfach nur dumpf vor sich hin.

„Vielleicht sollten wir pokern. Ich habe Karten dabei", versuchte Dragoslav Popic eine atmosphärische Auflockerung.

„Nix da. Das Licht bleibt aus", stellte Ludger die Sache klar.

„Menno, das ist doch Scheiße. Die sollen dem Typen jetzt die Kohle geben." Uzi war sichtlich schlecht gelaunt, „und ein Auto zum Verpissen."

„Oder man könnte ein paar Geiseln freilassen", schlug Herr Schweitzer aufs Geratewohl vor, „so viele braucht's doch nun wirklich nicht."

„Ruhe jetzt." Ludger Trinklein spähte angestrengt nach draußen, als ob es dort etwas zu sehen gäbe.

Justament als man wieder zur Tagesordnung übergehen wollte, wurde von dem General mittels Operation Panzerfaust die Erstürmung der Teutonischen Staatsbank am Schweizer Platz befohlen.

Und diese Erstürmung besaß eine ganz eigene exotische Note, die Geiselnehmer und Geiseln immens aus der Fassung brachte. Zunächst einmal machte es binnen einer Sekunde mehrfach laut Klack. Leute mit feinem Gehör, Oma Hoffmann zum Beispiel, konnten die verschiedenen Klacks voneinander unterscheiden und kamen summa summarum auf dero vier. Aber lautstark waren sie allesamt und verursachten einen ganz schönen Schrecken. Unter anderem, weil sie aus dem Nichts kamen.

Der Bankräuber machte den Anfang, wohl auch deshalb, weil er nahe am Geschehen war, und warf sich auf den Fußboden hinter der Säule. Herrn Schweitzer, der gewöhnlich nicht viel Wesen um etwas machte, rutschte das Herz in die Hose und seine Augen weiteten sich. Er drückte sich in die Ecke und machte sich klein.

Johnny, eigentlich gestählt durch vielerlei, zum Teil auch kreuzgefährliche Reiseabenteuer, von denen man schon so manche Kostprobe erhalten hatte, stieß blondinengleich einen spitzen Schrei aus und krallte seine Hand in Herrn Schweitzers Knie. Die anderen Geiseln hatten sich flach auf den Boden gelegt, um so weniger Angriffsfläche für was auch immer zu bieten. Herr

Schweitzer konnte sich nicht von dem sich ihm bietenden Bild losreißen, das einem das Gefühl gab, im Kino zu sein.

Was das laute Klack verursacht haben konnte, war nicht ersichtlich. Auf jeden Fall hingen drei dunkle Gestalten am Fenster, wobei der ganz Linke ein Prachtexemplar sondergleichen mit Schultern wie Herkules war. Das sah sehr affig aus, wie sie da im Seil zappelten. Dann wurden wie auf Kommando mehrere Scheinwerfer eingeschaltet, was zur Folge hatte, daß das bedrückende Halbdunkel der Bank schlagartig in gleißendes Licht getaucht war. Mehrere Sekunden war man völlig geblendet und der ein oder andere rechnete schon mit einem jähen Hinscheiden.

Als die Geiseln sich wieder einigermaßen an die Lichtverhältnisse gewöhnt hatten, bot sich ihnen eine wahrhaft gespenstische Szene. Die Gestalten hingen nach wie vor unbeholfen in den Seilen, wirkten jedoch durch die sie anstrahlenden Scheinwerfer wie ein chinesisches Schattenspiel, dessen Figuren, und das wurde jetzt erst so richtig deutlich, auch noch so etwas wie Fackeln in den Händen hielten, die mehr und mehr Rauch entwickelten, so daß es einem Choreographen der Städtischen Bühnen sicherlich einen der vielen Preise für ein gelungenes Bühnenbild eingebracht hätte, die in diesen Kreisen die Runde machten.

Irgendwann hielt das Prachtexemplar ein Messer in der Hand, mit dem er das Seil durchtrennte und recht unrühmlich auf den Hosenboden fiel. Sodann befreite er seine beiden Kampfgefährten aus ihren ebenso mißlichen Lagen. Ein vierter hing an dem Teil der Scheibe, der von innen von den Sichtblenden verdeckt war und dessen Silhouette sich durch die Lamellen nur ganz schwach gegen die Scheinwerfer abgezeichnet hatte. Als auch dieser abgeschnitten war und sich aus dem Staub gemacht hatte, zeugten nur noch die weiterhin Rauch entwickelnden Fackeln, die weggeworfen einsam auf dem Platz lagen, von einem Geschehen, dessen Tragweite noch im dunkeln lag.

Dann schaltete eine Geisterhand das Licht aus und der Spuk war vorüber. Alles war wie vorher.

Drei Minuten lang herrschte ein Schweigen, das bis an die Schmerzgrenze ging, ehe Ludger den Vorfall als eine ernste Herausforderung begriff und fragte: „Was war denn das?"

„Die wollten uns befreien", erklärte daraufhin die Filialleiterin, als hätte sie nie einen an der Erbse gehabt und fügte hinzu, daß die Scheibe deshalb den Druck ausgehalten habe, weil sie vorigen Monat auf Betreiben der Versicherung gegen eine viel dickere und den neuen Versicherungsrichtlinien entsprechende ausgetauscht worden sei. Diese Information sei den zuständigen Polizeibeamten wohl noch nicht bekannt gewesen, und so hatte es zu diesem fatalen Angriff kommen können.

Herr Schweitzer war baß erstaunt ob Theresa Trinklein-Sparwassers wundersame Genesung und glotzte sie ungläubig an. Viele Wochen später erst sollte ihm ein weiteres bemerkenswertes Detail dieser in den Sand gesetzten Befreiungsaktion bewußt werden, nämlich daß Ludger in dieser verwickelten Angelegenheit keinen einzigen Schuß abgefeuert hatte.

Johnnys eisenharter Griff um Simon Schweitzers Knie lockerte sich allmählich.

Selbstverständlich konnte die Außendarstellung der an dem Einsatz beteiligten Kräfte nicht konform mit der Wirklichkeit gehen, andernfalls das Volk, wie hätte es auch anders sein sollen, sich kaputt gelacht hätte, zumal ja noch ein Toter zu beklagen war.

Dem geneigten Leser sei an dieser Stelle nun die Version präsentiert, die sich tatsächlich ereignete.

Mit den Worten: „Alpha. Null. Korridor. Fertig. Los“, wurde von dem General die heiße Phase der Operation Panzerfaust eingeläutet. Ursprünglich sah der Plan vor, daß die vier Besten dieser Spezialeinheit sich aus dem über der Bank befindlichen zweiten Stockwerk abseilen sollten, und mit einem gezielten Tritt mit ihren mit kleinen Stahlplatten extra für diese Aktion aufgerüsteten Springerstiefeln die Fensterfront eintreten sollten, um dann sogleich die schon während des Abseilvorgangs entzündeten Rauchbomben in das Innere zu werfen. Angeführt wurde die Truppe von Oberstleutnant Kai Sender. Ganz genau. Jenes Prachtexemplar von Zehnkämpfer, das bei der Leichtathletikweltmeisterschaft 1991 in Tokio für Deutschland beinahe die Bronzemedaille ergattert hätte. Erster war damals übrigens US-Boy und Legende Dan O`Brien mit 8812 Punkten geworden.

Obwohl der General bekannt dafür war, ein Händchen für knifflige Aufgaben zu haben, war Operation Panzerfaust schon an der ersten Hürde, der Glasfront, gescheitert. Die Theorie hatte besagt, daß nach dem Bersten der Scheibe die Schalterhalle durch die Rauchbomben eingenebelt und kurz danach das Betäubungsgas durch zwei weitere im nächsten Hausflur wartende Befreiungskämpfer in die Bank eingeleitet werden sollte. Im Handumdrehen hätte man dann den Geiselnehmer unschädlich gemacht und viele Lorbeeren eingeheimst. Doch war mal wieder alles leichter gesagt als getan.

Alle maßgebenden Leute der Einsatzzentrale hatten am Fenster gestanden und sich das Desaster reinziehen können. Obwohl der General die Befehlsgewalt innehatte und seine Mannen per Sprechfunkgerät hätte leiten sollen, waren ihm schon nach wenigen Sekunden die Worte versiegt. Prachtexemplar Kai Sender dachte an einen Fehler im Funkgerät und hatte, nachdem das Scheitern offenkundig war, einen geordneten Rückzug angeordnet. Und diesmal war er tatsächlich einigermaßen geordnet. Nicht so wie einst der aus Stalingrad.

Der General, der kraft Erziehung und Tradition wußte, was sich gehörte, ging daraufhin auf die Toilette und erschoß sich. Schon sein Ururgroßvater, damals noch bei Kaiser Wilhelm II. in Diensten, mit dem er auch 1918 in die Niederlande geflüchtet war, hatte sich ob jener Schmach ebenfalls nach altem Brauch erschossen. Geschadet hat es dem Familiennamen weder damals noch heute. Ganz im Gegenteil.

Nachdem sich die erste Aufregung gelegt hatte und man mutmaßte, nun aus dem Gröbsten raus zu sein, und zudem die Filialleiterin wieder in ihre althergebrachte Apathie versunken war, robbte Ludger Trinklein zum Telefon, woraufhin Simon Schweitzer dachte, daß nun die Stunde der verbalen Vergeltung gekommen sei.

Doch weit gefehlt. Er wurde aus diesem Malefikanten einfach nicht schlau. Alle Welt hatte damit gerechnet, daß Ludger nun ein Donnerwetter über seinen Gesprächsteilnehmer ausschüttete, doch harmlose Worte lösten sich von seinen Lippen: „Das war wohl nix." Und das war's dann auch schon. Trinklein legte wieder auf.

Herr Schweitzer spürte, wie sein marodes Herz langsam wieder in die Gänge kam. Die Geiseln blickten sich nach ihren Leidensgenossen um, ob auch alles in Ordnung sei, und der ein oder andere hoffte inständig, vorhin kein allzu klägliches Bild abgegeben zu haben. Schließlich gehörte man zur Crème de la crème der Geiseln, da ja die Pfeifen nicht mehr dabei waren. Da wollte man sich auf der Zielgeraden keine Blöße mehr geben. Und in der Tat, niemand war völlig durch den Wind, nur Kogyos Gesichtsblässe warf erneut die Frage auf, ob er für ein Unternehmen wie dieses geschaffen war.

Der langhaarige Hardcoretraveller beäugte mißtrauisch seinen Nachbarn, Herrn Schweitzer, und betete, daß dieser keine wie auch immer geartete Bemerkung über sein schmähliches Verhalten von eben machte. Doch keine Angst, Herr Schweitzer hatte das traumatisch hätte enden könnende Kniebetatschen Johnnys schon längst wieder vergessen. Außerdem war ihm ja selbst auch ein bißchen mulmig zumute gewesen.

Dragoslav Popic war einer der ersten, die sich wieder am Dasein erfreuen konnten. Seine nach Kreativität schreiende Künstlernatur ließ ihn wie einen Besessenen in dieser für das Sachsehäuser Käsblättche Geschichte machenden Epoche die Feder führen. Gedanklich hatte er den Egon-Erwin-Kisch-Preis schon voller Genugtuung entgegengenommen. Äußerlich war er zwar ruhig, doch innerlich stolz wie Oscar. Apropos Oscar, vielleicht ließ sich jener ja auch noch abgreifen. Zum Beispiel als bestes Drehbuch, wenn sein Thriller-Artikel erst einmal verfilmt war. Und wenn er sich selbst spielte, auch noch als bester Nebendarsteller. Wieso eigentlich Nebendarsteller? Hauptdarsteller. Nun war Popic vollends auf den Geschmack gekommen, und es gab kein Halten mehr, denn den Oscar für die beste Filmmusik sollte man nicht so einfach der Konkurrenz überlassen, immerhin war er Anno Tobak nicht umsonst der beste Blockflötenspieler seiner Klasse gewesen.

„Uff, das ist ja gerade noch mal gut gegangen. Ich werde auch nie mehr sagen, mir sei langweilig“, versprach Uzi.

Man braucht nicht eigens zu erwähnen, daß Herr Schweitzer dem voll und ganz zustimmte. Ja, er war sogar geneigt, ein Gelübde abzulegen, das besagte, daß er von Stund an grundsätzlich nichts mehr langweilig finden werde, daß er jeden Tag, der ihm noch blieb, in vollen Zügen genießen werde, sobald nur dieses Martyrium endlich vorüber war. Für einen so sensitiven Menschen wie ihn ist das auf Dauer nichts.

Ludger Trinklein sorgte dafür, daß die Sichtblenden wieder vor die Scheibe gefahren wurden, denn er sagte sich, nicht ganz frei von Aberglauben, die offene Sicht sei erst der Anlaß für die versuchte Okkupation gewesen. Das war natürlich nicht der Fall. Aber trotzdem.

Oma Hoffmann nahm wieder ihre Handarbeit auf. Johnny bediente sich an seinem Flachmann und Kogyo kuschelte sich an Yoko.

Der tote General, der sich nun aufgrund seines Zustandes nicht mehr für die Achtelfinalniederlage gegen Alle uff aamal rächen konnte, und die als Clou gedachte, aber gescheiterte Geiselbefreiung waren der Moral wenig zuträglich. Als dann noch die Bemerkung des Bankräubers „Das war wohl nix" über die eingeschaltete Lautsprechanlage zu hören war, sank der Rest der Einsatzleitung – der General war ja aus dem Rennen – allegorisch in sich zusammen. Selbst der stets an sich und seine Gaben glaubende Oberkommissar Kaschtaschek stierte wie ein Fieberkranker mutlos aus dem Fenster und wünschte sich weit fort in ein Land hinter dem Regenbogen.

Nach dem Schuß war er als erster in das Badezimmer gestürzt und hatte sich sogleich ins Waschbecken übergeben müssen. Ohne allzusehr ins blutrünstige Detail zu gehen, sei gesagt, daß der Grundton des vormals in Unschuldsweiß getünchten Raumes nunmehr Rot war. Ursache für den imposanten Farbwechsel war des Generals Blut. Ursache für die Menge wiederum war das Kaliber der Waffe, die sich im Fallen nach getaner Arbeit gegen die rosa Klobürste gelehnt hatte. Bei der Bundeswehr und auch bei fast allen anderen Armeen dieser Welt war es Usus, daß mit dem Rang auch das Kaliber stieg. So gesehen war der Rangunterschied auch noch im Selbstmord anschaulich zu belegen. Bei einem einfachen Gefreiten hätte man unter Umständen tagelang nach einem Einschußloch suchen müssen. Ach ja, für alle Kritiker des Militärs: Gehirnmasse besaß der General auch, aber die Einzelheiten ersparen wir uns jetzt. Steht alles im Untersuchungsbericht.

Dem Ehepaar Blau, obwohl die Faszination des Grauens einen gewissen Reiz auf sie ausübte, schmeckte der Selbstmord überhaupt nicht, denn notgedrungen kamen immer mehr Leute zur Ausübung ihres Berufes in ihre Wohnung. Ein völlig sinnloser Notarzt, Staatsanwalt, Polizeifotografen, ein arrivierter Sekretär des Verteidigungsministers, Leichentransporteure und viele, viele andere gaben sich sozusagen die Klinke in die Hand. Den meisten war das Geiseldrama, das sich nur wenige Meter von ihnen entfernt abspielte, ehrlich gesagt schnurz.

Da die menschliche Natur so eingerichtet ist, daß seelischer Schmerz oft auch den verwegensten Recken darniederwirft, war es auch nicht weiter verwunderlich, den Fastbronzemedaillengewinner Kai Sender wie ein Häufchen Elend, flennend, jammernd und Haare raufend auf einer Treppenstufe im Hausflur vorzufinden. Mit dem General hatte er Mentor, Lehrer und Ersatzvater verloren und das war mehr als er verkraften konnte.

Annie Landvogt hatte die Information erhalten, des Bankräubers Anwalt im Kinderschänderprozeß sei immer noch unauffindbar, doch behielt sie dies für sich, da sie stark damit rechnete, momentan überall auf taube Ohren zu stoßen. Um überhaupt etwas zu tun und nicht gänzlich den Boden unter den Füßen zu verlieren, ordnete sie an, daß der Feuerwehrhauptmann samt Besatzung Feierabend machen könne. Dann beauftragte sie noch das verängstigte Ehepaar Blau, weiteren Kaffee zu kochen, der dann an die Polizisten an den Absperrungen verteilt werden sollte. Ansonsten konnte sie vorerst in all dem zermürbenden Chaos nichts weiter tun, als den Dingen ihren Lauf zu lassen. Trotz allem hatten sie die Geschehnisse der letzen Minuten gelehrt, ihren Kollegen Kaschtaschek von nun an als erbärmlichen Jammerlappen zu betrachten. Sie selbst hatte beim Anblick des toten Generals, oder was davon übrig war, nämlich nicht gekotzt. Ihre Augen suchten den Oberkommissar und fanden ihn orientierungslos und mit blutleerem Gesicht im Türrahmen stehen. Nein, solch ein würdeloser Habitus gereichte einem leitenden Beamten des Bundeskriminalamtes weiß Gott nicht zur Zierde.

Eine innere Stimme riet ihr plötzlich, die Chance zu nutzen und in dem entstandenen Machtvakuum nach und nach ihre Position zu festigen und die Belange des BKAs nach außen würdevoll zu vertreten.

Ihr stockte der Atem ob soviel aufzubringender Courage. Doch im Grunde ihres Herzens war sie Feministin und Calamity Jane aus Missouri das Idol ihrer Jugend. Mehrfach säumte sie, aber dann ging eine neue Annie Landvogt zielstrebig zum Staatsanwalt. „Kann ich Sie einen Moment sprechen." Es war keine Frage, es war eine unmißverständliche Aufforderung.

Nach all dem Cappuccino im Windhuk rasten die Herzen von Hansen und Funkal. Der stets um Ausgleich bemühte Revierleiter hatte im Frühzecher deswegen erst einmal zwei Kristallweizen für sich und seinen besten Mann bestellt. Felix Melibocus, Herausgeber des Sachsehäuser Käsblättchens, saß mit am Tisch und feierte die Wiedergeburt seiner Stadtteilzeitung, die in letzter Zeit der allgemeinen Rezession wegen am finanziellen Abgrund geschwebt hatte. Er feierte schon lange und hatte auch nicht vor, das Feiern bei nächster Gelegenheit für beendet zu erklären. Er trank eben, wie es die Situation erforderte. Das war nicht weiter tragisch, denn er war als trinkfest bekannt.

Im Fernsehen in der Ecke rechts vom Tresen lief gerade die Zusammenfassung der heutigen Champions-League-Spiele. Der Frühzecher war wie meist um diese späte Uhrzeit gut besucht, zählte er unter den Sachsenhäusern und auch Hibbdebächern zu den beliebtesten Nachtlokalen weit und breit. Offenbächer, die geballt auftretend oft eine regelrechte Landplage sind, verirrten sich eher selten hier her. Das Publikum war bunt gemischt. Vom Biedermann bis zum Brandstifter war alles vertreten. Am Tresen hockten ein paar Mädels von einem Club in der Nähe der Bowlingbahn, die einem bei entsprechender Bezahlung jeden Wunsch von den Lippen ablasen oder mit den selbigen erfüllten. Fellatio heißt das fachsprachlich. Auch Herbert mit seinen doppelten Elsen – Frau und Hund – hatte sich ein Stelldichein gegeben und ließ seinen Blick schweifen, auf daß ihm nichts entgehe, womit später bei den Kumpels zu prahlen sei.

Die Integrationsfigur René, ehedem Hells-Angels-Mitglied, hatte alle Hände voll zu tun, die durstigen Kehlen zufriedenzustellen.

Paule Hansen hatte Melibocus noch vor Ende des ersten Weizens haarklein alles Wissenswerte über das Geiseldrama erzählt, wie es seinem Wissensstand entsprach, der allerdings schon ein paar Stunden alt war. Offiziell bewachten sie ja immer noch Melibocus' Wohnung im Oberräder Hansenweg.

„Und diesem komischen Oberkommissar ist der Artikel tatsächlich so sauer aufgestoßen, daß er mich verhaften will?“ wollte der Herausgeber es sich abermals bestätigen lassen, denn mit dem BKA hatte er sich bislang noch nie auseinanderzusetzen gehabt.

„Na ja, sagen wir mal so, Kaschtaschek ist wegen diesem Geschreibe stinkwütend, aber wenn wir geschickt auf Zeit spielen, wird diese Wut auch irgendwann einmal wieder verraucht sein.“ Indes Hansen diese Worte sprach, hatte er mit dem

Daumen zärtlich den Schöfferhofer-Schriftzug des Weizenbierglases gestreichelt.

Und Melibocus, der nie den Horizont aus den Augen verlor, hatte verstanden: „Konkret ausgedrückt heißt das also, wir bleiben hier, ich zahle die Zeche und wir erfreuen uns am Zerrinnen der Zeit."

Unter dem Tisch stieß Hansen seinem Kollegen den Fuß ans Knie, womit er zum Ausdruck bringen wollte, daß, wenn man es nur geschickt genug anstellte, das Leben es doch gut mit einem meinte und es oft lediglich nur einiger wohlmeinender Denkanstöße bedurfte, dem Gedanken, zum Beispiel das Freibier folgen zu lassen. Schelmisch grinsend sagte er: „Ich hätte es nicht besser ausdrücken können. Man merkt doch sofort den Poeten in dir."

Auch Melibocus lächelte und orderte bei René wie vorgesehen. So wie es aussah, sollten noch mehrere Biere gezischt werden.

„Du hast jetzt Feierabend", sagte der Revierleiter zum Polizeiobermeister Frederik Funkal und ergänzte: „Ich auch. Prost."

„Prost."

Klirr.

„Prost."

Klirr.

„Ich ruf mal bei der Einsatzleitung an und sag denen, daß Melibocus immer noch nicht zu Hause aufgetaucht ist. Das stimmt doch, oder?"

„Stimmt hundertprozentig. Ich sitze nämlich im Frühzecher. Aber woher solltest du das wissen?"

„Genau. Ich bin ja schließlich kein Hellseher."

Hansen holte sein Mobiltelefon hervor und wählte.

Nach drei Ziffern bemerkte Funkal: „Hey, den kennen wir doch. Hier Paule, guck doch mal. Das ist doch dieser, dieser ..."

Und Paule bestätigte: „Klar. Das ist Trinklein. Was macht denn der im Fernsehen?"

Frederik Funkal erinnerte sich an jenen Einsatz. Mußte so vor ein paar Monaten gewesen sein. Ein Nachbar hatte sie angerufen. Breslauer Straße. Familienstreit. Die Alte von diesem Trinklein hatte einen hysterischen Anfall. Beruhigte sich aber auch schnell wieder, als Hansen und er eingetroffen waren.

„Ich glaube, es geht um unseren Banküberfall."

„Dann ist das vielleicht der Bankräuber. Warum sollten die den sonst einblenden?“

Funkal: „Das leuchtet ein.“

„Ich kenne den auch“, sagte nun Melibocus. „Ich glaube, der ist bei Alle uff aamal im Vorstand. Wir hatten da letztens einen Bericht drüber.“

„Alle uff aamal?“ fragte Funkal.

„Ein Sachsenhäuser Kegelverein“, klärte ihn sein Vorgesetzter auf, „spielen im Pudelkönig am Straßenbahndepot.“

„Ach so.“

„Da werde ich mal diesen Kaschtaschek anrufen müssen und ihm sagen, wer der Gesuchte ist. Das BKA fischt wohl mal wieder im Trüben. Tz, tz, tz.“

„Scheint so“, pflichtete ihm Funkal bei.

Doch ward die Sache schnell geklärt. Annie Landvogt hatte das Gespräch entgegengenommen. Nein, Ludger Trinklein sei bereits bekannt. Es handelte sich in den Nachrichten auch nicht um eine Bitte an die Bevölkerung um Identifizierung, sondern lediglich um eine allgemeine Pressemitteilung, die sie veranlaßt habe. Im übrigen könne die Beschattung dieses Pressemenschen, wie hieß er doch gleich noch, eingestellt werden, sie sei nicht mehr vonnöten.

Der Schlachtenlärm war längst verklungen und der Alltag hatte wieder Einzug gehalten in das ehrenwerte Gemäuer der Teutonischen Staatsbank am Schweizer Platz. Regen und Sturm waren ein wenig abgeflaut, und vom Bankräuber Ludger Trinklein verteilte echte Bienenwachskerzen verströmten ein gedämpftes und doch zugleich aufregendes Gefühl wohliger Glückseligkeit, ähnlich der Flugzeuge in Grönemeyers Bauch, auch wenn diese vom Schmerz herrührten. Die Deckenbeleuchtung war aus, nur noch die Wandleuchten ergossen ihr mattes Licht über die Unfreien.

Oma Hoffmann erzählte Uzi von einer bevorstehenden Reise mit Enkelin Trixi nach Amsterdam. Eine Woche wolle man bleiben und Trixi habe schon eine ganze Liste mit einschlägigen Musikclubs erstellt, die aufzusuchen ein unbedingtes Muß war.

„Ich bin schon ganz aufgeregt deswegen“, gestand Oma Hoffmann, „Aber Trixi hat mich beruhigt, die Holländer seien viel lockerer drauf, machten auch nicht so eine ..., ich glaube, die jungen Leute sagen Welle, wenn man in meinem Alter in so einem Jugendclub auftaucht.“

„Kann ich mir echt klasse vorstellen“, erwiderte die Punkerin und überprüfte ihre orangene Frisur ob ihrer Standhaftigkeit, indem sie darüberstreichelte. „Frankfurt ist da voll die Provinz, richtig piefig und so, obwohl es sich in den letzten Jahren schon ganz schön entwickelt hat. Aber immer noch nix im Vergleich zu Berlin. Da geht der wirkliche Punk ab. Da haste jeden Abend eine Riesenauswahl an Events. Kannst dich oft gar nicht entscheiden, wohin mit den Kumpels.“

„Du bist gerne in Berlin.“

„Logo. Wollte hier nur mein Sparbuch plündern und auf ein paar Tage hin, als dieser Kasper hier auftauchte.“

Der Kasper, alias Ludger Trinklein: „Na, na, na, das will ich aber überhört haben.“

Daraufhin fragte Uzi provokant: „Darf man hier rauchen?“

„Äh, warum nicht. Wenn keiner was dagegen hat.“ Fragend blickte der Bankräuber in die Runde. Einige schüttelten den Kopf, andere reagierten überhaupt nicht. „Von mir aus.“

Doch Uzi selbst schien sich nicht ganz sicher zu sein und überlegte. Dann gab sie sich einen Ruck und kramte den Tabak zum Selbstdrehen hervor.

Als sie das zweite Blättchen ans erste und dann das dritte in Querrichtung an die beiden anderen klebte, machte Herr Schweitzer sich auf alles gefaßt und lag damit goldrichtig. Bevor Uzi nämlich das Kunstwerk endgültig zuklebte, bröselte sie noch eine dunkle, harzige Substanz auf den Tabak.

Ludger Trinklein hatte davon nichts mitbekommen, doch Johnny war ganz aus dem Häuschen und seine Augen wurden groß und größer. Herr Schweitzer vermutete, daß sich der Weltenbummler grundsätzlich Drogen in jeder Darreichungsform einverleibte.

Zeremoniös entflammte Uzi ein Streichholz.

„Ist das ein Scheunt?“ wollte Oma Hoffmann es nun ganz genau wissen.

Uzi hustete, doch für Herrn Schweitzer war die Angelegenheit noch lange nicht auf zufriedenstellende Weise geregelt. Ja, will die den denn alleine rauchen?

„Logo ist das ein Joint. Magst du auch mal?“

Oma Hoffmann wehrte ab, nicht rigoros, eher skeptisch. Der Bankräuber hatte es jetzt doch mitbekommen, tat jedoch, als ginge ihn das alles nichts an.

Nach zwei weiteren Zügen fragte Uzi: „Wer mag noch?“
„Schmeckt das denn?“ machte Herr Schweitzer einen auf verdammt scheinheilig.
Die Punkerin musterte ihn argwöhnisch. „Ist auf jeden Fall gesünder als die Flasche Korn, die du dir sonst immer reinziehst.“
„Mach ich gar nicht“, empörte sich Herr Schweitzer.
Wie dem auch sei, Uzi reichte ihm die Tüte.
Herr Schweitzer resümierte, daß das Leben sei, was man daraus machte, nahm den Joint und rauchte ihn mit gespitzten Lippen wie ein Anfänger. Auch hielt er es für angebracht, es der Punkerin gleichzutun und zu husten. Schwarzer Marokk? Nein, eher ein Dipayal Charras aus Nepal. Oder? Oh, war das schwer. Hätte Herr Schweitzer sich entscheiden müssen, hätte er auf Dipayal Charras getippt, den hatte ihm sein Dealer Giorgio-Abdul letztes Jahr mal besorgt. Aber auch ein Afghane war möglich. Doch Uzi zu fragen, hätte seine raffinierte Tarnung des unbedarften Amateurs auffliegen lassen.
„Hmm, schmeckt lecker“, befand er, gerade so, als degustierte ein Connaisseur einen neu auf den Markt geworfenen Pfirsichkompott. Er persönlich hätte die Dröhnung stärker gemacht.
Johnny befürchtete leer auszugehen, hielt seine Hand hin und Herr Schweitzer übergab, nachdem er das obere Ende professionell befeuchtet hatte. Uzi dachte sich ihren Teil dazu, war aber verschwiegen wie ein Grab.
Zweimal durfte jeder ziehen, dann war aus die Maus. Johnnys Lächeln glitt ins Cherubinische, das mochte aber auch am grundlegenden, genossenen Rotwein liegen, doch Herr Schweitzer blieb, was die Betäubung und das damit einhergehende Abheben anging, auf dem Teppich. Nicht mal die übliche Lust auf was Süßes stellte sich ein.
Nach einer Weile des süßen Nichtstuns kam abermals Bewegung in die Sache, als der Bankräuber für die Nacht Decken verteilte. Auch legte er jeder Geisel Handschellen an das linke Handgelenk. Das Seil, das vormals dazu gedient hatte, Herrn Schweitzer bei seiner Begegnung mit dem Apostel an der Flucht zu hindern, fädelte er sodann durch die losen Enden der Handschellen, so daß niemand in seiner Bewegungsfreiheit ernsthaft eingeschränkt war. Es blieb genügend Spielraum für Beine und Körper, und doch war man bettfein. Die beiden Enden des Seiles führte er hinter die Schalter, wo er sie zusammenknotete. Dann

setzte sich Ludger wieder auf seinen Stuhl und schaute lautlos Fußball, diesmal die Zusammenfassung auf Eurosport.

Der geht bestimmt auch auf die Eintracht, dachte Herr Schweitzer. Kein Wunder also, daß der so auf den Hund gekommen ist und Banken überfiel. Er griff nach dem definitiv letzten Schluck Portugieser, um ein Kratzen im Hals loszuwerden.

Und dann, wie hätte es auch anders sein können, versuchte Johnny abermals, diesmal angefeuert durch das Tetrahydrocannabinol im Joint, eine seiner Geschichten, ein echtes Schmankerl diesmal, an den Mann zu bringen. Als Opfer war Popic auserkoren, doch band er mit einer weit ausholenden Geste auch den Rest der Welt mit ein. „In Kairo hab ich mal was erlebt, du glaubst es nicht."

Niemand machte dahingehend eine Bemerkung, daß er endlich erzählen solle, daß man vor Neugier schier platze und man es kaum noch aushalten könne, wenn er nicht bald beginne.

Doch genau das vermeinte der härteste aller Traveller aus der Stille herauszuhören. Frohen Mutes begann er: „Es war damals mitten in der Nacht in der Nähe vom Bahnhof ..."

„Schnauze Keule", fuhr ihm Uzi blitzschnell über den Mund, bevor da etwas anbrennen konnte, „du nervst."

„Ich nerve?" fragte Johnny, der bis dahin geglaubt hatte, was auch immer er vorzubringen habe, sei von staatstragender Relevanz, und das erste Mal so etwas wie Sensibilität erkennen ließ, die bestimmt vom Dope herrührte.

„Ja, du nervst sogar gewaltig. Deine Geschichten sind nämlich megalangweilig. Frag einfach mal rum, ob die einer hören will."

Das war jetzt aber hochnotpeinlich und gar nicht lieb von Uzi gewesen. Der Traveller schaute sich suchend aber nicht findend nach einem nach Wissen dürstenden Publikum um. Doch hartnäckiges Schweigen allenthalben. Yoko und Kogyo kuschelten, was ja noch halbwegs entschuldbar war, was sollten sie auch mit einer auf deutsch erzählten Kairo-Story anfangen. Oma Hoffmann strickte eine Spur schneller, wobei die Handschellen rhythmisch rasselten. Popic sah an die Decke, Kuli im Mundwinkel, als hinge sein Leben an einer besonders gelungenen Formulierung. Die Filialleiterin zählte nach wie vor nicht und Herr Schweitzer besah sich seine Fingernägel.

„Na siehst du", streute Uzi weiter Salz in die Wunde.

Der Globetrotter errötete ob dieser niederschmetternden Abstimmungsniederlage über und über. Herr Schweitzer fühlte mit Johnny, sagte sich aber, daß der seelische Schaden geringfügig war im Vergleich zu dem, was man sich womöglich holte, falls man tagein, tagaus die Geschichten dieser irgendwie kaputten Existenz zu ertragen hatte. Lieber ein Ende mit Schrecken als ein Schrecken ohne Ende. Nur gut, daß er selbst nicht reiste, dachte Herr Schweitzer, was einem da so alles passieren konnte. Außerdem hat's doch alles auch in Deutschland. Seen, Meer, Berge, Auen, Wiesen und Wälder. Und wer auf Wüste steht, der geht einfach nach Offenbach, da gibt's eine zivilisatorische.

Annie Landvogt bekam so langsam eine ungefähre Vorstellung von Macht. Viel schneller als erwartet hörte nun alles auf ihr Kommando. Das lag teilweise aber auch daran, daß in dem nach des Generals spektakulärem Ableben entstandenem Tohuwabohu niemand wirklich die Initiative ergreifen wollte. Zwar erntet der Mensch gerne Lorbeeren, aber was dafür zu tun, war er selten bereit. Wenn man so will, hatte die Oberkommissarin doch recht leichtes Spiel gehabt, was aber nicht ihren Mut schmälern sollte. Allerdings war der Schachzug, ihren Kollegen Kaschtaschek ins Bett zu schicken, ausgesprochen genial. Nun darf man sich das nicht so vorstellen, daß sie sagte: „Bub, putz dir die Zähne, es ist jetzt Zeit für die Heia", vielmehr hatte sie unter Aufbietung sämtlicher, ihr innewohnenden Subtilität den Vorschlag unterbreitet, es wäre doch vielleicht klüger, wenn er, Oberkommissar Kaschtaschek, sich für ein paar Minuten hinlegte, bestimmte braucht er nur wenige Augenblicke, um hernach wieder ganz der Alte zu sein.

Das Ehepaar Blau hatte dafür bereitwillig das ehemalige Zimmer ihres Sohnes, das heute als gelegentliche Bettstatt für das Enkelchen diente, zur Verfügung gestellt. Frau Blau war mütterlich besorgt.

Kaschtaschek, käseweiß und bar jedweder Blutzirkulation, war dafür sehr dankbar gewesen. Und so schlummerte er nun friedlich zwischen einem Teddy mit Tirolerhut, einem putzigen Esel und einem weniger putzigen, aber domestizierten Plüschkrokodil.

Ein Zinksarg mit altbekannter Leiche wurde gerade zur Tür herausgetragen. Einer der Träger war Kai Sender, der sich mit Tränen in den Augen diese Aufgabe nicht hatte nehmen lassen. Unsagbare Trauer war auch dem Ehepaar Blau ins Gesicht geschrieben, denn der General, den nun nichts mehr erschüttern konnte, war ja auch Staatsbediensteter und somit sozusagen ein Kollege gewesen. Zusammen mit ein paar führungs- und orientierungslosen Bundeswehrangehörigen stand man Spalier. Zum Abschied wurde standesgemäß, rechte Hand an Schläfe, gegrüßt, denn schließlich war der General Vorgesetzter. Und Vorgesetzte sind, egal in welchem Aggregatzustand, zu grüßen. So steht es geschrieben.

Das Badezimmer war versiegelt worden, was die einschneidende Veränderung nach sich zog, daß man zum Pinkeln jetzt zum Nachbarn gehen mußte, der darob, gelinde gesagt, wenig erfreut war. Politisch tendierte der Ökofreak nämlich weg vom Polizeistaat und hin zu Marx und Engels, auch wenn sich diese archaische Lebensform durch raffgierige Führungskräfte - das Übliche halt, man kennt das ja von der Volksherrschaft gleich Demokratie hierzulande - überlebt hatte.

„Es bleibt einem aber auch nichts erspart", hatte der Ökofreak nur verdrossen gemurmelt, als ihn ein Polizeibeamter um die Toilettenbenutzung ersucht hatte.

Als dann auch noch der Staatsanwalt abgezogen war, breitete sich ein wohltuendes Schweigen aus. Man war wieder unter sich. Annie Landvogt nahm ein Fernglas zur Hand und betrachtete die friedlich hienieden auf Erden wie im Dornröschenschlaf daliegende Teutonische Staatsbank. Ganz schwach konnte man den flackernden Schein der Bienenwachskerzen erkennen. Ein Seelenfrieden, wie sie ihn vorher noch nie gefühlt hatte, senkte sich auf ihr Herz. Ich bin stark, sagte sie sich, und war's auch.

Im Irak geriet gerade ein Trupp amerikanischer Soldaten bei der Erstürmung eines Vorortes von Bagdad unter den Beschuß der eigenen Armee. Friendly fire hieß das im lustigen Fachjargon, und in diesem speziellen Falle hatte man zwei Infanteristen je ein Bein abgeschossen. Einmal das linke, einmal das rechte. Das war natürlich voll für den Arsch, denn ein Fußvolk mit abbenen Füßen taugte allenfalls noch zur Kavallerie, und die war bekanntlich im Irakkrieg außen vor. Eventuell vertrugen die Gäule das Klima nicht. Die beiden hatten noch Glück gehabt, denn bisweilen gab's auch die Stars and Stripes mit auf den Sarg und den letzten Weg.

Melibocus war dem Augenschein nach bereits jenseits von Gut

und Böse. Gerötete Augen, ein unsteter Blick und ein sich gen Tischplatte neigender Schädel zeugten davon. Die Feier zur Wiederauferstehung des Sachsehäuser Käsblättchens konnte also als voller Erfolg verbucht werden.

Aber auch der Zustand der beiden hartgesottenen Polizeibeamten Hansen und Funkal war bedenklich. Zu ihrer Ehrenrettung sei allerdings gesagt, daß der hinter ihnen liegende Arbeitstag an Knallhärte in etwa Reinhold Messners sauerstoffgerätlosem Alleingang zum Nanga Parbat entsprach. Okay, die kaskadenartig verputzten alkoholischen Getränke hatten nicht wirklich zu einer Erfrischung beigetragen, obschon sie ursprünglich als solche gedacht waren. Gerade die so zwischendurch mal bestellten Schnäpse hatten es ganz schön in sich gehabt.

„Muß gehen“, erkannte Felix Melibocus in einem Anflug von Vernunft.

„Wieson des?“ löcherte Hansen den Herausgeber unbarmherzig.

„Vielleicht ruft mich moin der Popisch an, da muß ich klarn Kopp ham.“

„Wer issn der Popisch?“

„Ei mein Schornalist in der Bank, der wo mir immer berichten tut.“ Sprachlich hatte Melibocus seine Glanzzeit für heute eindeutig hinter sich gelassen.

„Ach der. Trinke mer noch aaner?“

„Noch aaner?“

„Logo.“

„Un was iss mittem Frederik?“

„Was solln mittem sein?“ Hansen blickte nach links, und da hing ebendieser Frederik, der sonst weder Tod noch Teufel fürchtete, mit extremer Schlagseite in den Seilen, beziehungsweise zwischen den Armlehnen und schlief.

„Mer könne auch zu zweit noch aaner nemme. Zur Not halt.“

„Da mach ich mit.“

Und dann geschah zehn Minuten später das, was Kenner der Szene nimmermehr für möglich gehalten hatten: Revierleiter Hansen bestellte fürwahr ein Taxi, obwohl noch einer gegangen wäre.

Realität ist eine Illusion, die durch den Mangel an Alkohol entsteht, hatte schon der Schriftsteller Gisbert Haefs erkannt. Es gab Zeiten, da konnte Herr Schweitzer dem nur beipflichten. Heute war so eine Zeit. Denn daß ihn eine Lebenslage wie diese einmal langweilen würde, das war schon mehr als schizophren, stand ein klassischer Banküberfall bislang doch für Kurzweil und Abenteuer. Außerdem hatte er einen kapitalen Fehler begangen. Nie und nimmer hätte er Johnny die nahezu komplette Alkoholika überlassen dürfen. So war er noch immer ganz schön aufgedreht während der Traveller soweit Raubbau mit seinem Körper betrieben hatte, daß er schlafen konnte. Herr Schweitzer war weit von dem Born der Weisheit entfernt, der zu sein er sich wähnte. Wenn wenigstens der Joint der Punkermaid ein wenig stärker ausgefallen wäre. Dabei liebte er sein Betthupferltütchen wie weiland Paulchen Cézanne die zur Manie gereifte Apfelmalerei. Und ohne saß er ganz schön in der Tinte. So wie jetzt. Und es gab keinen Ausweg. Hätte er Uzi vielleicht fragen sollen, ob er noch mal einen drehen dürfte? Wie hätte das denn ausgesehen? Die Nacht war also durchzustehen. Mit oder ohne Schlaf.

„Mein lieber Scholli, der war echt allererste Sahne“, erklärte Uzi, bei der man die allererste Sahne an ihrem Dauergrinsen ablesen konnte.

Herr Schweitzer war zwar auch der Meinung, daß die Qualität des Dopes in Ordnung sei, doch, offen gesagt, bei der Quantität enormer Handlungsbedarf herrschte. Er fühlte sich, als hätte er eine Kanne Kaffee getrunken, und das war der handelsüblichen Wirkung eines Joints weiß Gott mächtig zuwiderlaufend.

Yoko und Kogyo hatten die vor ihnen stehende Kerze gelöscht und benutzen eine der Decken gemeinsam als Unterlage, mit der anderen hatten sie sich zugedeckt. Das durch die Handschellen laufende Seil verband sie fast so romantisch wie Eheringe.

Johnny schlief, wie bereits erwähnt, und die anderen versuchten, sich unter dem Joch der Geiselschaft so weit als möglich einzurichten. Der Gesamteindruck entsprach nach wie vor nicht dem eines herkömmlichen Bankraubes, wiewohl allen ein Vergleich fehlte.

Herr Schweitzer kuschelte sich in seine Ecke, legte sich die graue Filzdecke über den Schoß und beschloß, um überhaupt noch etwas vom Tage zu haben, an seine Liebste Maria zu denken. Im Raum gab es jedoch negative Schwingungen zuhauf. Das hatte er schon den ganzen Tag im Urin. Selten mal suchten ihm angenehme Gedanken heim. Vielleicht waren das ja auch die mißlichen Begleitumstände, die jeder Geiselnahme innewohnten. Auf jeden Fall ist das weitaus bequemer, als davon auszugehen, die negativen Vibes würden aus seinem Inneren kommen und ihn somit dazu zwingen, sich mit sich selbst zu beschäftigen. Wo er doch nahezu perfekt war. Sei es wie es sei, Herrn Schweitzer kam sofort die Marotte in den Sinn, die sich Maria von der Heide seit etwa vier Wochen zugelegt hatte. Sport. Und gleich ohne zu zögern eine Jahreskarte, wegen des finanziellen Anreizes, sie auch ja zu nutzen. Mindestens zweimal wöchentlich hechelte sie seitdem ins Alpha Sports, einem kleinen aber feinen Studio am Wendelsplatz, um, wie sie sich ausdrückte, ihren Body dem Geist anzugleichen. Das hatte Herr Schweitzer natürlich schon längst bewerkstelligt, er war da innerlich weiter. Ständig schrie sein Geist nach kulinarischen Leckerbissen und so sah er auch aus. Instinktiv zog er den Bauch, den umfangreichen, ein. War es nicht Sir Winston Churchill, der einst in die Welt hinausposaunte, Sport sei Mord? Aber der sah zugegebenermaßen schon zu Lebzeiten wie eine belgische Wasserleiche aus. Egal. Außerdem hatte Herr Schweitzer es gerne ein bißchen mollig. Das sei immer noch besser als wie dem Tod-sein-Dörrfleischreisender auszusehen. Und dabei fiel ihm siedendheiß, der unergründlichen Kausalitätskette eines Gedankens sei Dank, sein Schwager Hans Hagedorn ein, oder vielmehr der Auftrag, den er heute verschwitzt hatte, beziehungsweise einer anderen ungewollten Verpflichtung wegen nicht hatte ausführen können. Aber wenigstens Bescheid geben hätte er mal können, haderte er mit sich, dann hätte vielleicht seine Schwester Angie, die genaugenommen seine Halbschwester war, für ihn einspringen können. So konnte der zu überwachende Finanzbuchhalter heute noch mal unbemerkt und frisch, froh, fröhlich, frei seine Geliebte pimpern. Eigentlich waren Herr Schweitzer solche Aufträge zuwider. Rein moralisch betrachtet. Sollte doch jeder pimpern, wen er wollte. Er nahm sich vor, solche Dinge fürderhin nicht mehr zu tun. Sollte der katholische Moralapostel Hans ihn auch noch so bitten.

Und wie er so übers Pimpern und seine Detektivaushilfstätigkeit nachdachte, bemerkte er nur mit Verzögerung die Filialleiterin Trinklein-Sparwasser, die vor einer halben Minute sich auf die Knie aufgerichtet hatte und erst leise, dann immer lauter werdend wütete: „... werden wir dann ja nun am Freitag sehen, du Versager. Und glaub ja nicht, daß du ungeschoren davonkommst. Pädophilie ist etwas, da versteht die Justiz keinen Spaß.“ Die

Filialleiterin hatte sich schon sehr in Rage geredet. Ihre Stimme vibrierte. Mit zittrigen Zeigefingern deutete sie auf Ludger, den die Sache erstaunlich kalt ließ. Herablassend und fast schon mitleidig erwiderte er ihren Blick.

Bei dem Wort Pädophilie hatten sich sämtliche Ohren gespitzt, denn kaum ein Thema ist heutzutage heikler. Und weiter im Text: „Dann wird man dich einsperren." Der Gedanke schien ihr zu gefallen. „Jawohl, wegsperren. Und im Gefängnis wirst du dann von den anderen gedemütigt. Mit so Menschen wie dir macht man da nämlich kurzen Prozeß. Und Magdalena-Theresa und ich können dann endlich in Frieden leben, wie es sich für Mutter und Tochter gehört." Ihre Stimme verlor schlagartig an Schärfe, Theresa Trinklein-Sparwasser geriet geradezu ins Schwärmen: „Urlaub werden wir dann machen, an der Côte d'Azur gemeinsam am Strand liegen. Magdalena-Theresa wird mir auf dem Klavier Beethoven vorspielen. Und Mozart, vor allem Mozart. Das Klavierkonzert in C-Dur. Vielleicht auch vor Publikum. Hotels haben ja auch so kleine Säle für Konferenzen. Ein kleines Kammerkonzert, oh ja. Das Wunderkind gibt sich die Ehre. Und Plakate, selbstverständlich. Plakate werden sie ankündigen. Bald wird meine Magdalena-Theresa so weit sein. Nicht mehr lange, das weißt du."

Fast schon liebevoll sah sie ihren Exmann an, bis sie sein spöttischer Blick zurückrief und wie einen leeren Sack in sich zusammenfallen ließ. Als wäre alles Leben aus ihr gewichen, sank sie zur Seite und lehnte sich an den Tresen. Ein letzter träumerischer Seufzer vermittelte den Eindruck ausgehauchten Lebens. Die Stille, die eintrat, war frostig.

Uzi, Oma Hoffmann, Herr Schweitzer und Popic suchten untereinander Blickkontakt. Das Kerzenlicht flackerte. Und wenn Herr Schweitzer die Mienen der anderen richtig deutete, so hegten sie ähnliche Gedanken wie er, auch weil sie immer wieder verstohlen den Bankräuber beäugten. Doch diese Gedanken waren in vielerlei Hinsicht unangenehm. Ludger Trinklein war also jemand, der die vierjährige Tochter vergewaltigte. Am Freitag, also morgen, es war ja schon nach Mitternacht, sollte also der Prozeß sein, vorausgesetzt, Theresa Trinklein-Sparwasser log nicht. Herr Schweitzer versuchte vergebens, sich Trinklein als Pädophilen vorzustellen. Bislang hatte er kein Falsch in seinem Tun entdecken können. Andererseits sehen Menschen meist nicht nach dem aus, was sie zu sein scheinen. Vielleicht war das generell so eine Art Tarnung, die es ihnen erlaubte, ihr Leben so einigermaßen über die Runden zu bringen.

Der Bankräuber stand auf. Im ersten Moment dachte Herr Schweitzer, dieser würde nun seine Exfrau erschießen. Doch Trinklein ging seelenruhig hinter den Schalter, wo er sich auf den Boden setzte und aus dem Blickfeld verschwand. An einer Bewegung des Seiles glaubte Herr Schweitzer zu erkennen, daß der Geiselnehmer die Festigkeit des Knotens überprüfte. Niemand traute sich etwas zu sagen. Es war, als wäre eine metaphorische Bombe geplatzt. Und Herr Schweitzer wußte nun so sicher wie das Amen in der Kirche, es war nun endgültig keine bloße Vermutung mehr, daß dies kein Bankraub mehr sein konnte. Und wenn das stimmte, was Theresa Trinklein-Sparwasser gesagt hatte, dann war Ludgers Leben keinen Pfifferling mehr wert. Außerdem hatte er sich, was ein Leichtes gewesen wäre, auch nicht gegen diese Anschuldigungen gewehrt. Hatte seine Ex einfach reden lassen, obwohl die Sympathien bis dahin eindeutig auf seiner Seite waren. Und das, obwohl er ihrer aller Leben bedrohte.

All diese Gedanken, gepaart mit dem bereits Geschehenen und jenem ganz persönlichen Gefühl, das ihn selten trog, ließen Herrn Schweitzer erschaudern. Die Gefahr war offenbar weitaus größer als er sie je eingeschätzt hatte. Streng betrachtet konnte alles nur in einem Exitus triumphalis enden, einem spektakulären Abgang. Und was das bedeutete, mochte er sich nicht vorstellen. Auch in den Gesichtern der anderen spiegelte sich die nackte Angst. Selbst ein Amoklauf war von nun an einzukalkulieren. Und wo es viele Tote gab, konnte man leicht dazugehören, gerade wenn es wenig Auswahl an Erschießbarem gab.

Natürlich verlor Herr Schweitzer nicht die Nerven, das hatte er noch nie getan, aber trotzdem breitete sich ein Gefühl in ihm aus, das ihm fremd war. Es war keine reine Angst. Eher so ein Gemisch aus einem Adrenalinschub, dem Wissen um die Tatsache, daß das Leben bei dem kleinsten Fehler verwirkt sein konnte, ein wenig Angst, natürlich, aber auch Stolz, einfach nur dabei zu sein, wenn Geschichte geschrieben wurde. Er wußte, daß gerade der Stolz auf andere Menschen geradezu pervers wirken mußte, aber Genies überforderten schon immer ihre Zeit. Er würde also einen Teufel tun, und Maria oder sonstwem von diesen Gefühlen erzählen.

Obwohl, was Gefühle anging, sie ihn da schon mehrfach überrascht hatte. Aber ein Risiko war es immer. Entweder sie verstand ihn, so abwegig er auch geklungen haben mochte, oder er hatte einen Duppe, wie man sich in diesen Breiten gerne auszudrücken pflegten. Einen Duppe zu ham war am ehesten in dem hochdeutschen Pendant zu finden, daß es mit Denken, Logik und/oder Rationalität nicht zum besten bestellt war. Ein Dabbes zum Beispiel hatte in der Regel auch einen Duppe, auch wenn er gerne mehr zur Dabbischkeit neigte, wie der Name ja schon sagt.

Aber vielleicht spielte dabei Marias hochsensible Künstlerseele, wenn es darum ging, ihn zu verstehen, eine tragende Rolle. War er vielleicht gar selbst ein Künstler? Sind wir nicht alle irgendwie Künstler? Herr Schweitzer verneinte beide Fragen. Er selbst konnte Kunst lediglich konsumieren, nicht produzieren. Und was das Talent anderer Menschen anging, so mußte er auch hier energisch verneinen. Speziell dachte er an den Literaten Bohlen, was die Frage aufwarf, wo die Schmerzgrenze denn hingekommen ist.

Und wie Herr Schweitzer so seine Gedanken spann, war das neuartige Gefühl in ihm auch schon wieder zerronnen. Den anderen schien es genauso zu gehen. Unangenehme Fragen werden eben gerne verdrängt. Das ist ähnlich der Steuererklärung vom letzten Jahr, die zu erledigen man sich jede Woche aufs neue vornimmt.

Er blickte auf den leise schnarchenden Johnny, der von alldem nichts mitbekommen hatte und jetzt sicherlich von fernen Ländern mit eigenen Brauereien und Destillerien träumte. Wenn Herr Schweitzer doch auch nur schlafen könnte. Erfahrungsgemäß war einem das Glück beschieden, am nächsten Morgen in einer sorgenärmeren Welt aufzuwachen. Die Nacht bauschte die Sorgen doch allzusehr auf.

Durch langsames Ein- und Ausatmen verhalf er seinem Herzen zu einem gemächlicheren Tempo. Dann versuchte Herr Schweitzer es erneut mit Maria von der Heide und ihrer demnächst in Salvador da Bahia mit dem brasilianischen Bildhauer Mario Cravo stattfindenden Ausstellung. Es sollte keine profane Präsentation der Werke werden, wie man sie aus der phantasielosen Heimat kennt, vielmehr würde ein kulturelles Rahmenprogramm mit Musikcombos, Spiele für Familien mit Kindern, Essensstände, ja, sogar ein kleiner Karnevalsumzug die beiden Künstler unterstützen. Oder umgekehrt. Maria hätte es gerne gesehen, wenn er mitkommen würde. Aber allein der lange Flug. Die Gazetten waren voll von Berichten über Passagiere, die wegen Durchblutungsstörungen der Beine fliegengleich dahingerafft wurden. Und ganz zu schweigen vom Wetter, da transpiriert man bestimmt wie ein Schwein, dehydriert und fällt tot um, falls man das Glück gehabt hatte, den Flug zu überleben. Dann waren da noch Malaria, Lepra und Pest. Und auch wenn man das irgendwie nach dem Zufallsprinzip überlebt hatte, mußte man hundertmal am Tag unter die Dusche, wenn sie funktionierte. Aber da unten funktioniert ja nichts. Gut, die Mädels dort sollen ja so gut wie nichts anhaben, er, Simon Schweitzer, hatte da mal einen Artikel darüber gelesen. Aber sollte er vielleicht auch im Stringtanga rumlaufen? Da würden die kaffeebraunen Schönheiten aber ganz schön gucken. Nein, sein Schwabbelbauch und er blieben da mal besser zu Hause. Ach Maria, wenn er doch nur bei ihr im Bett liegen könnte. Selbst ihr ewiges Hin- und Hergewälze würde er klaglos hinnehmen. Sie hatte nämlich einen unruhigen Schlaf, während er meist wie ein Stein schlief. Und ihr Haar, das bei diversen Gelegenheiten in seiner Nase kitzelte. Und ihr Rosenholz-Jasmin-Orangenblüte-Koriander-Parfüm erst. Kein Vergleich zu dem Bienenwachsgestank hier an diesem unwirtlichen Ort, über den zudem noch ein geisteskranker Pädophiler wachte. Verdammter Mist aber auch. Wenn es nach ihm ginge, könnten die den Trinklein getrost füsilieren. Oder Vierteilen. Oder in der Mikrowelle braten. Oder auf den elektrischen Stuhl schnallen.

Das war natürlich nicht Herrn Schweitzers sonstiger moralischer Standpunkt, aber so langsam machten sich doch so mancherlei Ermüdungserscheinungen bemerkbar, die teilweise unbedachte Gedanken hervorriefen.

Außerdem schmerzte sein Gesäß wieder. Er legte sich hin und verschränkte die Arme hinter dem Kopf. Das diffuse Lichtspiel der Kerzen an der kassettierten Decke hatte etwas beruhigend Harmonisches. Doch in seinem überreizten Zustand war an Schlaf kaum zu denken.

Gegen zwei Uhr wurde der Anwalt Ludger Trinkleins von zwei Polizisten in die Einsatzzentrale am Schweizer Platz geführt. Er sah allerdings aus, als könnte man ihn für heute abschreiben. Tränensäcke so groß wie Zeppeline ohne Gas und kirschrote Augen sprachen energisch gegen einen soliden Lebenswandel des

Advokaten. Eine silbergraue Krawatte mit Rautenmuster hing gelöst über dem Hemdkragen und verbarg nur spärlich rötliche Flecken auf dem hellblauen Hemd. Annie Landvogt vermutete Rotwein als Ursache, es könnte sich aber auch um Spaghettisauce oder Blut handeln. Seine Brille hatte in der linken oberen Hälfte einen Sprung, der bis ans vergoldete Gestell reichte, das einzige im Erscheinungsbild, das auf bessere Zeiten schließen ließ.

„Guten Morgen, Herr ...“, die Oberkommissarin nahm einen Zettel zur Hilfe, „... Herr Hagenkötter. Das stimmt doch, oder?“

„Ja.“

„Sie sind der Anwalt von Ludger Trinklein?“

Doch der Advokat sah sich interessiert im Wohnzimmer des Rentnerehepaars Blau um. Reine Routine, denn oft erkannte man an der Einrichtung die Honorarhöhe. An einer barocken Standuhr, Eiche, blieb sein Blick haften. „So spät schon?“ Die klare Aussprache widersprach seinem Aussehen auf wohltuende Weise.

Annie Landvogt war seinem Blick gefolgt. „Ja, so spät schon.“

„Verdammich, ich habe morgen um neun einen Termin beim OLG.“

„Ich werde Sie nicht lange aufhalten. Erzählen Sie mir was über Ludger Trinklein.“

„Ludger wer?“

„Trinklein. Ludger Trinklein, Sie sind sein Anwalt.“

Keine Reaktion. Aufreizend langsam furchte sich Hagenkötters Stirn. Vergebens, das Erinnerungsvermögen war blockiert. Um Zeit zu gewinnen sagte er: „Trinklein, der Name sagt mir was.“

„Sollte er auch. Immerhin vertreten Sie ihn am Freitag.“

„Am Freitag?“

„Ja.“

Blöde Kuh. Wenn sie wenigstens gesagt hätte, um was es geht. Mit Namen hatte er in letzter Zeit so seine Probleme. Präziser ausgedrückt seit zwei Jahren, als seine fünfzehn Jahre jüngere Freundin mit einem Handelsvertreter durchgebrannt war. Auf und davon, einfach so. Mit einem Handelsvertreter, hat man da noch Töne.

„Herr Hagenkötter ...“

„Ja. Ach so. Entschuldigen Sie mich, ich war gerade woanders.“

„Ludger Trinklein. Hat angeblich seine Tochter vergewaltigt. Der Prozeß ist morgen. Sie müssen doch wissen, um was es da geht.“

„Natürlich weiß ich das. Klar, Ludger Trinklein." Der Anwalt war unschlüssig, was er erzählen sollte. Was erwartete die Dame eigentlich von ihm? Sicherheitshalber sagte er: „Aber das ist Anwaltsgeheimnis." Manchmal zog das.

„Das weiß ich. Hören Sie ..." Und Annie Landvogt erklärte ihm die Situation, daß dieser Trinklein da drüben zwei Handvoll unschuldige Menschen in seiner Gewalt hatte, daß sie unbedingt wissen müsse, wer dieser Trinklein sei, ob er zur Gewalt neige, was Hagenkötter für einen Eindruck habe. Ja, sie wisse um den gesetzlichen Schutz seines Mandanten nur allzugut Bescheid. Aber es ist nun mal nicht zu ändern, die Geiseln haben ein Recht auf Leben, ob er das nicht auch so sehe? Und dazu sei es unbedingt nötig, alles über den Geiselnehmer in Erfahrung zu bringen.

Der Anwalt, der privat einer jeden Bataille aus dem Wege ging, hatte verstanden. Sehr gut sogar, auch wenn die Oberkommissarin noch nicht mal eine Drohung zwischen den Zeilen versteckt hatte, so wie das ihre Kollegen so gerne taten. Das machte sie ihm direkt sympathisch. Denn das Anwaltsgeheimnis war durchaus dehnbar. Als Rechtsanwalt stand man gewöhnlich mit einem Bein im Gefängnis und die Gegenseite wußte das. Selbstverständlich war er zur Zusammenarbeit bereit, allerdings nicht vor all den anderen Polizeibeamten, die hier herumwuselten. Ein wenig Restwürde sollte man ihm schon noch zugestehen. Hagenkötter wollte auf Nummer Sicher gehen und gab dies Annie Landvogt durch entsprechende Mimik auch zu verstehen. Sie verließen das Zimmer.

Im Flur fragte die Oberkommissarin, ihrem Tonfall eine deutliche Dosis Dringlichkeit beimischend: „Also?"

Hagenkötter straffte die Schulter und erzählte. Dabei legte er eine Plastizität in seine Schilderung, daß die Oberkommissarin den Bankräuber förmlich vor sich sah. Und wenn des Anwalts Ausführungen nur halbwegs hielten, was sie versprachen, dann mochte der Trinklein sein, was immer möglich war, aber in Dreiteufelsnamen niemand, der seine Tochter vergewaltigte.

Allerdings hatte Annie Landvogt schon genügend Berufsjahre auf dem Buckel, um sich vorstellen zu können, daß Hagenkötter sich etwas vormachte, um selbst nicht vollends an der Wirklichkeit zu zerbrechen. Das war unter Anwälten gar nicht mal so ungewöhnlich, wenn man bedachte, mit welch fast schon infantilem Enthusiasmus sie als Erstsemester die Hörsäle gestürmt hatten.

Den Armen, Unterdrückten und Unschuldigen dieser Welt helfen, sich gegen das Böse und Übermächtige zur Wehr zu setzen, hatten sie sich einst auf die Fahnen geschrieben, nur um dann schon im ersten Arbeitsjahr erkennen zu müssen, daß sich die Gesellschaft, salopp gesagt, einen Scheißdreck um Gerechtigkeit kümmerte. Und, was noch viel desillusionierender war, wenn sie nicht schnellstmöglich ihre Ideale über Bord warfen, würden sie selbst bald arbeitslos und verarmt auf der Straße stehen. Deshalb soffen Advokaten nicht selten wie die Weltmeister, man brauchte bloß mal einen Blick in die Kneipen rund um die Gerichte zu werfen.

Dies alles wußte Annie Landvogt und so war auch ihre Frage zu verstehen: „Und Sie sind sich da ganz sicher, daß dieser Trinklein unschuldig ist?"

Hagenkötter zögerte als er antwortete: „Nein, Ludger Trinklein ist kein Triebtäter."

Genau dieses Zögern hatte seinen Ursprung in demselben Gedanken, den auch die Oberkommissarin gehegt hatte, nämlich daß er, Hagenkötter, nur allzugut um die Selbsttäuschungen wußte, die ihm sein Beruf erträglich machten. Oft schon hatten ihm Mandanten eine Lüge aufgetischt, obschon diese als solche meilenweit gegen den Wind stank. Aber dieser Trinklein war anders. Sah einem in die Augen, wenn man mit ihm sprach. Beschönigte nichts. Redete selten abfällig über seine ehemalige Frau, obwohl diese ja für den Schlamassel verantwortlich war, in dem er steckte. Und doch hatte er schon Pferde vor der Apotheke kotzen sehen, hatte garantierte Unschuldslämmer unter der Beweislast zusammenbrechen und als Kapitalverbrecher auf Jahre hinter Gitter wandern sehen.

Deshalb das Zögern, das Annie Landvogt nicht verborgen geblieben war.

2.45 Uhr. Herr Schweitzer hatte noch immer kein Auge zugetan, das heißt, geschlossen hatte er sie schon, aber an Schlaf war nicht zu denken gewesen, obschon er allerlei Tricks angewandt hatte. In solchen Fällen rettete er sich oft dadurch, daß er in die absehbare Zukunft blickte. Wie würde seine Welt zum Beispiel vierundzwanzig Stunden später aussehen? Bisher hatte er die kommenden vierundzwanzig Stunden immer überlebt, aber würde das auch so bleiben? Und in einer Woche würde die Malaise, in der er sich gerade befand, nichts weiter sein als etwas, das seinen Erfahrungsschatz bereichert und seinen Charakter einem der letzten notwendigen Schliffe unterzogen hatte. Vorausgesetzt, er überlebte bis dahin, aber davon ging er praktischerweise aus. Bis auf Johnny hatten auch die anderen ihre Last mit dem Schlaf.

3.05 Uhr. Um nicht untätig sein zu müssen, befahl Annie Landvogt, doch mal in Flensburg anzufragen, ob dort gegen Trinklein etwas vorliege. Vielleicht gehörte er ja zu denen, die ihre Aggressionen und geistigen Defizite mit dem Gaspedal auslebten.

3.11 Uhr. Flensburg antwortete, ein Ludger Trinklein sei dort nicht registriert, habe also gar keinen Führerschein. Die Kommissarin wollte daraufhin dem Techniker sagen, daß der Peilsender im bereitgestellten Fluchtfahrzeug nun doch nicht zum Einsatz komme, besann sich aber eines besseren. Denn wer sagte denn, daß jemand, der keinen Führerschein besaß, nicht Autofahren konnte? Und ein Bankräuber, der sich bereits des Bankraubs, der Geiselnahme und eventuell auch der Pädophilie schuldig gemacht hatte, würde der davor zurückschrecken, ohne Führerschein zu fahren? Annie Landvogt mußte grinsen. Auf was für Sachen der Mensch doch manchmal kam. Zum Glück hatte sie ihre Gedanken für sich behalten. Kein Mensch würde sie noch ernstnehmen. Ein Bankräuber, der sich bereitwillig festnehmen ließ, nur weil das Fahren ohne Führerschein gesetzwidrig war, wo gibt's denn so was? Nein Annielein, nein Annielein, rief sie sich zur Räson, jetzt reiß dich mal zusammen.

3.58 Uhr mußte Johnny pinkeln. Herr Schweitzer hatte sich schon geraume Zeit gefragt, wo der Traveller das alles hintrank, was er wegtrank. Gut, Alkohol wird vom Körper ja verbrannt, aber im Wein ist ja auch unbrennbares Wasser. Viel mehr als im Schnaps. Aber Schnaps war ja nicht zu bekommen gewesen in diesem Scheißladen hier, regte sich Herr Schweitzer unnötig auf. Hatte aber vergessen, daß Johnny ja seinen eigenen Schnaps dabei hatte.

Natürlich entstand dadurch Unruhe. Der Bankräuber mußte kommen, Johnnys Handschellen aufschließen.

„Hat man denn hier nie seine Ruhe?" beschwerte sich Uzi schlaftrunken.

Und Kogyo, der offensichtlich auch geschlafen hatte, fing wieder an zu flennen und mußte abermals von Yoko getröstet werden. Und Herr Schweitzer fällte das abschließende und vernichtende Urteil, daß dieser Japaner nie ein großer Samurai wird.

Um 4.25 Uhr fiel Herr Schweitzer für eine Stunde in einen unruhigen, von merkwürdigen Bildern begleiteten Schlaf. Das war zwar nicht viel, aber besser als nichts.

5.20 Uhr klingelte beim Sachsenhäuser Revierleiter Hansen der Wecker. Er nahm das Ding in die Hand, begrüßte es mit „Na, du Arsch“ und drehte sich auf die andere Seite. Das Kopfkissen lag neben dem Bett über der Polizeiuniform, die mal in die Reinigung gehörte. Pedantische Frauen hätten auch rumnölen können, daß der Schlafsack, den der Revierleiter benutzte, seit das Federbett vor sieben Monaten entsorgt worden war, weil eine halbverdaute Pizza und ein explosives Alkoholgemisch aus Bier und Apfelkorn es verunreinigt hatten, mal gewaschen werden sollte. Doch gab es augenblicklich weder pedantische noch vernünftige Frauen in Paule Hansens Leben; Polizistenehen sind eh nur von begrenzter Lebensdauer. Er würde heute verschlafen.

5.22 Uhr. Der verspätete Regionalexpreß 63001 nach Karlsruhe, planmäßige Abfahrt 5.13 Uhr vom Südbahnhof, erwischte kurz vor der Station Stresemannallee einen jungen angeheiterten Mann, der nach der Kollision, die der Zug für sich entschieden hatte, nicht mehr ganz so heiter, sondern tot war. Allerdings war, wie jedermann sich vorstellen konnte, der Leichnam nicht mehr an einem Stück, was eine große Sauerei bei der Wiederauferstehung geben konnte. Das Warnsignal, das vom Zugführer ausgelöst wurde, konnte der junge Mann deshalb nicht wahrnehmen, weil er gerade in vollen Zügen mittels Walkman das Lied It's my life von Bon Jovi genoß. So kam es, daß er in den letzten Sekunden seines Lebens einem anderen vollen Zug den Vorzug geben mußte. Monate später sollte ihm posthum der beliebte Darwin-Award verliehen werden.

Um 6.15 Uhr ließ sich Kaschtaschek kurz blicken. Im gekünstelten Plauderton fragte er: „Na, alles klar?“, geradewegs so, als obliege ihm noch die Leitung der Einsatzzentrale.

Der Tonfall, mit dem Annie Landvogt antwortete: „Natürlich, ruh dich doch am besten noch ein bißchen aus“, vermittelte ihm auf drastische Weise die Tatsache, daß er abserviert war. Obschon die Worte neutral gewählt waren, wußte er, daß seine Kollegin mit gespaltener Zunge redete.

„Vielleicht sollte ich nach Hause gehen.“

„Ja, tu das. Der Arzt wird dich bestimmt krankschreiben. Gute Besserung dann.“

Gramgebeugten Hauptes verließ Kaschtaschek die Szenerie. Es gelang ihm nicht, die Bilder des toten Generals zu verbannen.

Gedankenversunken blickte ihm die Oberkommissarin, die ihn noch nie leiden konnte, hinterher. Gerne hätte sie für einen kurzen Moment, übermüdet wie sie war, ebenfalls den Bettel hingeworfen, aber so eine Chance wie diese gab man nicht so ohne weiteres aus den Händen, jetzt, da die Götter ihr endlich mal wohlgesinnt waren.

6.17 Uhr. Paule Hansen konnte seine Visage nicht mehr ertragen. Mit dem Rasierschaum seifte er den Spiegel ein. Ein paar Aspirin hatte er sich bereits eingepfiffen.

Herr Schweitzer sah zum Gotterbarmen aus, und so fühlte er sich auch. Er rieb sich die Augen, an Schlaf war ohnehin nicht mehr zu denken. Die Bienenwachskerzen waren heruntergebrannt. Im Halbdunkel erkannte er Uzi und Oma Hoffmann, die sich flüsternd unterhielten. Als sich seine Augen an die Lichtverhältnisse gewöhnt hatten, sah er, daß die komplette Geiselschar bis auf Johnny und Kogyo bereits wach war. Popic war schon wieder am Schreiben. Herr Schweitzer vermutete, daß dem Journalisten über Nacht eine ganze Menge Ideen gekommen waren, die er nun für die Nachwelt festhielt. Er mochte Menschen, die ihre Arbeit gewissenhaft ausführten.

Die Filialleiterin hatte die Knie angezogen, wiegte sanft den Oberkörper und brütete dumpf vor sich hin.

Als der Japaner aufwachte, setzte er sich mit einer abrupten Bewegung auf, suchte und fand Yokos Blick. Unvermindert liebevoll strahlten beider Augen. Die Japanerin überreichte ihrem Freund einen in dunkelblaues Geschenkpapier eingewickelten Bildband.

Herr Schweitzer fragte sich, ob in Asien der Geburtstag einen ähnlichen Stellenwert besaß wie hierzulande, oder ob sich die beiden einen Spaß daraus machten, die hiesigen Gebräuche auf ihrer Europareise nachzuahmen. Jedenfalls erkannte er den Schriftzug History of modern art auf dem Umschlag. Oma Hoffmann war die nächste, die gratulierte, dann taten es ihr die anderen gleich.

Es hatte aufgehört zu regnen, und wenn Herr Schweitzer den zarten Lichtstreifen am oberen Rand der Eingangstür richtig deutete, schienen sich auch die Wolken verzogen zu haben. Und nun, da er darauf achtete, peitschte auch kein Ast mehr gegen die Scheibe.

Kogyo blätterte voller Überschwang in seinem Geschenk und strahlte wie ein Honigkuchenpferd. Von Zeit zu Zeit fuhr sein Finger wohl über eine besonders gut gelungene Fotographie und kommunizierte mit Yoko in einer Art, wie sie nur Verliebten eigen ist.

Dann stand auch der Bankräuber Ludger Trinklein auf, beziehungsweise kam hinter dem Bankschalter zum Vorschein. Ob er geschlafen hatte oder nicht, war ihm nicht anzusehen. Seine erste Amtshandlung bestand darin, die Geiseln von den Handschellen zu befreien. Das Seil rollte er zusammen. Den Hardcoretraveller ließ er schlafen. Herr Schweitzer hegte den Verdacht, daß dieser schon wach war und sich bloß hinter einem taktischen Schlaf verbarg, um die Welt noch für ein Weilchen auf Distanz zu halten.

Nach und nach suchte man die Toilette auf. Für mehr als eine Katzenwäsche fehlten die Utensilien.

Als alle wieder beisammen waren, schenkte Ludger Kaffee aus. Das Frühstück bestand aus Bananen und Keksen aus dem Container. Herr Schweitzer fragte sich, ob da vielleicht noch ein Schwein drin war, das zum Mittagessen gegrillt werden sollte. Wundern würde es ihn nicht mehr.

Aber etwas in der Stimmung war im Vergleich zum Vortag anders. Herr Schweitzer brauchte eine Weile, bis er drauf kam. Zuerst hatte er die frühe Uhrzeit dafür verantwortlich gemacht, schließlich gibt es eine Menge Menschen, mit denen in Herrgottsfrühe nicht gut Kirschen essen ist. Aber das war es nicht. Wenn man das Morgenmuffeltum mal außer acht ließ, so blieb immer noch eine unangenehme Aggressivität übrig, die sich, da war sich Herr Schweitzer ziemlich sicher, gegen den Bankräuber richtete. Er selbst nahm sich da nicht aus. Die Filialleiterin hatte gestern abend die Saat für diesen Prozeß gesät, als sie aus dem Nähkästchen plaudernd Ludgers Pädophilie erwähnte. Ein Bankraub ist eine Sache, dafür konnte man zur Not noch Verständnis aufbringen, aber sich an Kindern vergehen, das stand für fast alle Menschen außerhalb jedweder Vorstellungskraft. Herr Schweitzer erinnerte sich an den Bachmeierfall, bei dem 1981 die Mutter einer mißbrauchten und getöteten Tochter deren Mörder im Lübecker Schwurgerichtssaal erschossen hatte. Wenn es nach ihm gegangen wäre, hätte Frau Marianne Bachmeier für den Rest ihres Lebens vom Staat monatlich soviel Geld überwiesen bekommen, wie die Unterbringung in der Haftanstalt, die dann ja hinfällig geworden war, den Steuerzahler gekostet hätte. Aber Herrn Schweitzer fragte man nicht. Auch nicht, wenn er mit dem überwiegenden Teil der Volksmeinung konform ging, was er ohnehin schon selten genug tat. Statt dessen hatte man die Selbstjustitiarin hinter Gitter gesteckt. Aber in diesem Land Opfer sein heißt, sich besser gleich prophylaktisch eine Kugel in den Kopf zu schießen, wenn das nicht schon der Täter erledigt hatte, dann erspart man sich zumindest die zweite, noch viel schmerzlichere Niederlage vor Gericht.

So kam es, daß der ehemalige Sympathieträger Trinklein sich aller Sympathien beraubt am Pranger wiederfand. Doch offenbar kümmerte ihn das wenig, mit Appetit aß er die Kekse und schlürfte seinen Kaffee. Abgerechnet wird am Schluß, schien seine Devise zu sein.

Ganz ohne Vorwarnung war Herr Schweitzer von den Socken. „Dasda, da, dasda ...“ Er hatte in dem Bildband, den Kogyo zum Geburtstag geschenkt bekommen hatte, ein Bild entdeckt, das er kannte. Zwar verkehrt herum, aber trotzdem. „Das da ist meine Mutter. My mother“, wurde er nun schon verständlicher.

Die Japaner registrierten, daß dieser komische, aufgeregte Herr, der gute Anlagen zum Sumo-Ringer aufwies, ihnen mit seinem Rumgefuchtel etwas sagen wollte, das mit dem aufgeschlagenen Bild zusammenhing, was aber My mother explizit bedeuten sollte, war fast unmöglich zu eruieren, schließlich zeigte die Abbildung eine Skulptur. Und selbst bei aller Phantasie war es nicht möglich, sich diesen seltsamen Kauz als Sohn einer Skulptur vorzustellen. Hier herrschte offenbar ein Mißverständnis. Und als höfliche Japaner, die sie nun mal waren, wollten sie dies auch schnellstmöglich aus der Welt schaffen und reichten ihm den Bildband.

Tractor weeps for harvest, stand dort unter der wahrlich schönen Komposition einer Künstlerseele. Und diese Künstlerseele hatte seiner verstorbenen Mutter gehört, die vor vielen Jahren mit der Skulptur Traktor beweint Ernte Weltruhm erlangte. Weiter war zu lesen, daß diese Aufnahme eine Kopie zeigte, die in einem japanischen Freizeitpark in der Nähe der Hafenstadt Kobe aufgestellt war. Das war Herrn Schweitzer neu, aber nicht gerade sensationell, denn die dortige Bevölkerung kopierte nun mal gerne. Nicht umsonst sahen die Japaner alle gleich aus.

Als Yoko zu verstehen glaubte, was der Dicke ihr sagen wollte, fragte sie sicherheitshalber nach: „It's really your mother, Rosamunde Schweitzer?"

„Yeah, yeah, yeah. My mother. Look." Umständlich fischte Herr Schweitzer aus seinem Portemonnaie seinen Perso hervor und gab ihn Yoko.

Gemeinsam mit ihrem Freund studierte sie das Dokument. „I can't believe it. She's truly your mother. Rosamunde Schweitzer is very famous in Japan, you know. Every student of modern art knows her."

Herr Schweitzer war, obwohl er ja recht wenig dafür konnte, Sohn zu sein, geschmeichelt. Viel fehlte nicht, und er hätte sich eine Strähne aus der Stirn gefegt, um einer virtuellen Kamera möglichst viel von seinem Gesicht zu bieten. Das war natürlich megakindisch, und er bemerkte es auch. Ergo räusperte er sich und sprach in normalem Tonfall: „I did not know yet, that the japanese people know my mother." Das war natürlich etwas übertrieben, vom Volk war nie die Rede, aber das kam davon, daß Herr Schweitzer in jungen Jahren – man kann sich das heute gar nicht mehr vorstellen, daß er auch mal jung war – anstatt den Englischunterricht zu besuchen, sich lieber im Schulhof bei den Röcken herumtrieb. Andererseits konnte er infolgedessen prima knutschen, wie von Maria von der Heide zu hören war.

„Also, ich hab von Rosamunde Schweitzer noch nie was gehört", fing Uzi schon wieder mit den Scherereien an, wo man doch noch nicht mal eine dreiviertel Stunde wach war.

Herr Schweitzer sorgte für eine Kunstpause, ehe er knapp erwiderte: „Das wäre auch schon höhere Allgemeinbildung."

„Na, na, na, Kinderchen", fuhr Oma Hoffmann dazwischen, „jetzt hört aber auf damit. Wollen wir nicht lieber dafür sorgen, daß man dem Geburtstagskind und seiner Freundin die Freiheit schenkt? Ich finde, das wäre mehr als eine humanitäre Geste."

Herr Schweitzer errötete leicht, was eigentlich nie vorkam, denn auf so dummes Gewäsch wie das von Uzi ging er sonst nie ein. Was war nur los mit ihm? Er schaute zu dem japanischen Pärchen, dann auf Popic, der leicht nickte und schließlich zum Geiselnehmer, der zumindest so tat, als habe er Oma Hoffmanns Sätze nicht vernommen.

In diesem Moment begann sich der dem Verfall preisgegebene Traveller zu rühren. Sein Gesicht ließ einen unwillkürlich an Bettwäsche denken, die nach dem Kochwaschgang ein paar Tage in der Maschine vergessen worden war. Johnnys Blick wanderte von Schicksalsgenosse zu Schicksalsgenosse zu Bankräuber, und Herr Schweitzer konnte sich des Eindrucks nicht erwehren, daß dieses heruntergekommene Individuum hier völlig fehl am Platze war. Aber waren sie das nicht alle? Gehörten die Japaner nicht auf Europareise, Oma Hoffmann zur Vollversammlung der Grauen Panther, Theresa Trinklein-Sparwasser zu ihrer Tochter, er selbst zu seiner Liebsten Maria und Uzi unter die Dusche? Nur Popic gehörte kraft seines Berufes in den Brennpunkt des Geschehens. Alles in allem war dies ein ganz schön niederschmetterndes Ergebnis, fand Herr Schweitzer, aber andere Geiseldramen hatten auch kein besseres vorzuweisen vermocht.

Es war Oma Hoffmann, die sich erneut an Ludger wandte: „Wie sieht es denn nun aus, junger Mann, kann man die Japaner nicht auf freien Fuß setzen, dann könnte dieser junge Herr zu Mittag sein geliebtes Sushi essen?"

„Geht in Ordnung. Um neun rufen die Bullen an, und mit denen sprech ich das dann ab."

So einfach ist das also. Das hätte nicht nur Herr Schweitzer nicht für möglich gehalten. Er war sprachlos. Gottes Wege sind halt unergründlich.

Yoko merkte an der allgemeinen Verunsicherung, daß etwas nicht stimmte. „What's going on?"

Weltmann Schweitzer: „Maybe you and your friend go in freedom in less than two hours."

„Really?"

Herr Schweitzer blickte zu dem Bankräuber, ob dieser zu seinem Wort stand.

Das tat er. „Yes, you can leave this morning."

Kogyo fiel Yoko um den Hals und fing abermals – peinlich,

peinlich – an zu weinen.

Die Sonne schien, Popics Goldzahn blitzte im Sonnenlicht, das um mehrere Ecken Einlaß in die Teutonische Staatsbank am Schweizer Platz gefunden hatte. Das wurde auch langsam Zeit, hatte das Wetter der letzten Wochen doch aller Beschreibung gespottet. Und gerade in Zeiten wie diesen tat ein wenig Sonne dem Gemüte doch ganz gut.

In der Einsatzzentrale hatten sich die abgelösten Präzisionsschützen der GSG 9 eingefunden und wärmten ihre klammen Finger an den Kaffeetassen. Das Ehepaar Blau war mit der Bedienung der Staatsdiener ganz in seinem Element. Und zur Entlastung des Ökofreaks von nebenan hatte man ein mobiles hellblaues Toilettenhäuschen in den Hinterhof stellen lassen.

„Guten Morgen allerseits", begrüßte ein überschwenglicher Polizeiobermeister Frederik Funkal die Anwesenden. Das Gute Morgen allerseits hatte er sich von dem ARD-Sportmoderator Heribert Faßbender abgeguckt, der es sich als Sportchef des Senders selten nehmen ließ, wichtige Fußballspiele persönlich zu kommentieren, dabei hatte er von dieser Sportart weniger Ahnung als das Gros der Zuschauer, obwohl er in den letzten Jahren zumindest die Regeln gelernt hatte. Bei ihm war eine hundertprozentige Torchance schon dann gegeben, wenn ein Spieler im Anstoßkreis ungedeckt einen Ball annehmen konnte. Aber der Mann ist Kult.

Des weiteren waren anwesend: Annie Landvogt – logo, Paule Hansen – wegen Restalkohol nicht in Topform, Marlies, auf die Funkal ein Auge geworfen hatte, und ein paar weitere Beamte, von denen die meisten mit der Spurensicherung anläßlich der in die Tat umgesetzten Selbstkritik des Generals im Badezimmer beschäftigt waren.

Vor fünf Minuten hatte der Polizeipräsident persönlich angerufen und der Oberkommissarin sein volles Vertrauen ausgesprochen und ihr jedwede notwendige Unterstützung zugesagt.

Annie Landvogt wußte, daß, wenn sie das Ding nicht vermasselte, ihr eine steile Karriere bevorstand. Sie schaute auf die Uhr, zwei Minuten vor neun, Gott steh mir bei.

Punkt neun, keine Sekunde zu früh, wählte sie die Nummer der Teutonischen Staatsbank.

„Ja?"

„Hier Oberkommissarin Landvogt."
„Wer sind Sie denn nun schon wieder? Wo ist der andere?"
„Krank."
„Krank? Soso. Dann halt krank, von mir aus. Ist ja auch ein Mistwetter gewesen die letzten Tage. Hat's ihn schlimm erwischt?"
„Schon. Aber es war mehr die Psyche."
„Die Psyche, ach herrje, da weiß man ja oft gar nicht, wie man damit umgehen soll."
„Vielleicht ist's ja gar nicht so schlimm. Ein bißchen Bettruhe, dann ist er wieder auf dem Damm, der Herr Kollege."
„Hoffen wir das beste."
„Bevor wir weiterreden, wollen Sie nicht doch noch ein paar Geiseln freilassen?"
„Jetzt, wo Sie's sagen. Wir hätten hier noch zwei Japaner ..."
Dann stimmen die Angaben auf der ausgerissenen Kreuzworträtselseite ja haargenau, dachte die Oberkommissarin. „Und die wollen Sie freilassen?"
„Wenn's Ihnen nichts ausmacht ..."
„Ach woher denn ... Und wie sieht's generell mit einer Kapitulation aus? Ich versichere Ihnen, daß ..."
„Quatsch. So haben wir nicht gewettet ..."
„War ja auch nur eine Frage ..."
„Fragen kost ja nix."
„Und wie soll's nun weitergehen?"
„Ich laß jetzt als weiteres Zeichen meines guten Willens die zwei Japaner frei. Sie stellen mir um zwölf das Fluchtfahrzeug vor die Tür. Die 35 Millionen liegen im Kofferraum. Ich werde mit einer Geisel meiner Wahl fliehen. Den Hubschrauber schenke ich Ihnen."
„Was soll ich denn mit einem Hubschrauber?"
„Fliegen?"
„Wohin?"
„Vielleicht zu mir auf die Insel. Ich habe auch eine Stange Geld, das dürfte für eine Weile reichen."
„Wo soll die Insel sein?"
„Das sage ich Ihnen doch nicht jetzt, wo das ganze Büro mithört."
„Gut, dann halt später. Wann darf ich wieder anrufen?"
„Ich laß jetzt die Geiseln frei. Wenn Sie vielleicht kurz vor

zwölf ... Ach Unsinn, ich rufe Sie an."
„Gebongt."
„Ciao Bella."
„Ciao Bello."
Annie Landvogt legte auf. Wäre sie alleine gewesen, wäre sie jetzt ausgeflippt. So, genau so muß man mit Verbrechern reden. Hundert Prozent auf die Sprache des Delinquenten eingehen, ein wenig Honig um den Mund schmieren und schon läuft die Sache. Sie war sich sicherer denn je, daß es keine Toten geben würde, daß der Bankräuber heute abend schon im Knast sitzen würde. Und sie selbst morgen erste Seite auf der Bild. Geil.
„Überprüft doch bitte noch mal den Peilsender vom Fluchtfahrzeug. Nicht, daß da noch was schiefläuft."

In der Teutonischen Staatsbank versuchte Herr Schweitzer zu begreifen, was er gerade mitanhören mußte, und wußte doch, daß er das sein Lebtag nicht schaffen würde. Offensichtlich war es nicht weit her mit dem Geisteszustand dieser Oberkommissarin. Die mußte inzwischen doch rausgekriegt haben, mit wem sie es hier zu tun hatte, daß dieser Trinklein ein gefährlicher Pädophiler war, der vor nichts zurückschreckte. Und was macht die blöde Kuh am Telefon? Redet mit dem Schwerverbrecher als säßen sie gemütlich am Kamin. Bei Keksen und Tee. Unglaublich. Die wird von ihm zu hören bekommen, wenn er erst mal wieder draußen ist. Ganz sicher. Die wird ihn noch kennenlernen, den Herrn Schweitzer.
Doch genauso schnell, wie er sich aufgeregt hatte, regte er sich auch wieder ab, da das Dilettieren der Einsatzleitung umgehend zur Randnotiz wurde, als Oma Hofmann unseren japanischen Kunststudenten und Europareisenden ihre nun amtliche, kurz bevorstehende Freilassung nahebrachte.
Herr Trinklein bestätigte dies: „Yes, please stand up."
Kogyo konnte sein Glück kaum fassen: „Seriously, we can go?"
Dann fing er an, Yoko Küßchen auf Küßchen auf die Backen zu drücken, und Herr Schweitzer fragte sich nicht ganz zu unrecht, ob dieser Kogyo vielleicht von der japanischen Frauenbewegung gestrickt war. Normal war der jedenfalls nicht. Andererseits hatte er noch nie von einer japanischen oder gar panasiatischen Frauenbewegung gehört. Er war davon ausgegangen, daß

der Japaner an sich traditionellen Werten frönte und davon auch keinen Zollbreit abrückte. Aber vielleicht war dem alten Haudegen Schweitzer da ja was entgangen. Schließlich konnte der am Weltgeschehen interessierte Sachsenhäuser ja nicht sämtliche internationalen Veränderungen und Modeströmungen mitbekommen, so sehr er sich auch bemühte. Wäre Yoko nicht gewesen, hätte Herr Schweitzer einen Handkäs darauf verwettet, dieser Kogyo sei schwul. Vielleicht war er das ja auch, es soll ja Männer geben, die merken das nicht mal.

Es hatte schon etwas Bewegendes, als Yoko und Kogyo sich von jedem persönlich verabschiedeten. Sogar dem Bankräuber drückten sie die Hand, der dafür extra die Beretta 92 aus der Hand legte.

Ludger hatte die beiden schon ein paar Meter begleitet, als Uzi der Bildband auffiel. „Halt."

„Was ist denn jetzt schon wieder?" wollte der Bankräuber wissen.

Herr Schweitzer hatte die Situation sofort erfaßt und kam der Punkerin zur Hilfe: „Das Geburtstagsgeschenk, the birthday present."

„Oh. Thank you very much." Wiederum folgten Dankesbekundungen und Händeschütteln. „Your mother, a very great artist."

„Yes, my mother. I'm proud, that the japanese people loves her." Herrn Schweitzer standen Tränen in den Augen.

„Bye-bye."

„Bye."

Traurig sah man den Freigelassenen hinterher. Die letzten zwanzig Stunden hatten eine verschworene Gemeinschaft entstehen lassen, aus deren Mitte das Schicksal nun zwei liebgewonnene Menschen herausriß.

Als die Tür sich wieder geschlossen hatte, sah man sich unbehaglich an. Selbst ein gerissener Psychologe wie Herr Schweitzer kam nicht umhin, sich einzugestehen, daß er am Ende seiner Kräfte war, einfach keinen Bock mehr hatte. Es war eine Mischung aus Müdigkeit und Lagerkoller.

In diese niederdrückende Stimmung hinein fragte Dragoslav Popic: „Entschuldigung, kann ich vielleicht noch einmal meinen Chef anrufen? Mit dieser Geiselfreilassung könnten Sie in der Öffentlichkeit sicherlich wieder ein paar Pluspunkte sammeln."

Herr Schweitzer war erstaunt, daß Popic diesen Pädophilen um etwas bat, nach allem, was geschehen war. Ohne daß es ausdrücklich hätte besprochen werden müssen, ließ man den Bankräuber die ihm gebührende Verachtung spüren. Eingedenk der Verhältnisse konnte das natürlich nicht auf eine provokante Art geschehen. Doch hier ein klein bißchen weniger Wärme in der Stimme, dort einen Entzug von Blickkontakt, allgemein ein Ignorieren des Bankräubers waren beredte Zeugnisse einer geheimen, unorganisierten, unausgesprochenen Widerstandsbewegung gegen alles Verächtliche dieser Welt in Person des offensichtlich pädophilen Geiselnehmers.

Als spürte Theresa Trinklein-Sparwasser diese Schwingungen, lächelte sie.

„Natürlich, telefonieren Sie ruhig, Sie wissen ja, wo's steht."

Vor ihm stand ein Glas Wasser mit drei aufgelösten Kopfschmerztabletten, ein Multivitamintrunk und ein Kaffee. Gehirnmasse schwappte bei jeder Bewegung gegen die Schädeldecke und verursachte höllische Schmerzen. Felix Melibocus war nach Suizid zumute. Nie wieder. Nie wieder würde er mit dem Revierleiter Paule Hansen im Frühzecher versacken. Das hatte er sich zwar schon mehrmals vorgenommen, aber diesmal war es ihm ernst damit. Im ersten Zug stürzte er die Vitamine hinunter, im zweiten die Kopfschmerztabletten. Dann hielt er die heiße, dampfende Kaffeetasse an die Stirn. Ah, tat das gut.

Es war nicht fair vom Telefon, ausgerechnet jetzt zu klingeln. Eine Atombombe, oder auch zwei, explodierten im Schmerzzentrum. Unverzüglich nahm er den Hörer ab. Kaffee lief auf die Schreibtischunterlage.

Militärisch: „Ja." Kein Guten Morgen, kein Was kann ich für Sie tun? Nichts dergleichen.

„Ich bin's Chef."

Unter anderen Umständen fand er Popics Leutseligkeit sympathisch. Doch gerade jetzt hatte sie fast schon subversiven Charakter. „Was ist los?" blaffte er in die Sprechmuschel.

„Äh, Chef, kann es sein, daß der Herr gestern ein Faß aufgemacht hat?"

So konnte man es auch nennen.

„Nein! Wieso?"

„Sie hören sich irgendwie nach ... Kater an."

„Na und."

„Ist ja auch nicht mein Problem. Obwohl ich gestern auch lieber einen draufgemacht hätte, daß die Heide wackelt, anstatt hier mein Leben aufs Spiel zu setzen."

Das war harter Tobak. Sofort stellte sich beim Redakteur das schlechte Gewissen ein. „Jaja, schon gut. Jetzt rück mal raus mit der Sprache, was tut sich so bei euch? Ich bin ganz Ohr." Letzteres war glattweg gelogen, Melibocus war nämlich maximal ganz Brummschädel.

„Na geht doch, Chef. Schon besser. Hier scheint die Sonne, der Bankräuber hat soeben zwei Geiseln freigelassen."

„Echt?"

„Ja, zwei Ausländer, Japaner sogar."

„Wieso sogar?"

„Na ja, noch ausländischer als sonst halt."

„Popic, Popic."

„Und um zwölf wird der Gangster mit einer Geisel versuchen zu fliehen. Mit den 35 Millionen."

„Mit welcher Geisel? Doch nicht Sie etwa?"

Popic schaute zu Herrn Trinklein, ob von dieser Seite vielleicht ein Tip kommen würde, doch der Bankräuber spielte mit der Beretta. „Das ist noch nicht raus, Chef."

„Das wär doch was, wie? Der todesmutige Journalist vom Sachsehäuser Käsblättche stellt sich freiwillig als Geisel zur Verfügung."

„Bin ich doch bereits."

„Was?"

„Geisel."

„Ach so, stimmt ja. Dann eben: Der todesmutige Journalist vom SK verlängert freiwillig seinen Aufenthalt als Geisel."

„Verlangen Sie das von mir?"

„Nö. War nur so 'ne Idee."

„Aber die Auflage würd's schon steigern."

„Tja, die Auflage würd's schon steigern."

„Mal sehen. Nur so nebenbei, hat der Spiegel schon angerufen?"

„Warum?"

„Ach, ich dachte nur mal so, vielleicht hätten die ein übergeordnetes Interesse an waghalsigen und trotzdem seriösen Journalisten."

„Nein, hier hat noch keiner angerufen."

„Dann eben nicht. Aber wie sieht's für heute aus? Bringen wir auch wieder eine Extraausgabe heraus?"

„Logisch. Die Chance muß man nutzen", machte Felix Melibocus gute Miene zum bösen Spiel, denn eigentlich stand ihm der Sinn nicht nach einer Extraausgabe, eher nach einer Extraportion Schlaf, aber da mußte er durch. Wer saufen kann, kann auch malochen, hatte ihm sein erster Chef, ein Witzbold, vor mehreren Jahrhunderten tadelnd erläutert, als er als Volontär bei der Rundschau einmal nach durchzechter Nacht dibbedabbezu eine halbe Stunde zu spät zum Dienst erschienen war. Das mochte stimmen, solange man jung war, aber heute, in dem Alter ... Wer saufen kann, soll auch verschnaufen dann. So oder so ähnlich sollte der dem Jahrgang angemessene Sinnspruch lauten.

„So kenn ich Sie, Chef."

„Gelle. Dann hau mal rein, Popic."

„Ich bleib im Rennen. Auf den alten Popic ist immer Verlaß."

„Gut. Bis später."

„Bis später, Chef."

Uff, das wäre geschafft. Sein Mund fühlte sich vom ganzen Gebabbel und restalkoholischen Ausdünstungen an als wäre er von einer alten Wollsocke gänzlich vollgestopft. Melibocus schlürfte am Kaffee, stand wackelig auf und bewegte sich Richtung abgenutztes Sofa, das just in diesem Augenblick eine frappierende Ähnlichkeit mit einem flauschigen Himmelbett aufwies. Nur ein halbes Stündchen, sagte er sich.

Die ersten geretteten Geiseln unter ihrer Ägide. Annie Landvogt frohlockte innerlich. Wieder ein Meilenstein auf ihrem Karriereweg. Von den Japanern – der männliche Part tränenüberströmt, die Frau gefaßt, abgeklärt und gänzlich auf ihren Verstand vertrauend; so wie es die Evolution eben eingerichtet hatte – ließ sie sich die Existenz Ludger Trinkleins mittels Foto als Bankräuber bestätigen. Bei der folgenden Befragung ging es lediglich noch um die Bewaffnung des Übeltäters, die Stimmung unter den Geiseln und die japanische Einschätzung des Geisteszustandes Trinkleins. Das dauerte keine zehn Minuten.

Höflich erkundigte sich die Oberkommissarin nach den weiteren Reiseplänen Yokos und Kogyos, die seit gestern im Haus der Jugend am Deutschherrnufer ein Zimmer gebucht hatten und heute abend in Heidelberg übernachten wollten. Unorthodox, so wie das Volk es sich von seinen Staatsdienern meist vergeblich erhofft, sorgte Annie Landvogt dafür, daß das Gepäck der beiden herbeigeschafft und die Rechnung beglichen wurde. Außerdem beauftragte sie Marlies damit, auf hessische Landeskosten ein Taxi nach Heidelberg bereitstellen zu lassen, auf daß die Kunde der immer und in allen Lebenslagen hilfsbereiten deutschen Polizei bis ganz nach Ostasien dringe.

Die Japaner jedoch erbaten sich die Möglichkeit, die Taxifahrt später in Anspruch nehmen zu dürfen. Man wolle doch noch das sich abzeichnende Ende der Geiselnahme abwarten. Man sei sehr um das Wohlergehen der neugewonnenen Freunde besorgt.

Das hätte den Herrn Schweitzer nun doch gar arg gewundert. Asiaten, die sich zu Gruppen unasiatischer Provenienz hingezogen fühlten. Das war neu.

Und dann wurde vom Ehepaar Blau ein Frühstück aufgefahren, das dem Frankfurter Hof alle Ehre gemacht hätte. Nicht genug damit, es waren sogar ein Dutzend Knackwürste dabei, die Kogyos Tränenflut stante pede zum Stillstand brachte. Selbst eine Sushi-Mahlzeit wäre angesichts der Knackwürste verblaßt.

Aber es wurde auch gearbeitet. Im Zuge einer emotionalen Distanzverringerung zwischen BKA und Landespolizei band die Oberkommissarin geschickt den Sachsenhäuser Revierleiter Hansen und seine Crew in den Fall mit ein. Hansen war fortan für sämtliche in Frage kommenden Fluchtwege südlich des Mains verantwortlich, was bedeutete, daß er ein halbes Dutzend mit der nötigen Gerätschaft ausgerüstete, PS-starke, zivile Einsatzfahrzeuge strategisch dergestalt positionieren mußte, daß eine unbemerkte Flucht des präparierten Wagens, der dem Bankräuber untergeschoben werden sollte, nahezu unmöglich war. Selbst ein Peilsender wäre ja nutzlos, würde Trinklein unterwegs unbeobachtet das Fluchtfahrzeug wechseln.

Diese auf Eigenverantwortlichkeit basierende Maßnahme war Ausdruck einer neuerdings an der Polizeischule gelehrten Methode zur Besserung des Arbeitsklimas, was zwangsläufig motivierend auf die Mitarbeiter wirken sollte. Doch Hansen wußte nicht, daß diese Annie Landvogt quasi eine der Prototypen dieser neuen Führungselite darstellen sollte, und so war er doch sehr mißtrauisch ihr gegenüber. Er witterte eine Falle, wo es keine gab.

Marlies und Frederik, der Marlies fesch fand, hatten da schon weniger Vorbehalte. Mit neuem Schwung gaben sie sich an die ihnen gestellte Aufgabe. Ganz sicher waren die Mörfelder, Offenbacher und Darmstädter Landstraße als Fluchtwege einzukalkulieren. Auch könnte es nicht schaden, jeweils ein weiteres Fahrzeug an Uni-Klinik und Gerbermühle bereitzustellen. Das sechste und letzte schließlich sollte die Kennedyallee absichern. Ja, so könnte es mit etwas Fortüne klappen, überlegte der Revierleiter. Und wenn dieser Gangster eine Brücke über den Main nahm, so war sein Kollege vom Polizeirevier in der Albusgasse zuständig, den er vom Sehen kannte, und der ebenfalls über einer Straßenkarte gebeugt die strategisch besten Punkte markierte. Genüßlich trank Hansen seinen Kaffee. Im Gegensatz zu Melibocus hatte er die gestrige Eskapade im Frühzecher nach Anlaufschwierigkeiten verdammt gut weggesteckt.

Bei dem Traveller sei Hopfen und Malz verloren, hätte Herr Schweitzer fast über den Traveller gesagt, dessen Augen auf der Suche nach Rotwein die Gegend durchsuchten, doch dann deuchte ihm, daß gerade bei Johnny Hopfen und Malz sehr wohl gut aufgehoben waren, vorausgesetzt die Rezeptur stimmte und es kam Bier dabei heraus.

Irgendwie tat ihm der Weltenbummler leid, doch Uzi war da weniger zimperlich: „Du willst dir wohl wieder einen in die Birne ballern. Leider ist nix mehr da."

„Nein, wieso?" verteidigte sich Johnny lahm.

Herr Schweitzer wunderte sich immer wieder, daß andere Menschen ebenso scharf wie er selbst die Dinge, die um sie herum geschahen, beobachteten. Zwar war ihm das schon öfters aufgefallen, doch gewöhnen daran konnte er sich nicht. Seit seiner Zeit als Straßenbahnfahrer war er ein geradezu außergewöhnlich guter Beobachter. Speziell in den späten Nachtstunden war es immer wieder spannend zu tippen, wer unter den wartenden Fahrgästen an der Haltestelle als potentieller Randalierer in Frage kam oder bis zur Endstation durchschlief. Klar, daß er dachte, der einzig Sensible auf Gottes geweihter Erde zu sein. So staunte er wieder einmal über Uzis Scharfsinn.

Johnny klemmte die Hände unter die Oberschenkel, damit man das Zittern nicht bemerkte. Er sah elend aus.

Oma Hofmann hatte wieder zu stricken begonnen. Der Topflappen hatte inzwischen Putzlappengröße angenommen, doch

Herr Schweitzer mochte nicht daran glauben, daß ein Putzlappen das Ziel all ihren Strebens sein sollte. Wer hatte je von einem gestrickten Putzlappen gehört? Er jedenfalls nicht.

Derweil fuhrwerkte der Geiselnehmer, offenbar im Einklang mit sich selbst, wie sein Gesichtsausdruck bezeugte, im Container herum und brachte allerlei merkwürdige Dinge zum Vorschein, die vordergründig erst mal keinen Sinn ergaben, als da wären: Klebeband, Teppichmesser, grüne Plastikgießkanne, Papiertaschentücher, Heftpflaster und eine Literflasche mit transparenter Flüssigkeit.

Dann bat er die Geiseln, die Hände auf den Rücken zu halten, damit er ihnen bequemer die Handschellen anlegen konnte. Herr Schweitzer interpretierte das dahingehend, daß sich so langsam das Ende der Geiselschaft abzeichnete. Augenblicklich erhöhte sich sein Adrenalinausstoß, denn viel Phantasie war nicht vonnöten, sich vorzustellen, wen sich dieser Trinklein als Geisel, die ihn auf der Flucht begleiten sollte, auserkoren hatte. Darauf würde Herr Schweitzer seinen Arsch verwetten, daß er wieder den Schwarzen Peter ziehen würde. Einzig die Filialleiterin bekam keine Handschellen angelegt. Die Lage war ernst, aber nicht hoffnungslos, zumal Herr Schweitzer sich selbst als Berufsoptimisten bezeichnete.

In aller Seelenruhe holte Trinklein einen Bürostuhl, kletterte auf die Sitzfläche und schlang ein Seil um die Säule in der Nähe der Schaufensterscheibe, die gestern abend – mein Gott, wie die Zeit vergeht – von den Befreiungskriegern nicht hatte durchbrochen werden können. Auf der Rückseite befestigte er das Seil gewissenhaft mit mehreren Lagen Klebeband. Mit einem Fleischerhaken hängte er die Gießkanne an das Seil, überprüfte die Haltbarkeit der Konstruktion, indem er kurz daran zog, band eine Kordel an die Tülle und goß den Inhalt der Flasche in die Kanne.

Natürlich war es ihm gelungen, die Geiseln damit in Bann zu ziehen. Eine meditative Stille erfüllte den Raum. Herrn Schweitzer war als raste sein Herz. Er hatte nicht die geringste Idee, worauf das alles hinauslaufen sollte.

Dann ging Trinklein ohne große Umschweife zu seiner Exfrau, verpaßte ihr mit aller Kraft eine Ohrfeige, zerrte sie an den Haaren hoch und bugsierte sie auf den Bürostuhl. Theresa Trinklein-Sparwasser war viel zu überrascht, so wie alle anderen auch, um überhaupt etwas zu sagen, geschweige denn sich zu wehren. Im Nu hatte er ihr mit dem Klebeband den Mund verschlossen und sie samt Stuhl an die Säule gebunden, so daß sie sich so gut wie nicht mehr bewegen konnte.

„Was soll denn der Scheiß, spinnst du?“ Es war Uzi, die sich erneut in der Wortwahl vergriff. Doch Herr Schweitzer bewunderte ihre Chuzpe. Er hätte es sich nicht gewagt, nicht jetzt, damit verbesserte man sein Schicksal nicht.

Und Herr Schweitzer sollte recht behalten. Der Bankräuber drehte sich nämlich um und sagte eiskalt, daß es einem in derselben Temperatur den Rücken runterlief: „Dem Nächsten, der hier unqualifiziert dazwischenquatscht, brat ich eins über.“ Sein Blick gab zu verstehen, daß er jenes ohne mit der Wimper zu zucken auch tun würde.

Hat der Mensch Worte. Nun entwickelten sich die Dinge doch noch zu einer ernstzunehmenden Bedrohung, wo doch Herr Schweitzer gestern noch felsenfest davon überzeugt war, der Trinklein sei so übel nicht. Das war allerdings vor der Erklärung der Filialleiterin, es liefe ein Verfahren gegen ihn wegen Kindesmißbrauchs. Hatte er, Simon Schweitzer, etwa die ganze Zeit im Wolkenkuckucksheim verbracht oder hatte er gar völlig den Überblick verloren? Wie dem auch sei, die Lage war gespannt und Herrn Schweitzers Sinne geschärft. Trotz des Schlafmangels war er hellwach.

Auch Oma Hofmann, Uzi, Johnny und Popic saßen wie in Granit gemeißelt da und staunten gehörig, was vor ihren Augen passierte. Herr Schweitzer war sich sicher, der Bankräuber habe Uzi nun endgültig den Schneid abgekauft.

Und dann wurde es dramatisch. Mit dem Teppichmesser in der Hand ging Trinklein auf die Gefesselte zu.

Allgemein machte man sich darauf gefaßt, daß der Bankräuber sich nun mit dem Messer an seiner Ex zu schaffen machen würde. Die Geiseln bewegten schon mal den Kopf zur Seite, die Augen würden gleich folgen, sobald das Gemetzel losging.

Um ihre Vorahnung zu nähren, drehte Trinklein den Kopf der Filialleiterin mit brachialer Gewalt zur Seite. Aus ihren Augen loderte Haß und Angst zugleich. Die Klinge näherte sich ihrer Kehle.

Alle Augenpaare wendeten sich in Erwartung des Unabänderlichen ab.

Dann vernahm man des Bankräubers Stimme, kälter als je zuvor: „Ich werde dir jetzt mit dem Messer zwei Striche auf deine hübschen Backen ritzen. Wenn du dich bewegst, könnte es passieren, daß die Wunde viel größer ausfällt als geplant. Es liegt also an dir. Hast du mich verstanden?“

Herr Schweitzer wagte einen Blick. Die anderen auch. Theresa Trinklein-Sparwasser ließ sich nicht anmerken, ob sie verstanden hatte.

„Ob du mich verstanden hast?“ brüllte der Geiselnehmer wie von Sinnen. Sein Gesicht war puterrot und wutverzerrt.

Obwohl sie ihren Kopf kaum bewegen konnte, registrierte jeder das Nicken, unterstützt durch ein Klimpern der zitternden Lider. Sie hatte verstanden. Auf Gedeih und Verderb war sie ihrem Ex ausgeliefert. Es gab keine Chance mehr.

Trinklein ritzte fein säuberlich zwei etwa fünf Zentimeter lange senkrechte Linien von den Tränensäcken ausgehend auf ihre Backen. Mit einem Papiertaschentuch betupfte er die beiden fast schwärzlich schimmernden Rinnsale.

„So ist's gut“, war er sehr mit seiner Arbeit zufrieden. Er ging einen Schritt zurück als überlege er, wohin er sein Pinxit Trinklein setzen sollte. Wie ein Maler, dem ein letzter Pinselstrich zur Perfektion fehlte, tupfte er einen weiteren kleinen Blutstropfen hinfort. Sein Habitus drückte erhabene Würde aus.

Gemessenen Schrittes ging er abermals zum Container und kam mit weiteren Geräten zurück.

Zwei Minuten später hatte er eine kleine Kamera, so ein neumodisches Ding, auf ein Stativ geschraubt und auf die Filialleiterin gerichtet.

Auch stand eine Flasche Chivas Regal bereit, die, wie Herr Schweitzer konstatierte, vom Traveller mit Wohlwollen fixiert wurde. Erstaunlicherweise forderte er keinen Anteil ein.

Trinklein goß zwei Daumenbreit Whiskey in einen weißen Plastikbecher. „Ich mach dir jetzt das Klebeband vom Mund, und dann trinkst du den Becher aus. Wenn du schreist, war es dein letzter Schrei.“ Drohend hielt er ihr die Beretta 92 an die Schläfe. Mit einem Ruck entfernte er das Klebeband und hielt ihr das weiße Plastik an die Lippen. „Trink.“

Theresa Trinklein-Sparwasser tat wie ihr befohlen. Herr Schweitzer hatte das Gefühl, sie sträubte sich nicht wirklich. Das konnte er gut verstehen, auch wenn er Schnaps in der Regel ablehnend gegenüberstand. Wenn alles gut ging, würde er sich heute abend auch ganz schön einen genehmigen.

Dann setzte sich der Geiselnehmer rittlings ihr gegenüber auf einen Stuhl und zündete sich einen Zigarillo an. Genüßlich inhalierte er ganz tief und grinste. Es war ein Lächeln, das Herr Schweitzer nicht einzuschätzen wußte. Weder diabolisch noch herzlich. Irgendwo dazwischen.

„Die Chance ist gut. Das sind mindestens sechs Meter", freute sich Annie Landvogt. Die Rede war von der Strecke, die der Bankräuber mit der Geisel zum Fluchtauto zurücklegen mußte. Wegen der Litfaßsäule, den Bäumen und Pfosten war es unmöglich, den Wagen näher heranzufahren. Zu dem Beamten, der den Funkkontakt zu den Präzisionsschützen hielt, sagte sie: „Und schärfen Sie den Jungs ja ein, daß sie nur schießen sollen, wenn das Leben der Geiseln nicht gefährdet ist."

„Aber das habe ich doch schon zweimal in der letzten halben Stunde getan."

„Dann eben noch mal. Das kann nicht schaden." Sie blickte auf die Uhr. Zwanzig nach zehn. Der Countdown lief. Die nächsten zwei Stunden konnten über ihre Karriere entscheiden. Zur Sicherheit hatte sie auch Apostel Hollerbusch wieder hergebeten. Offiziell, weil er vielleicht hernach für das Seelenheil der Geiseln von Nutzen sein konnte. Insgeheim aber, und das durfte sie keinem anderen erzählen, fühlte sie sich einfach nur besser, wenn ein Geistlicher in dieser schwierigen Situation in ihrer Nähe war. Dabei war sie vor Jahren schon aus der Kirche ausgetreten.

Ludger Trinklein saß einfach nur da und freute sich. Fünf Minuten waren vergangen, in denen kein Wort gefallen war. Von Zeit zu Zeit zog er an seinem Zigarillo und nippte am Whiskey. Sein Blick ging in die Ferne, die sich irgendwo rechts oberhalb seiner Exfrau befinden mußte. Gelegentlich bedachte er sie kurz, schien überrascht zu sein, sie hier vorzufinden, und widmete sich alsbald wieder dem Punkt im Nirgendwo, der eine solche tiefgreifende Freude in ihm auslöste.

Selbstredend waren die Geiseln durch dieses Gebaren verunsichert, gleichwohl man es ihnen nicht ansah. Es war, als hätten sie sich darauf verständigt, keine Schwäche zu zeigen. Es lag etwas in der Luft und, obwohl man nicht wußte, was es war, konnte es nur etwas Schlechtes sein. Die Vorzeichen hatten sich seit gestern entschieden geändert. Dragoslav Popic schrieb nicht mehr, obschon er der Einfälle noch viele auf Lager hatte, denn selbst dieses geringe Geräusch des Schreibens vermochte eine Explosion hervorrufen.

Solchermaßen war die Stimmungslage, als der Bankräuber zum Sprechen ansetzte: „So."

Die Geiseln zuckten allesamt zusammen.

„Wie ihr gestern von Thesi erfahren habt", er zeigte mit der Pistole auf die Filialleiterin, „findet morgen ein Verfahren gegen mich statt."

Mit mokantem Lächeln musterte er die Geiseln eine nach der anderen.

„Wegen Kindesmißbrauchs. Ich habe meine eigene Tochter vergewaltigt. Vier Jahre, das Kind."

Abermals ließ er den Blick schweifen. Seine Stimme verriet keinerlei Emotionen.

„Sagt Sie." Auf dem Absatz machte er kehrt, die Beretta zielte auf seine Ex.

Wie auf Kommando drehten sich die Köpfe. Theresa Trinklein-Sparwassers große Augen stierten in den Lauf. Todesangst spiegelte sich darin. Ihr Mund stand weit offen.

„Leider wird es zu diesem Verfahren morgen gegen mich nicht kommen. Aktuelle Ereignisse werden es verhindern." Er sprach weiterhin mit der Stimme eines neutralen Berichterstatters.

„Dabei wollte ich gar kein Kind. In keiner Sekunde meines Lebens wollte ich welche. Ausschlaggebend soll ein kosmischer Eisprung mitten in der sicheren Zeit gewesen sein. Ha."

Trinklein spielte mit der Beretta, warf sie über wenige Zentimeter von Hand zu Hand, hielt inne und betrachtete sie, als sähe er sie zum erstem Mal, als überlege er, wie die Pistole wohl in seinen Besitz gekommen sein mochte.

„Eigentlich habe ich Kinder immer gehaßt. Wußtet Ihr übrigens, daß es eine Statistik darüber gibt, die zeitlich genau belegt, wieviel Freude ein Kind in den Jahren bis zur Volljährigkeit bereitet?"

Erwartungsvoll schaute er in die Runde.

Na und, du widerliches Arschloch, dachte Herr Schweitzer, ist das vielleicht ein Grund, es zu mißbrauchen? Gerne hätte er, der sonst immer Gewaltverzicht predigte, auch eine Pistole gehabt.

Dann hätte er Trinklein gerne jene Statistik erklärt, die besagte, wieviel Prozent Vergnügen dabei ist, ihn, den Pädophilen, über den Haufen zu schießen.

Wiederum war es Uzi, die aus ihrem Herzen keine Mördergrube machte und ihrer dezidierten Meinung Ausdruck verlieh: „Wen interessiert das Geschwätz eines Kinderschänders?"

„Wart's ab", erwiderte Trinklein ruhig.

Respekt, Respekt, dachte Herr Schweitzer. Wenn alle soviel Mumm in den Knochen hätten wie diese Punkerin, sähe die Welt anders aus. Besser. Viel besser.

Trinklein: „Na, ihr kommt wohl nicht drauf. Ich will's euch sagen: fünf Prozent. Maximal lächerliche fünf Prozent der Zeit, wohlgemerkt im Wachzustand, erfreut so ein Balg die Elternherzen im Laufe von achtzehn Jahren. Der Rest ist Ärger, im besten Fall Gleichgültigkeit, Existenzkampf wegen der Kohle." Sein Blick streifte kurz die prall gefüllten Geldsäcke, die schon lange nicht mehr im Brennpunkt des Geschehens standen.

„Und ich Idiot habe damals, nachdem es geschehen war, zu Thesi gesagt, ja, ich liebe Dich und trage die Verantwortung mit, obwohl mir alle Gründe, die dagegen sprachen, hinlänglich bekannt waren. Ich Vollidiot. Und das war dann auch, wen wundert's, das Ende unserer Beziehung. Mit der Geburt Magdalenas hat die Beziehung Ludschi-Thesi aufgehört zu existieren. Stimmt's, Thesi? Von da an gab's so gut wie keinen Sex mehr. Einmal im Monat, wenn's hochkam."

Das war die Stelle, an der Herr Schweitzer, späterhin, in der Retrospektive betrachtet, an einem Punkt angelangt war, den man getrost als Wendepunkt bezeichnen konnte, obwohl nichts in den Äußerungen des Bankräubers eine Änderung in des Herrn Schweitzers Gefühlswelt zwingend erforderlich gemacht hätte. Es war mehr so eine Eingebung, vielleicht eine flüchtige Idee, die zu greifen es noch zu früh war. Denn eigentlich hätte er denken müssen, als Trinklein die Bemerkung gemacht hatte, man habe seit des Kindes Geburt nur noch einmal monatlich die Ehe zelebriert, daß dies noch lange kein Sexualdelikt rechtfertigte, daß es für sein pervertiertes Verhalten nämlich überhaupt keine Entschuldigung gab, es sozusagen unentschuldbar war. Das und nichts anderes hätte Herr Schweitzer angemessenerweise denken müssen. Aber aus einem ganz und gar nicht nachvollziehbaren Grund heraus tat er es nicht.

Vielleicht gedachte er der wenigen Eltern in seinem erweiterten Bekanntenkreis, bei denen die Problematik ähnlich gelagert war. Meist waren es die Frauen, die ihren Kinderwunsch verwirklicht sehen wollten. Bei ein oder zwei von ihnen war es sogar soweit gegangen, daß sie bewußt und sehenden Auges einen Mann in Kauf genommen hatten, von dem sie von vornherein wußten, daß er zu einer glücklichen Beziehung ganz und gar nicht taugte, nur weil er zu Kindern nicht kategorisch Nein gesagt hatte. Und heute saßen sie da, hatten ihre Kinder, in die sie all ihre Entbehrungen hineinstopften, und hofften, daß der Ehemann Überstunden machte, nur damit sie wenigstens die kurze Spanne nach dem Zubettbringen der Kinder ein menschenwürdiges Leben führten. Unterstützt durch den Fernsehapparat und Tabletten oder anderen Drogen. Daß der Mann sowieso keine Lust mehr hatte, heimzukommen und längst außer Haus bumste, interessierte kaum.

„Tja, und dann war Magdalena da, und irgendwann einmal fing ich an, sie zu lieben. Das kam ganz automatisch, ich wollte es nicht, wirklich nicht. Zuerst lachte ich nur, wenn sie ihre Späße machte, fand sie einfach nur goldig, wie man ein Meerschweinchen goldig findet." Trinklein stieß einen tiefen Seufzer aus. „Ich weiß nicht, ob das bei anderen Männern auch so ist. Hab mir darüber nie Gedanken gemacht. Auf alle Fälle gab mir Magdalena etwas, das ihre Mutter mir entzogen hatte. Mein Herz war wieder voller Liebe."

Herr Schweitzer bemerkte, wie seine Mitstreiter ihrem Peiniger förmlich an den Lippen hingen. Ihm selbst ging es ja auch nicht anders.

„Und dann, als sie merkte, daß Magdalena mich mochte, wurde Thesi eifersüchtig. Auf jeden. Auf mich, auf die Kindergärtnerin, auf alle. Und deswegen wurde Magdalena auch wieder aus dem Kindergarten abgemeldet. Wurde statt dessen tagsüber bei der Oma geparkt, obwohl Thesi ihrer Mutter auch nicht traute. Nicht wahr, Thesi, du traust ihr doch nicht, deiner Mutter."

Theresa Trinklein-Sparwasser kauderte etwas vor sich hin, was von der Betonung her einer unwirschen Lamentation am ähnlichsten klang.

„Und kaum, daß Magdalena auf zwei Beinen stand, wurde sie im Tennisclub angemeldet. Eine zweite Steffi Graf sollte sie werden, wenn es nach ihrer Mutter gegangen wäre. Urlaub? Ihr fragt nach Urlaub?" Theatralisch stand Trinklein auf, warf die Arme

(Sachsenhäuserisch: Ärme) in die Höhe und strich mit der linken Hand allumfassend über das Auditorium. „Ja, wißt ihr denn nicht, was so ein erstklassiger Tennislehrer heutzutage verlangt? Da redet ihr von Urlaub?"

Kein Mensch hatte von Urlaub geredet, hätte Herr Schweitzer fast bemerkt.

„Menschenskinder, ihr habt überhaupt keine Ahnung, wie das ist, ein Wunderkind großzuziehen. Bloß daß Magdalena absolut null Talent fürs Tennis mitbrachte. Fürs Klavier übrigens auch nicht. Völlig unmusikalisch, das Mädchen. Aber sagt das mal der Mutter."

Theatralische Pause, in der Trinklein auf seine Exfrau zuging und ihr die Pistole unters Kinn drückte. Abermals verzerrten Angst und Haß ihr Gesicht zur Grimasse.

„Na ja, und irgendwann verweigerte sich Magdalena. Sie hat nämlich einen ganz ausgeprägten Eigensinn, ganz wie die Mutter. Und nun, meine Damen und Herren", Trinklein verbeugte sich vor seinem Publikum, „kommen wir zu meinem Verbrechen."

Doch erst einmal ging der Bankräuber zu der Kamera und überzeugte sich davon, daß sie noch lief.

Das hatte Herr Schweitzer gar nicht mitbekommen, daß die Kamera das Geschehen bereits festhielt. Aber bei genauerem Hinsehen entdeckte er ein grünleuchtendes Lämpchen, das wohl die Aufnahmetätigkeit signalisierte. Natürlich fragte er sich, was das wohl zu bedeuten hatte. Wollte Trinklein auf Zelluloid bannen, wie er seine Frau umbrachte. Zelluloid? Nein, Herr Schweitzer glaubte gehört zu haben – immer horche, immer gucke, nämlich –, daß heutzutage kaum noch etwas auf Zelluloid gebannt wurde.

„Und mein Verbrechen, das besteht darin, daß ich Magdalena-Theresa, so heißt sie wirklich, Thesi legt da nämlich großen Wert drauf, dahingehend unterstützt habe, die schwachsinnigen Klavierstunden zu schwänzen."

Trinklein ging nun ein paarmal auf und ab, als überlege er, wie fortzufahren sei.

Er sagte: „Und einige Male rief ich die Klavierlehrerin an, sagte, daß Magdalena krank sei, nicht kommen könne. Statt dessen ging's in den Zoo, ins Kasperletheater, auf den Spielplatz. Halt das, was Kinder so mögen. Nicht daß ich mich jetzt als Übervater oder so verstehe, nein, weiß Gott nicht, aber irgendwie hatte ich ein Verhältnis zu meiner Tochter aufgebaut, wie ich es vorher nie für möglich gehalten habe. Ihr erinnert euch, ich mochte nämlich keine Kinder."

Keine der Geiseln dachte zu diesem Zeitpunkt mehr daran, daß Ludger Trinklein seine Tochter vergewaltigt haben sollte. Man war neugierig, wie die Geschichte denn nun weiterging. Der Bankräuber hatte etwas von einem mittelalterlichen Märchenerzähler, wie es sie in manchen Ländern, wie zum Beispiel Indien, heute noch zu Tausenden gibt.

„Klar, das konnte auf Dauer nicht gutgehen. Thesi kam dahinter, und dann war die Kacke am dampfen. Stimmt's Thesi? Das hat unserer Bilderbuchmutti gar nicht gefallen. Magdalena beim Spielen statt an der Karriere zu arbeiten."

Offenbar hatte sich Trinklein so in Rage geredet, daß er nicht anders konnte, als der Filialleiterin erneut mit aller Wucht eine Ohrfeige zu verpassen. Sofort fingen die Schnittwunden wieder an zu bluten.

Stoisch nahm sie den Schlag entgegen. Ihre Miene besagte, daß sie das unbotmäßige Verhalten ihres Ex aufs schärfste verurteilte. Nicht weil es wehtat, aber der nichtvorhandenen Etikette wegen.

Trinklein behandelte mit dem Papiertaschentuch die wiederaufgeplatzte Schnittwunde als wäre er schizophren. Die eine Person war gewalttätig, während die andere, um Neutralität bemüht, das Opfer verarztete.

Er fuhr fort: „Dann kam die Scheidung, logisch, der Mohr hatte seine Schuldigkeit getan und stand nur noch im Weg herum. Wahrscheinlich war alles von Anfang an so geplant, Thesi überläßt nämlich nichts dem Zufall. Selbst die Freude will geplant sein. Gelle, Thesi? An ihrem letzten Geburtstag saß sie mit einer Liste am Telefon und hakte ab, wer ihr gratuliert hatte. Das müßt ihr euch mal vorstellen, Freund A ruft an, Haken, Freund B ruft an, wieder ein Haken, Freund C, der vielleicht gerade im Urlaub ist, ruft nicht an, und schon hat Thesi ein Opfer fürs nächste Jahr. Das dürft ihr jetzt nicht wörtlich nehmen, vielmehr bekommt dieser Typ dann zu seinem Geburtstag von Thesi ebenfalls keinen Anruf und schneidet beim Klatsch im Freundeskreis die nächste Zeit verdammt schlecht ab. Ja, das ist sie wie sie leibt und lebt, unsere allseits beliebte Thesi." Wiederum ging Trinklein zu seiner Exfrau, beugte sich herunter, so daß er auf gleicher Augenhöhe mit ihr war. Anscheinend konnte er sich nur mit größter Mühe davon abhalten, sie einfach umzunieten. Die Beretta machte quasi selbständig eine dahingehende Bewegung.

Herr Schweitzer, müde wie er war, hatte zu kämpfen. Mit sich, mit der Welt, mit der Wahrheit. Ihm war, als stürze sein komplettes Gedankengebäude, das er die letzten zwanzig Stunden so mühsam aufgebaut hatte, in sich zusammen. Er wußte nicht mehr, und wer wollte es ihm verübeln, was er glauben sollte. Auch wenn er die Sache ganzheitlich zu verstehen versuchte, weit kam er nicht. Es waren zu viele mysteriöse Puzzleteile, die, jedes für sich genommen, zwar stimmig waren, aber von ihm nicht zusammengesetzt werden konnten. In dieser pikanten Angelegenheit fehlte ihm der Durchblick. Er war enttäuscht von sich. Der große Stratege Simon Schweitzer war nahe dran, die Götter um Rat bitten zu müssen, denn er selbst war alles andere als in Hochform. Und selbst wenn alle Teile scheinbar zu passen schienen, so blieb zum Schluß immer eines übrig, mit dem sich so gar nichts anfangen ließ. Und immer war es genau das Teil, das die Frage aufwarf, wozu das alles? Perverse Familienangelegenheiten hin, perverse Familienangelegenheiten her, was waren des Bankräubers Motive? War Herr Schweitzer hier Zeuge von Ludger Trinkleins Schwanengesang? Summa summarum: die Ereignisse liefen mal wieder aus dem Ruder.

Der Weise geht in sich, der Narr gerät außer sich, der Philosoph bleibt dazwischen. Vielleicht lag darin ja der Weisheit letzter Schluß, überlegte Herr Schweitzer.

Weiter kam er allerdings nicht, denn Trinklein setzte seinen Monolog fort: „Jaja, hier eine kleine Intrige, da eine kleine Lüge, so laviert sich unsere Thesi seit jeher voller Heimtücke durchs Leben. Und jetzt laßt uns doch alle gemeinsam mal das Verbrechen durchgehen, dessen ich angeklagt bin. Schön, daß wir drüber reden können, echt. Schließlich kann so eine Anklage wegen Kindesmißbrauchs das Leben ein Stück weit verändern, auch wenn es nur meins ist. Daß sich meine Freunde von mir abgewendet haben, kann man ihnen gar nicht mal verübeln, was? Gut, fangen wir also an.“

Trinklein schnappte sich den Stuhl und setzte sich so, daß er sowohl die Filialleiterin als auch die Geiseln vor sich hatte. „Dort sitzt die Dame, die mich angezeigt hat.“ Der Lauf der Beretta zielte in die grobe Richtung. „Und jetzt wollen wir uns gemeinsam anhören, welche Beweise sie vorzubringen hat. Thesi, bitte.“

Da waren Herr Schweitzer und die anderen Geiseln aber sehr gespannt. Denn Beweise sollte es bei einer solch schweren Anschuldigung schon geben.

Theresa Trinklein-Sparwasser nuschelte etwas, das kaum einer hörte. Dafür aber den Schuß, der ein paar Mosaiksteinchen aus der Säule herausbrach. Mörtel und Keramiksplitter verteilten sich im Raum.

„Lauter bitte, sonst versteht man dich nicht."

Zuweilen kann so ein Knall wahre Wunder bewirken. So auch bei der Filialleiterin. Unter ihrem Stuhl bildete sich eine Urinlache. Alle Impulse ihrer Widerstandskraft waren erlahmt, sie fing an zu weinen, erst ganz leise, dann erfaßte das konvulsische Zucken den ganzen Körper. Trotzdem versuchte sie zu sprechen, doch ihre Stimme brach, sobald sie ansetzte. Nach dem vergeblichen zweiten Versuch ertönte unbarmherzig der zweite Schuß.

„Wenn die Dame so freundlich wäre, beim Reden mal den Mund aufzumachen, schließlich haben wir hier nicht ewig Zeit, und die Geschworenen möchten doch ganz gerne endlich die stichhaltigen Beweise hören, damit sie das Sorgerecht für Magdalena der hochwohlgeborenen Frau Trinklein-Sparwasser zusprechen können. Also?"

„Waren da nicht zwei Schüsse eben?" fragte Apostel Hollerbusch besorgt, der neben der Oberkommissarin am geöffneten Fenster stand, um Frischluft zu tanken.

„Hat sich so angehört, nicht?" Annie Landvogt ließ das Fernglas sinken, das half allenfalls beim Gugge, nicht beim Horche. Sie ließ sich mit dem Präzisionsschützen verbinden, welcher bei der Buchhandlung Naacher, die, wie auch die anderen Geschäfte ringsum, bis auf weiteres geschlossen bleiben mußte, Stellung bezogen hatte und somit der Teutonischen Staatsbank am nächsten war, der aber nur zwei Plopps vernommen habe.

„Zwei Plopps", erklärte Frau Landvogt.

„Zwei Plopps? Was ist das, zwei Plopps?" wollte es der nach Vollkommenheit strebende Apostel genauer wissen.

„Das kann man schlecht sagen. Das extrem dicke Schaufensterglas verschluckt so gut wie alles, da können selbst unsere hochempfindlichen Richtmikrofone nichts ausrichten."

„Aber wenn man trotz dieser dicken Scheiben noch zwei Plopps hat hören können, so müßte es sich doch tatsächlich so verhalten, daß diese zwei Plopps ursprünglich mal zwei Schüsse waren." So allmählich bekam Apostel Hollerbusch das große Fracksausen, schließlich war mit Simon Schweitzer ein alter Freund unter denjenigen, denen man ans Leder wollte. Das Leben mit all seinen Facetten war mal wieder, trotz oder gerade wegen Gott, unberechenbar.

„Hoffen wir's nicht", sagte Annie Landvogt, mehr auf Wunsch denn auf Wirklichkeit basierend. Denn die Gretchenfrage lautete doch, was tun, wenn fürwahr geschossen worden war? Eine erneute Erstürmung kam ja nach dem Desaster von gestern nacht wohl kaum in Frage. Und außerdem wäre es ganz und gar nicht witzig, sollte der Bankräuber ausgerechnet jetzt, so kurz vor dem Ende, mit einem Amoklauf beginnen. Das wollen wir doch mal schnell verdrängen. Die Oberkommissarin wäre machtlos, allein schon deshalb konnten die beiden Schüsse selbst in der Entstehungsphase nur zwei lächerliche Plopps gewesen sein, wie sie zum Beispiel beim Öffnen von Champagnerflaschen entstehen. Allerdings hatte die Metzgerei Pomp gestern keine Champagner- sondern Rotweinflaschen geliefert, und ein herkömmlicher Weinkorken machte beim besten Willen nicht so laut Plopp, daß er mit einem Champagnerkorken verwechselt werden konnte. Das wäre doch sehr weit unter des Champagnerkorken Niveau gewesen. Nichtsdestotrotz durchforstete Annie Landvogt ihr Gedächtnis nach Erbauungsliedern während der Apostel sachlich-nüchtern überlegte, was nun zu tun sei.

Theresa Trinklein-Sparwasser hatte es ob der zwei Schüsse – nicht Plopps – die Sprache verschlagen.

Darob ward der Geiselnehmer arg erzürnt: „Paß auf, Thesi, ich will's dir erklären. Genau über dir befindet sich eine Gießkanne."

Alle Augen wandten sich zu besagtem Objekt.

„Und in dieser Gießkanne ist Salzwasser. Weißt du, was passiert, wenn ich an dieser Schnur hier ziehe und das Salzwasser dringt in die Schnittwunden auf deinem hübschen Gesicht? Na, weißt du das?"

Herr Schweitzer wußte es und war versucht, sich zu melden, um die Frage zu beantworten. Doch waren wir hier nicht in der Schule, also ließ er es bleiben. Außerdem wäre es albern gewesen.

Die Filialleiterin wußte es offensichtlich nicht, hatte möglicherweise in der Schule nicht aufgepaßt.

Langsam, doch mit einer gehörigen Portion Verachtung in der Stimme erklärte Trinklein, daß Narben zurückblieben, gelänge Salz in die Wunden. So machte man es nämlich in den einschlägigen Studentenverbindungen, die allesamt solch an Heroentum gemahnende Namen wie Germania, Teutonia und so weiter trugen, wo Schmisse im Gesicht Männlichkeit dokumentierte. Schmisse entstanden also durch Salz in der Wunde.

Jetzt hatte Theresa Trinklein-Sparwasser verstanden. Ängstlich schaute sie nach oben. „Meine Anwältin ..."

„Ja, meine Hübsche, wir hören", unterbrach der Bankräuber süffisant und sichtlich gut gelaunt.

„Meine Anwältin hat gesagt, ich soll ihr alle Bilder geben, die Magdalena-Theresa je gemalt hat, und dann war da eins dabei, wo meine Anwältin gesagt hat, daß ..."

„Ja, weiter so, ganz toll machst du das."

„Ein Bild, das einen Mann im halbgeöffneten Bademantel und in Unterhosen zeigt. Das sollst du sein, hat meine Tochter dann gesagt, als sie von Frau Holst dazu befragt wurde."

„Unsere Tochter", berichtigte der Geiselnehmer.

„Natürlich. Unsere Tochter." Die Filialleiterin stand kurz vor einem Nervenzusammenbruch.

„Und das soll alles sein, ein Bild von mir in Unterhosen und Bademantel?" fragte Trinklein, der die Antwort natürlich bereits kannte.

„Frau Holst sagt, das dürfte reichen", stotterte seine Ex.

Uzi intervenierte: „Dafür kann man doch nicht verurteilt werden."

Trinklein: „Dachte ich auch. Doch Frau Holst, ihre Anwältin, steht in dem Ruf, noch nie einen Sorgerechtsprozeß verloren zu haben. Da hilft's auch nicht, daß Magdalena lieber bei mir als bei ihrer Mutter bleiben möchte."

„Sie ist meine Tochter", schrie die Filialleiterin urplötzlich, „hörst du, meine Tochter. Wir brauchen keinen Mann im Haus."

Trinklein zog an der Schnur und das Salzwasser ergoß sich über der Filialleiterin Haupte. Nach einer Schrecksekunde erfolgte ein markerschütternder Schrei, der wohl recht passabel die erlittenen Schmerzen ausdrückte. Dann stand der Bankräuber auf, versetzte ihr mehrere Ohrfeigen auf einmal, drückte ihren Kopf nach hinten und flößte ihr eine ganze Menge von dem Chivas Regal ein. Man hatte das Gefühl, daß er ihr statt dessen lieber die Haut abgezogen hätte.

Spornstreichs leckte sich Johnny die Lippen.

Und Dragoslav Popic schrieb wieder.

Und Voltaire hatte doch recht, als er behauptete, Gott ist Bosheit. In diesem Sinne betrachtete Herr Schweitzer das ruchlose Geschöpf Theresa Trinklein-Sparwasser und dann den Tragöden Ludger Trinklein. Wie hatte er sich nur so an der Nase herumführen lassen können? Er, der gloriose Menschenkenner, dessen weitreichende Kenntnisse in Sachen Tiefenpsychologie an Tausenden von Kneipenabenden vertieft und geschliffen worden waren, er, der in Sachsenhausen von Hinz und Kunz in Beziehungsangelegenheiten um Hilfe und Rat gebeten wurde, hatte versagt wie ein Dilettant, wie ein blutiger Anfänger. Aber andererseits hätte sich auch nicht viel geändert, wenn er das Spiel von Anfang an durchschaut hätte, oder? Vielleicht hätte er den Bankräuber, der nun definitiv keiner war, von seinem Vorhaben abbringen können. Allein, er glaubte es nicht recht.

Und während Herr Schweitzer über alle möglichen Spielarten, was wann wie hätte anders laufen können, sinnierte, hatte Trinklein aus dem Container einen Kleiderstapel geholt und zog sich aus. Natürlich nicht ganz nackisch, nur bis zur Unterhose.

Seit langer Zeit meldete sich mal wieder Oma Hofmann zu Wort: „Anstatt Ihrem Striptease wäre es mir offengestanden lieber, Sie würden mir die Handschellen lockern. So eine alte Frau ist nämlich nicht mehr so gelenkig wie die Gummipuppe, die ich neulich noch war. Mir tun die Hände weh."

„Ja, gleich." Herr Trinklein zwängte sich in eine Jeans. Mit freiem Oberkörper ging er von Geisel zu Geisel und löste die Handschellen. „Daß ihr mir ja nicht ausbüchst."

„Und was wird jetzt aus Ihrer Frau?" wollte Uzi wissen derweil sie sich die Handgelenke rieb.

„Die kriegt ihr Fett noch weg, das kann ich euch versprechen", lautete die kryptische Antwort des Bankräubers während er sich einen erotisch bemerkenswerten BH anzog.

„Aber ist sie nicht krank?" bohrte Uzi weiter.

„Wenn Egoismus und ein mieser Charakter Krankheiten sind, dann vielleicht."

Rückblickend sprach einiges dafür, daß Uzi zu diesem Zeitpunkt bereits ahnte, wohin der Hase lief.

In die schwarzen Körbchen der weiblichen Reizwäsche steckte

der Bankräuber zwei gelbe Tennisbälle, was ihm einen anerkennenden Pfiff von Uzi einbrachte.

„Sexy, gelle."

„Na ja", wiegelte die Punkerin ab, „mein Stil ist es nicht. Ich steh mehr auf Männer mit Sicherheitsnadeln im Ohr und sonstwo."

Und sonstwo, wiederholte Herr Schweitzer für sich. Was bedeutet dieses Sonstwo? Doch nicht etwa ... Prüfend schaute er Uzi an, aber kein anzügliches Grinsen gab ihm eine Antwort. Gibt es tatsächlich Männer, die sich eine Sicherheitsnadel buchstäblich durchrammten? Uzis Bemerkung war doch leicht nebulös. Herr Schweitzer nahm sich vor, demnächst mal Klarheit in die Sache zu bekommen. Möglicherweise wußte Bertha vom Weinfaß was davon. Die hatte eine frivole Allgemeinbildung.

Über den BH zog sich der Bankräuber eine geblümte Bluse, die vor vielleicht einem halben Jahrhundert und damals auch nur in Offenbach inklusive Landkreis einem grausamen Modetrend jenseits allen Vorstellungsvermögens entsprochen hatte. Als sozusagen krönender Abschluß folgte eine blonde Perücke, wobei sich die Haarpracht auf den Schultern nach außen wölbte, ähnlich der Frisur Evelyn Hamanns in diversen Loriot-Sendungen. Dann bearbeitete Trinklein seinen Mund noch mit einem erdbeerroten Lippenstift. Im Zwielicht sah er aus wie eine Bordsteinschwalbe, die seit Urzeiten keinen Freier mehr hatte und in der Gosse nach einem ebensolchen Ausschau hielt.

„Hübsch", redete Uzi frei von der Leber weg.

Herrn Schweitzer kam diese Verkleidung wie ein Fanal gegen die Verrohung der Sitten vor.

Oma Hofmann schüttelte bloß mißbilligend den Kopf.

Johnny nutzte die Gunst der Stunde: „Wenn ich vielleicht einen Schluck von dem überaus leckeren Chivas kriegen könnte."

Herr Trinklein lächelte mit einem Anflug von Wohlwollen und füllte einen Plastikbecher für den Weltenbummler, der froh gewesen wäre, in einer anderen, ferneren Welt bummeln zu dürfen.

Dann ging der Bankräuber zur Filialleiterin und zwang sie, die Flasche zu leeren. Offensichtlich hatte sie bereits Schlagseite, denn ein Teil der Flüssigkeit rann ihr beim Schlucken die Mundwinkel herab.

Allgemein war man natürlich aufs äußerste angespannt.

Seine Schuhe hatte er sich nicht wieder angezogen, und so ging

Ludger Trinklein auf Socken zur Kamera, entnahm ihr die Kassette und überreichte sie Popic, der darob sehr überrascht war. „Wenn das hier vorbei ist, könnte sich die Kassette vielleicht vorteilhaft auf Ihre Karriere auswirken. Machen Sie was draus, und lassen Sie eine Kopie davon meinem Rechtsanwalt zukommen."

Dragoslav Popic bedankte sich artig und mit ungläubiger Miene. Sodann entfesselte Ludger seine geschiedene Frau, die unter dem Chivaseinfluß nun doch sehr daneben war. Halb wach, halb ohnmächtig folgte sie den Händen Trinkleins, der sie auf dem Stuhl sitzend so weit als möglich entkleidete. Den vollgepinkelten Rock warf er naserümpfend beiseite.

Daraufhin kleidete er Theresa Trinklein-Sparwasser in seine abgelegten Klamotten, so daß sie zumindest halsabwärts aussah wie vor kurzem noch er selbst. Daraufhin mußte sie sich wieder auf den Stuhl setzen und Trinklein begann, ihr mit einer großen Schere dergestalt die Haare zu stutzen, daß die nackte Haut des Halses zu sehen war.

„Was mast du denn da?" nuschelte die Filialleiterin besoffen.

„Nichts. Es ist nur zu deinem Besten."

„Hm? Nur su meim Besten?"

Selbstverständlich war die neu geschaffene Frisur an Horribilität kaum noch zu überbieten, und man fragte sich, wohin das alles führen sollte. Selbst Herrn Schweitzers außerirdische Phantasie war überfordert, er hatte keinen blassen Schimmer, was des Trinkleins Begehr sein konnte. Aus Rache jemanden zu entstellen kam ihm zu billig vor. Da mußte mehr dahinter stecken als solch ein schimpfliches Motiv. Doch was?

Selbst als der Bankräuber seiner sich kaum noch auf den Beinen halten könnenden Ex-Tussi die Strumpfmaske überzog und die schwarze Baskenmütze aus weichem Strick auf den geschorenen Kopf setzte, mit der er sich gestern maskiert hatte, ahnte niemand etwas.

Auch nicht, als er ein Gewehr holte, dessen Lauf gegen das Metall des Containers schlug und sich ein Geräusch vernehmen ließ, daß das Gewehr eindeutig als aus Plastik hergestellt erkennen ließ. Denn, Hand aufs Herz, ein ridiküles Spielzeuggewehr barg seit jeher wenig Grund zur Besorgnis.

Eine dünne Angelschnur, die als besonders reißfest gelten, befestigte Ludger nun am Lauf des Gewehres. Das andere Ende band er sich um die Taille.

Mittlerweile sah der Bankräuber aus wie eine Bordsteinschwalbe, die vergebens auf aus der Gosse auftauchende Freier gewartet hatte und nun, des vergeblichen Wartens müde, zu rabiateren Methoden griff. Herr Schweitzer malte sich das Bild aus, wie er, oder sie, den am Wasserhäuschen – in anderen Gegenden heißen die Dinger Kiosk – ahnungslos einen Schoppen und Doornkaat trinkenden Kunden erst gekidnappt und dann mit vorgehaltener Waffe gezwungen hatte, sich an ihm, oder ihr, zu verlustieren, auf daß ein Beischlafhonorar fällig werde. Herr Schweitzer grinste ob seiner ihn schon fast zyklisch heimsuchenden, jenseits aller Normalität liegenden Phantasie, die sich auch in Momenten wie diesen nicht abstellen ließ. Manchmal hatte er selbst beim Sex die abstrusesten Gedankengänge, von denen allerdings seine Liebste Maria von der Heide zum Glück nichts ahnte. Im letzten entscheidenden Augenblick hatte er sich noch immer zusammenreißen können.

„So, dann wollen wir uns mal ein Taxi bestellen", beliebte Herr Trinklein zu scherzen und griff zum Hörer.

In der Einsatzzentrale lag ein spannungsgeladenes Vibrieren in der Atmosphäre, als das Telefon klingelte. Nun, da man auf die Zielgerade einbog, war natürlich auch die Oberkommissarin nervös. Sie nahm ab.

„Ja?"

„Ich bin's. Der Bankräuber."

„Dacht ich's mir doch", versuchte Annie Landvogt der Aufregung mit Witz zu begegnen.

„Das mit dem Fluchtwagen steht doch noch, oder?"

„Natürlich, wir wollen doch nicht, daß Sie jetzt noch jemanden ins Jenseits befördern."

„So lob ich mir das. Und die 35 Millionen sind im Kofferraum, nicht daß da womöglich noch ein Flüchtigkeitsfehler unterläuft."

Mit dem ist doch eindeutig der Gaul durchgegangen, befand die Oberkommissarin. „Klar doch, 35 Millionen, so wie Sie's sich gewünscht haben."

„Und da redet die Welt von der Dienstleistungswüste Deutschland. Die sollten Sie mal kennenlernen und sich ein Beispiel nehmen."

„Finden Sie?"

„Wenn ich's doch sage. Wirklich klasse, wie Sie das alles gemanagt haben. Und jetzt lassen Sie bitte den Wagen vorfahren. Aber keine Mätzchen, verstanden?"

„Wie der Herr wünschen."

„Gut. Also los. Ciao Bella."

„Ciao Bello." Annie Landvogt starrte ein paar Sekunden auf das Schild der Teutonischen Staatsbank. Es war die Stunde der Entscheidung, nicht nur, was das Geiseldrama anging, sondern auch betreffs ihrer Karriere. Was Wunder also, daß sie nervös war.

„Lassen Sie das Auto vorfahren und sagen Sie den Präzisionsschützen, sie sollen sich auf ihre Aufgaben besinnen."

„So Kinderchen, dann wollen wir mal. Und Sie ...", Trinklein deutete auf Herrn Schweitzer, „mein lieber Herr Privatdetektiv ...", der sich umständlich und innerlich sein Schicksal verfluchend aufrappelte, „können diesmal sitzenbleiben. Die Arschkarte hat diesmal ein anderer gezogen. Oder vielmehr: eine andere."

Herr Schweitzer dankte Fortuna mit einem kurzen Stoßgebet, weil immerfort nur die Arschkarte ziehen auf Dauer doch ziemlich aufs Gemüt geht. Erleichtert ließ er sich wieder auf sein Sitzkissen fallen. Hoffnung kehrte zurück. Das Leben ist schön.

Routinemäßig verpaßte Herr Trinklein der Filialleiterin eine weitere immense Backpfeife, woraufhin bei der malhonett Gebackpfeiften eine kurze Ernüchterung eintrat, und sie ihren Verflossenen mit großen leeren Augen durch den Nylonstrumpf anschaute.

Das Fluchtauto hielt vor der Bank, und der Fahrer entfernte sich. Die Fahrertür stand offen.

„Auf, mein Schatz, wir gehen." Er drückte der Filialleiterin das Gewehr in die Hand, das ja gar nicht schießen konnte, aber ob das auch Theresa Trinklein-Sparwasser mitbekommen hatte, stand in der Sternen. Eher nicht.

„Wohin? Su meiner Tochter?"

„Ja, zu deiner Tochter. Da draußen steht ein Auto, da gehen wir jetzt hin. Ich voraus, und du mit dem Gewehr hinterher. Du zielst am besten immer auf meinen Rücken, und wenn ich nicht spure, knallst du mich einfach ab. So schwer ist das doch nicht, oder?"

„Nein, nisch so swer."

„Los geht's." Herr Trinklein ging auf seinen Socken zur Tür, mit dem Spielzeuggewehr in der Hand der Filialleiterin durch eine fast unsichtbare Angelschnur verbunden, die etwa anderthalb Meter Abstand zwischen ihm und der ihm brav folgenden Theresa Trinklein-Sparwasser ließ. Mit dem Schlüssel öffnete er die Schiebetür. Dann gingen beide durch die Außentür. Herr Trinklein kniff kurz die Augen zusammen, so sehr blendete ihn die schon seit langem vermißte Frühlingssonne. Dann nahm er beide Hände nach oben und tat den ersten Schritt nach dem Fluchtwagen an der Ecke zur Oppenheimer Landstraße.

Herr Schweitzer dachte, als er den Bankräuber mit seiner Ex im Schlepptau von dannen ziehen sah, daß dies aussehe als zöge nicht er sie, sondern als treibe sie, die ja in Ludgers Ganovenkleidung gepackt war, ihn, der von nahem aussah wie eine Bordsteinschwalbe, von weitem aber durchaus auch als extrem herausgeputzte Hausfrau durchgehen hätte können, mit einem echten Gewehr vor sich her. Nicht daß eine Bordsteinschwalbe per se keine Geisel sein durfte, doch war eine herausgeputzte Hausfrau in dieser Rolle schon wahrscheinlicher, auch wenn diese es privat faustdick hinter den Ohren haben mochte und in puncto Sexualpraktiken durchschnittliche Bordsteinschwalben locker in den Schatten stellte. Man sollte in dieser Hinsicht explizit Hausfrauen nicht unterschätzen, die haben ja alle Zeit der Welt, sich sexuell weiterzubilden. Beispiel Postbote.

Zusammenfassend kann also getrost gesagt werden, daß Herr Schweitzer meinte, der ganze Vorgang vermittle das Bild, ein Bankräuber treibe per Schießgewehr eine harmlose Geisel vor sich her. An und für sich war das ein der Situation angemessener Eindruck, wenngleich er trügerisch war. Aber da mußte man erst einmal drauf kommen. Da bedurfte es schon enormer Vorkenntnisse, etwa in der Art, wie sie Herr Schweitzer besaß. Die anderen Geiseln besaßen dieses Wissen natürlich auch, aber es waren nun mal Herrn Schweitzers Gedanken, die ihn logischerweise auch zu der Komponente Scharfschütze führten. Logischerweise deshalb, weil er in der Regel über enorme Geistesgaben verfügte, die ihn in Sachsenhausen schon zu Lebzeiten fast zur Legende haben werden lassen. Und wie Herr Schweitzer die deutschen Ordnungskräfte einschätzte, so sagte man ihnen ja nicht umsonst seit alters her gewisse Schwierigkeiten nach, um die Ecke zu denken. Will heißen, daß sie in diesem speziellen Fall annehmen würden, was sie sahen, daß da nämlich ein brutaler Geiselgangster eine aufgedonnerte Geisel zum Fluchtwagen dirigierte. Und wie man ja von der Festnahme Holger Meins in Bad Kleinen her wußte, schossen Scharfschützen, nomen est omen, gerne scharf, so daß aus der ehemals geplanten Festnahme des Terroristen eine sofortige Urteilsvollstreckung wurde. Das war dann halt ein Aufwasch. Da mag man sich gar nicht vorstellen, zu was die alles fähig sind, wenn dann noch das Leben einer unschuldigen Geisel auf dem Spiel steht. Das kann ja heiter werden, überlegte Herr Schweitzer, und weiterhin dachte er auch, daß dieser teuflische Plan mit Sicherheit von Trinklein exakt so ausgeheckt worden war, daß alles darauf hinauslaufen sollte, daß derselbe Staat, der ihn morgen wahrscheinlich zu einer empfindlich langen Haftstrafe wegen Kindesmißbrauchs verurteilt hätte, heute dafür Sorge trug, daß die Frau, die diesen Stein ins Rollen gebracht und sich mit der erfundenen Anschuldigung fast ebensoviel Schuld aufgeladen hatte, von den Schergen der Staatsmacht nun gleich erschossen werden würde.

Dies ging Herrn Schweitzer in Bruchteilen von Sekunden durch den Kopf, und das war mitnichten alles. In der folgenden Sekunde fiel ihm, weiß der Geier warum, Heinrich Spoerl ein, der einmal gesagt hatte, und dem ließ sich kaum noch etwas hinzufügen, daß Justiz Glücksache sei. Eingedenk dessen war es natürlich leicht nachvollziehbar, warum der Bankräuber handelte wie er handelte. Da hat dieser Trinklein uns doch alle gefoppt. Aber das, was Herrn Schweitzer letztendlich zum Eingreifen bewegte, war der Gedanke an die Tochter Magdalena-Theresa, die er zwar nicht kannte – er hatte ein x-beliebiges Kleinmädchengesicht vor Augen –, für die er aber grenzenloses Mitleid empfand. Denn wieder einmal waren es die Kinder, die unter den Bösartigkeiten, den Widerwärtigkeiten der Erwachsenen zu leiden hatten. Sei es im Irak, sei es hier, sei es sonstwo auf der Welt. Überall lief es doch ähnlich ab.

Doch Herr Schweitzer zögerte kurz. Warum um den heißen Brei reden, er hatte Angst. Selbstverständlich. Wer hätte keine gehabt? Und doch mußte er handeln, wollte er sich weiterhin allmorgendlich im Spiegel begrüßen. Periculum in mora, Gefahr besteht, wenn man zögert. Mit dieser lateinischen Weisheit, mit der sich schon die alten Römer – junge waren auch dabei – ins Kampfgetümmel stürmten, hatte sich Herr Schweitzer quasi aufgeputscht. In Nullkommanix war er aufgesprungen und losgeprescht. Es war schon ein beeindruckendes Bild, wie sich da die Kohorte Schweitzer in Bewegung setzte. Es krächzte, stöhnte und schwabbelte. Die Schiebetür stand noch offen, die nächste war ein unbedeutendes Hindernis.

An diese dreißig Sekunden würde Annie Landvogt ihr Leben lang zurückdenken. Dabei war es nicht mal eine halbe Minute. Zuerst ging die Tür auf und eine Nutte trat heraus. Später sollte sich herausstellen, daß es gar keine Nutte war, die da wie eine aussah. Doch vorerst vermeinte die komplette Besatzung, die Dame, die da mit erhobenen Ärmen (Hochdeutsch: Armen) aus der Tür trat, sei eine Dame des horizontalen Gewerbes. Der Beamte, der für die Technik zuständig war, glaubte sogar, in der Frau auf den ersten Blick diejenige wiederzuerkennen, bei der er gestern nach dem Skatabend in der Breite Gasse noch vorbeigeschaut hatte und hundertfünfzig Euro für fast gar nichts gelassen hatte.

Dabei durfte laut Plan respektive den von Oma Hofmann der Polizei zugespielten Informationen gar keine Nutte in der Geiselschaft vertreten sein. Doch selbst wenn die Oberkommissarin zu diesem Zeitpunkt daran gedacht hätte, geändert hätte sich ohnehin nichts.

Und dann erschien der Geiselnehmer. So schien es zumindest. Es war nur folgerichtig, daß sie die Präzisionsschützen anwies, die Person mit dem Gewehr ins Visier zu nehmen. Obwohl mehr als ein Meter Abstand zwischen Geisel und Täter herrschte, die Lage also als nachgerade optimal für einen finalen Befreiungsschuß war, konnte sich Annie Landvogt nicht sogleich dazu durchringen, den Schießbefehl zu erteilen. Theorie und Praxis sind eben zwei verschiedene Paar Stiefel, nirgends wird das so deutlich wie in der Praxis. Und als sie es dann doch tat – die beiden Personen hatten bereits die Hälfte der Wegstrecke zurückgelegt – fühlte sie einen Kloß im Hals. Nicht nur das, denn fast zeitgleich öffnete sich die Tür zur Teutonischen Staatsbank erneut und ein Walroß schoß heraus, das augenblicklich ein neues Licht auf das Handlungsgeschehen warf. Nicht das Walroß in Form von Herrn Schweitzer warf ein neues Licht, nein, denn dieses Geschoß war ob der Leibesfülle mehr für den Schatten verantwortlich, sondern die Tatsache, daß überhaupt eine weitere Person auftauchte, wo doch alle Konzentration nun darauf ruhen sollte, die Geisel endlich zu befreien, denn das Leben Unschuldiger sei das höchste

Gut, was es zu schützen gelte, hatte es auf der Polizeischule geheißen. Doch gemach, gemach. Im selben Moment, in dem dieser wildfremde, walroßartige Mensch aus der Tür stürmte, revidierte die Oberkommissarin ihren Schießbefehl nur allzu gerne. „Halt, nicht schießen."

Leider befand sich auf dem Dach des Eckhauses zur Schneckenhofstraße ein Kerl namens Klaus Hennerlein, der sie nicht mehr alle hatte. Es war die Faszination des Verbrechens, die ihn zum Polizisten hatte werden lassen. Die Ausbildung zum Präzisionsschützen hatte er deswegen in Angriff genommen, weil er endlich mal wissen wollte, wie das so ist, einen Menschen zu töten. In einer anderen Zeit wäre er sicherlich Soldat geworden, aber diese wurden ja lediglich zu läppischen friedensstiftenden Missionen beordert. In Kläuschen Hennerleins Augen waren das allesamt Weicheier. Er selbst würde am Wochenende auf dem Bruchköbeler Feuerwehrfest im Mittelpunkt stehen, weil er diesen gemeingefährlichen Geiselgangster quasi im Alleingang eliminiert haben würde. Also schoß er. Den Schießbefehl gab es ja, der Widerruf wäre zu spät erfolgt. Das würde er jedenfalls in den Einsatzbericht schreiben, falls es dazu überhaupt kommen sollte.

Natürlich war das, wie bereits erwähnt, kein Walroß, wissenschaftlich: Odobenus rosmarus, das die Außentür aufstieß, denn die Viecher wiegen ja schon bei der Geburt siebzig Kilo. Im übrigen gehörte Sachsenhausen gar nicht zu ihrem Verbreitungsgebiet, das befand sich nämlich im Norden, in Pazifik und Polarmeer. Vielmehr handelte es sich, wie wir alle wissen, um Herrn Schweitzer, der, erst einmal in Bewegung, kaum aufzuhalten war, auch wenn er sich beim Öffnen der Tür schmerzlich an der Schulter gestoßen hatte. Dann sah er etwa drei Meter vor sich den Rücken der leicht torkelnden Filialleiterin. Nicht schießen, wollte er schreien, doch Herr Schweitzer pfiff auf dem letzten Loch, so kam es, daß ihm statt dessen nur ein unartikulierter Laut entwich. Dafür warf er sich mit einer letzten Kraftanstrengung und den Händen voraus auf die Beine Theresa Trinklein-Sparwassers, die daraufhin auch planmäßig zu Boden ging. Sein Bauch federte den Aufprall auf den harten Gehwegplatten ab. Irgendwo vor ihm schlug eine Kugel ein. Er spürte den Kuß des Todes. Zementsplitter flogen herum und trafen ihn ins Gesicht. Herr Schweitzer überlegte kurz, ob er eventuell tot sei, stellte fest, daß nicht und ließ vor Erleichterung saftig einen fahren.

Und dann akkumulierten die Ereignisse. Trillerpfeifen pfiffen, Stiefel hallten, Stimmen überschlugen sich, Sirenen heulten auf, Handschellen klimperten und tausend Hände halfen ihm auf die Beine.

Zehn Minuten später hatte sich die Sachlage soweit geklärt, daß man mit Fug und Recht behaupten konnte, Herr Schweitzer habe der Filialleiterin das Leben gerettet. Mit einem Steckschuß im Oberschenkel war sie ins Krankenhaus eingeliefert worden. Der Scharfschütze Klaus Hennerlein hatte auf den Brustkorb gezielt. Ludger Trinklein war überwältigt und festgenommen. Annie Landvogt kümmerte sich persönlich um die befreiten Geiseln, und ein von Melibocus engagierter professioneller Fotograf schoß Bilder, die meisten von Herrn Schweitzer, Dragoslav Popic und der Oberkommissarin, der Bankräuber war ja gleich weggebracht worden. Apostel Hollerbusch von der Gemeinde des Barmherzigen Heilands von Nazareth und Umgebung hatte Tränen in den Augen, als er seinen alten Freund in die Arme schloß.

„Mensch Simon, Gott sei Dank ist alles gut gegangen."

Er verkniff sich zu sagen, daß der Weltenlenker seine Finger hier nicht im Spiel hatte, andernfalls hätte er, Herr Schweitzer, sich hier nicht so beachtlich in Szene zu setzen brauchen. Aber es lag ihm fern, dieses dem Apostel justament in diesem Augenblick zu verklickern.

Ein weiterer bewegender Moment generierte, als plötzlich die vom Apostel herbeitelefonierte Maria von der Heide auf der Bildfläche erschien. Soweit es ihre Stiefeletten von Laura Gori Camello zuließen, stürmte sie mit weit ausgebreiteten Armen auf den Helden zu, herzte und drückte ihn hernach so feste, daß ihm fast die Luft wegblieb und krallte ihre Fingernägel unter allerhand Liebesbekundungen in den Rücken ihres Liebsten. Na also, dachte dieser daraufhin, da haben wir's ja, wer krallt hier wohl wen, hä? Er jedenfalls nicht. Außerdem unterdrückte er bei der Umklammerung heroisch den Schmerzensschrei, nach dem seine wehe Schulter verlangte.

„Jaja, mein Schatz, ist gut jetzt. War doch alles nur halb so schlimm", versuchte Herr Schweitzer seine Maria zu beruhigen, die ihre Tränen nur mühsam unterdrücken konnte. Er kam sich vor wie in einer dieser Vorabendserien, zu denen sich das deutsche

Fernsehvolk magisch hingezogen fühlt, weil die so schön schnulzig sind und das Volk lieber schmachten als denken mag. Da ändert sich auch nichts mehr dran. Da mögen die Kommunisten noch so viel agitieren, wenn sie das nicht begreifen, ist es ein für allemal Sense mit dieser Ideologie. Ist es abgesehen von Kuba und China ja eh fast schon.

Die Oberkommissarin drängte Herrn Schweitzer, sich doch ins Krankenhaus fahren zu lassen, um sich mal richtig nach eventuell noch nicht diagnostizierten Verletzungen durchchecken zu lassen. Doch Herr Schweitzer war ein Dickkopf und erlaubte dem Arzt lediglich, zwei durch die Zementsplitter verursachten, kleine Wunden im Gesicht mit Jodtinktur und Pflaster zu versorgen, sowie die geprellte Schulter mit einer homöopathischen Salbe einzureiben und dann mit einer Bandage ruhig zu stellen. Das letzte Mal sei er nämlich bei seiner Geburt im Krankenhaus gewesen und wegen Bagatellen wie diesen werde er seinem Grundsatz schon mal aus Prinzip nicht untreu. Und falls sich doch noch ein Kopfschuß herausstellen sollte, werde er morgen früh, das sei zeitig genug, zum Onkel Doktor gehen, außerdem wolle er heute abend unter allen Umständen ins Weinfaß, basta.

„Mach's gut, Alter“ sagte Uzi und reichte ihm wohlerzogen die Hand, was gewißlich nicht der szenegetreue Abschiedsgruß der Punker war.

„Ja, mach ich, und paß auf dich auf.“

„Worauf du einen lassen kannst.“ Uzi drehte sich um und ging. Das Fuck auf ihrer Lederjacke kam der Sache schon näher, auch wenn sie nicht roch.

Dann erschienen die Japaner, und Kogyo überreichte ihm den Bildband, den er selbst heute morgen zum Geburtstag geschenkt bekommen hatte. „Thank you for everything.“ Herr Schweitzer war zu Tränen gerührt. Irgendwo hatte er einmal gelesen, daß Asiaten es einem übelnahmen, lehnte man ihre Geschenke ab. Also nahm er an. „Thank you too.“ Dann gingen sie zu ihrem Taxi nach Heidelberg. Ihre Lebenslinien hatten sich nur kurz, aber prägnant gekreuzt.

„Es hat mich gefreut, deine Bekanntschaft zu machen“, verabschiedete sich auch Oma Hofmann. „Dienstags bin ich immer im Lesecafé, wenn du mal Lust hast vorbeizuschauen.“

Maria von der Heide und Annie Landvogt wunderten sich ob der Abgeklärtheit der Geiseln, die zudem noch so kameradschaftlich miteinander umgingen, als käme man gerade vom Betriebsausflug, aber sie hatten ja noch keine Ahnung, daß das gar kein Banküberfall gewesen war.

„Was passiert jetzt eigentlich mit Ludger, äh, mit dem Bankräuber?“ fragte Oma Hofmann die Dame vom BKA.

„Das wird hauptsächlich von Ihren Aussagen morgen abhängen. Aber ein paar Jahre wegen Geiselnahme werden's schon werden“, erklärte Frau Landvogt, die trotz der Müdigkeit blendend gelaunt war. Schließlich war das Unternehmen doch recht erfolgreich zu Ende gegangen. Kaum einen Toten, die Filialleiterin zwar nicht leicht, so doch auch nicht lebensgefährlich verletzt und das ganze Geld sichergestellt. Innenminister und Polizeipräsident hatten schon gratuliert.

Den Einkaufswagen hinter sich herziehend entfernte sich Oma Hofmann. Maria von der Heide und Herr Schweitzer hatten die Seiten getauscht. Im Laufe ihrer fast anderthalbjährigen Beziehung hatte es sich eingebürgert, daß er auf der linken, sie auf der rechten Seite ging. Doch aufgrund der im revolutionären Volksbefreiungskampf zugezogenen Schulterprellung seinerseits hatten sie ihre angestammten Positionen wechseln müssen. Es hatte auch ein wenig gedauert, bis sich die Finger ihrer rechten mit denen seiner linken Hand ineinandergewurschtelt hatten. Romantisch überquerten sie die Schweizer Straße, wo Ordnungskräfte dabei waren, die Absperrbänder zu entfernen.

Auch die Geschäfte rund um den Schweizer Platz öffneten wieder ihre Pforten. Vor der Buchhandlung wurde Herr Schweitzer vom stets strubbeligen Buchhändler-Jörg erstens gegrüßt und zweitens darüber informiert, daß das von ihm bestellte Werk Véronique Olmis da sei.

„Dann nehm ich's doch gleich mit.“ Herr Schweitzer freute sich auf das Buch mit dem Titel Meeresrand, von dem es hieß, es sei klasse und etwas außerhalb gängiger Literatur angesiedelt. Er hatte so seine Informanten, und die fehlten in dieser Hinsicht selten.

„Komm, laß es mich bezahlen, ich möchte dir etwas schenken“, sagte seine Herzensdame, nachdem Herr Schweitzer schon das Portemonnaie gezückt hatte.

„Danke.“ Sie küßten sich.

Als sie wieder auf die Straße traten, kam Dragoslav Popic des Weges. „Ach gut, daß ich dich noch treffe, sag mal, bist du wirklich Privatdetektiv?"

„Na ja, nicht so richtig."

„Dacht ich's mir doch. Und was arbeitest du wirklich?"

„Nichts."

„Nichts?"

„Nichts."

„Kann ich bestätigen, der Herr arbeitet nicht", sagte Maria von der Heide sybillinisch, „dafür kann er gut kochen und andere Dinge."

Sie schlenderten die Schweizer Straße hoch. Da die Sonne schien, fiel es Herrn Schweitzer gar nicht auf, daß er mal wieder einen Regenschirm, diesmal in der Teutonischen Staatsbank, vergessen hatte. Um seinen braunen Nappaledermantel war es auch nicht schade, Maria wird's ihm verzeihen.

Am Abend war im Weinfaß am Ziegelhüttenplatz der Teufel los. Bertha, die Wirtin, sollte später sagen, daß dies der umsatzstärkste Werktag ever gewesen sei. Er konkurriere sogar stark mit Sylvester von vor sieben Jahren, auch da habe das Lokal gebebt.

Samtvorhänge hatten sich geteilt und eine vivatschreiende Menge Maria und den lorbeerbekränzten Herrn Schweitzer zum Tresen geleitet, wo seine Durchlaucht immer und immer wieder über sein überstandenes Abenteuer räsonieren mußte. Selbstredend hinkte die Wirklichkeit den Schilderungen Herrn Schweitzers immens hinterher, aber das kümmerte das Fußvolk heute wenig. Ganz Sachsenhausen war vertreten. Vom Apostel der Gemeinde des Barmherzigen Heilands von Nazareth und Umgebung zu Karin Schwarzbach, die seit dem gewaltsamen Tode ihres Mannes förmlich aufblühte, auch wenn die Spuren früherer Ausschweifungen tiefe Furchen ins Gesicht gegraben hatten, von der bildhübschen, griechischen Wirtsleutetochter Violetta bis zu Herrn Schweitzers Halbschwester Angie, die sonst abends so gut wie nie ausging. Bis auf einen heißen Feger mit tiefgeschnittenem Dekolleté waren es alles bekannte Gesichter.

Mit seinem Schulterverband und den zwei Pflastern im Gesicht wirkte Herr Schweitzer überzeugend mannhaft. Ein klitzekleines Mittagsschläfchen von etwas mehr als vier Stunden hatte neue Energien freigesetzt, und so war Herr Schweitzer ein Ausbund an Lebensfreude und plapperte ohne Punkt und Komma. Und auch um seinen Lieblingswein, einen fruchtigen Chardonnay aus dem kalifornischen Sonoma brauchte er sich nicht zu kümmern. Immerfort fand sich ein Gast, der die nächste Runde spendierte. Das läpperte sich.

Schon nach der zwölften Wiederholung seiner heldenhaften Aktion zur Lebensrettung Theresa Trinklein-Sparwassers war klar, Herr Schweitzer würde in die Geschichte Sachsenhausens eingehen. Selbst einer Heiligsprechung stünde kaum noch etwas im Wege.

Gen Mitternacht, noch war außer Angie niemand gegangen, notierte Herr Schweitzer auf einem Bierdeckel, daß er morgen den Sauerbraten vom Metzger abholen mußte. Seit sein Gedächtnis in die Jahre gekommen war, mußte er ab und an tief in die Trickkiste greifen.

Es muß so zwischen eins und zwei gewesen sein, als ein pakistanischer Zeitungsverkäufer den proppenvollen Laden betrat. Trotz der Lautstärke hatte er sich Gehör verschaffen können, was ursächlich auf seine Produktpalette zurückzuführen war, die aus nichts anderem als dem Sachsehäuser Käsblättche bestand. „Ein Euro. Das Neuste vom Geiseldrama. Rentner verhindert Blutbad."

„Ein Rentner?" kam es vom Apostel der Gemeinde des Barmherzigen Heilands von Nazareth und Umgebung.

„Ein Rentner?" fragte Maria von der Heide.

„Wie? Ein Rentner? Gib her." Herr Schweitzer, der schon mächtig einen sitzen hatte, und dessen sakrale Aura dementsprechend in Gefahr war, gab dem Gastarbeiter fünfzig Euro und hatte damit sämtliche restlichen Exemplare erstanden. Die erste und auch vorläufig letzte kostenpflichtige Ausgabe des Sachsehäuser Käsblättchens wurde im Weinfaß verteilt. Dann stürzte sich Herr Schweitzer auf die Buchstaben. „Wieso ein Rentner? Ich bin doch kein Rentner, hicks."

„Aber du hast diesem Dragoslav Soundso doch heute mittag noch gesagt, daß du nicht arbeitest", besänftigte ihn seine Liebste. „Was soll der denn sonst denken?"

Herr Schweitzer dachte nach und sagte dann: „Aber Rentner, die sehen doch anders aus, älter, oder?"

Maria lag ein lustiger Spruch auf den Lippen, wie sich jedermann denken kann, der aber von der grölenden Menge verhindert wurde. Allgemein machte man sich sehr lustig über den Rentner Schweitzer. Was er denn zur Rentendebatte im Bundestag meine?

Wie es denn mit dem Sex so klappe, in seinem Alter?

Dann gab es noch ein großes Hallo, als der Nackte Jörg die Wirtschaft betrat. Da nur altgediente Sachsenhäuser anwesend waren, wurde er familiär aufgenommen. Bertha gab ihm wie immer ein kleines Bier aus, denn wie immer hatte der Nackte Jörg kein Geld einstecken. Wo auch?

Im Morgengrauen endlich verabschiedeten sich die letzten Gäste. Der eine oder andere würde heute verspätet oder gar nicht zur Arbeit erscheinen.

Als Maria von der Heide mit dem ebenfalls stark angeheiterten Apostel schon ein Stückchen voraus gegangen war und die Wirtin gerade den Rolladen herunterließ, schien die Gelegenheit günstig und wurde von Herrn Schweitzer auch sogleich beim Schopfe gepackt. „Du Bertha, sag mal, weißt du, ob es Männer gibt, die sich Sicherheitsnadeln durch den ... rammen?"

„Durch was?"

„Na, du weißt schon. Durch den ..." Herr Schweitzer sah zur Erklärung an sich herab.

Und Bertha, die ansonsten über solche Schweinereien bestens Bescheid wußte, schüttelte bloß den Kopf und sagte: „Simon, Simon. Du hast vielleicht eine blühende Phantasie."

Ende der zweiten Simon-Schweitzer-Kriminalepisode